· 山东省社会科学规划研究项目（16CZWJ05）

· 山东省社科联人文社会科学课题（17-ND-WX-13）

张婧磊◎著

新时期文学中的创伤叙事研究

XINSHIQI WENXUEZHONG DE
CHUANGSHANG XUSHI YANJIU

中国社会科学出版社

图书在版编目（CIP）数据

新时期文学中的创伤叙事研究/张婧磊著 . —北京：中国社会科学出版社，
2017. 12

ISBN 978 – 7 – 5203 – 1629 – 3

Ⅰ. ①新… Ⅱ. ①张… Ⅲ. ①叙事文学—文学研究—中国—当代

Ⅳ. ①I206. 7

中国版本图书馆 CIP 数据核字（2017）第 299610 号

出 版 人　赵剑英
责任编辑　田　文
特约编辑　陈　琳
责任校对　张爱华
责任印制　王　超

出　　版　中国社会科学出版社
社　　址　北京鼓楼西大街甲 158 号
邮　　编　100720
网　　址　http://www.csspw.cn
发 行 部　010 – 84083685
门 市 部　010 – 84029450
经　　销　新华书店及其他书店

印　　刷　北京明恒达印务有限公司
装　　订　廊坊市广阳区广增装订厂
版　　次　2017 年 12 月第 1 版
印　　次　2017 年 12 月第 1 次印刷

开　　本　710 × 1000　1/16
印　　张　15. 25
字　　数　251 千字
定　　价　66. 00 元

目　录

绪　　论

一　选题缘起与意义

"新时期文学"是 20 世纪中国文学的一个重要组成部分，也是在当代文学批评与评论中经常使用的词语之一。随着"文化大革命"的结束和改革开放重大决策的实施，中国的经济、社会、文化等各方面也发生了重大变化。新时期文学作为及时反映现实生活与人们精神世界的重要手段之一，开始在作家群体创作自由的呼吁与审美意识的觉醒下，在人道主义的倡导与现代主义思潮的冲击下，从复苏和发轫时期的艰难不易，到 80 年代中后期的迅速发展，最终形成了多样化与丰富性的文学景观。纵观考察新时期文学的发展演进，不难发现，无论曾经是以何种身份卷入那段特殊历史时期中，在新时期伊始人们都开始以不同身份、不同程度地回顾、审视和凭吊创伤历史与创伤记忆。正是由于对当代作家、评论家、读者以及普通世人所造成的巨大创伤经历和感受，使创伤主题与创伤叙事成为新时期文学的创作潜流。也正是由于创伤事后性特征的影响之大与在新时期文学的逐渐彰显，从而打开了"新时期文学"创伤叙事的空间性和可能性。正因此，在整个新时期文学中，关于创伤叙事的作品非常丰富。在以往的研究中，新时期文学中的创伤叙事被从不同的角度观察讨论过。有从社会政治与情感层面考察的，有从民族文化与人道主义面向论述的，还有从个体生命与伦理道德视角关注的。这些研究许多都是深刻有意义的。但是，当我们换一个视域来观察，这些叙事仍然会呈现出不同的意义。近些年来，创伤研究从探寻和防治个人生理和心理创伤，逐渐转向研究社会文化创伤,目前已经发展为涉及心理学、文学、历史学和文化学等跨学科理论。创伤理论的发展为考察和审视新时期文学中的创伤叙事提供了新的视域。

"文章合为时而著,歌诗合为事而作。"文学来源于生活而高于生活,文学是呈现社会历史的一种特殊载体。作为"文革"后出现的文学,新时期文学不可避免地关注"文革"对中国大众造成的创伤,触及作家、评论家关于那段特殊历史阶段的创伤记忆。从创伤叙事的角度看,新时期文学的实质就是以"文革"创伤记忆为核心的创伤叙事。这些作品,在回忆和书写创伤事件,传达和再现创伤记忆,表现和凸显创伤症候时,各有不同的侧重与特质,是与不同历史阶段的政治环境、社会文化、作家读者乃至评论媒介等各种要素积极互动,并建构新时期文学创伤叙事的过程。正如此,将创伤叙事作为贯穿新时期文学乃至当代文学的主线,探讨新时期文学中创伤叙事的故事形态、创伤症候与言说方式等发展变化,发现创伤因素如何广泛存在于各个时段的文学作品中,不仅能重新阐释与发掘出曾被文学史冷落作品的创伤内涵与价值,也是对当代文学史重构与书写的一种新的尝试,有着重要的理论和文学史意义。

首先,研究新时期文学中的创伤叙事有助于深化对新时期文学思潮和流派的全面认识与评判。在现有文学史表述中,更多的是从作品内容、形式或作家身份的维度用"伤痕文学""反思文学""寻根文学""先锋小说"和"现代派"小说等概念来指称对"文革"创伤叙事的不同书写方式,不仅造成划分标准不一,还易出现作品重复归类的现象。从创伤叙事的视角考察新时期文学,可以将其作为对"文革"历史叙事的一个时段考察,还可以纵向比较考察其在当代文学中作为历史见证与文学治疗的书写意义。更重要的是从形态学的角度研究新时期创伤叙事的丰富意蕴乃至在不同历史时段的作用,发现新时期文学思潮、流派与对人性的关注密切相关。在此基础上,呼唤一种以生命为维度的创伤叙事文学,倾听来自生命本身的呼喊,在讲述创伤之时,抵达个体生命的尊严、自由与人性的真实性与丰富性。

　　其次，研究新时期文学中的创伤叙事有助于将新时期一些有争议的或受冷落的甚至是遗忘的作品纳入文学史的视线，从而获得对新时期文学的整体把握与评价。20 世纪 80 年代初公开发表的《波动》《晚霞消失的时候》《诗人之死》《一个冬天的童话》等小说也曾以参与或旁观的叙述方式，再现"文革"历史，表达了或激愤悲观，或平淡压抑，或冷静反思的多样创伤情感记忆。但由于个体化书写、政治社会环境等内外因素，这些作品在当时引起了较大的争议。在此后相当长的时间里，受到学术界的冷落与忽视，很少进入当代文学史的视野。即使个别文学史教材提及这些作品，但并没有给予一定重视和深入解读，更没有发现其具有的创伤叙事价值。这些个案研究是我们重新审视新时期文学中创伤叙事的重要切入点，有助于全面正确地阐释创伤叙事的丰富内涵。

　　再次，研究新时期文学中的创伤叙事有助于深化对当下文学创作中创伤叙事走向的有效把握与审视，从而进行跨界视野的考察。跨界研究视野可以指跨越民族区域的界限；也可以指超越文本，进入社会及历史现场，回到文学产生的场域；还可以打通原有时段分界，将当代文学乃至 20 世纪文学作为整体进行考察。而新时期文学中的创伤叙事研究，可以说是一个契机。如张志扬所说："一百年来，'五四'，民族衰亡，外敌入侵，国内战争，阶级斗争，反右，反右倾，人祸天灾，四清，'文革'……从外到内，从肉体到灵魂，记忆的创伤化几乎使不同阶层、不同年龄的每一个中国人都无一幸免。"① 不同年代所造成的社会和文化的创伤记忆必然作用于创伤的不同文学表达，并不只是存在于 20 世纪 70 年代末至 80 年代末，而是广泛存在于中国当代文学，甚至整个 20 世纪文学中。因此，如果从创伤叙事表现出的分享共通时代精神的视野看待中国当代文学和 20 世纪文学，创伤因子不仅广泛存在于各个时段的文学作品中，而且对文学表达也有着或隐或显的深刻制约，这使当代文

---

　　① 张志扬：《创伤记忆——中国现代哲学的门槛》，上海三联书店 1999 年版，第 38 页。

学的创伤共通性特点更加明显。对创伤历史记忆研究实质上研究的不是过去，而是从后来的时段对过去的回顾，这未尝不是对当代文学史书写的一种新的尝试。

最后，研究新时期文学中的创伤叙事具有现实与思想文化的价值意义。创伤叙事中的创伤事件不仅能给受创者留下精神创伤，也能对我们想象历史的方式与世界观的形成产生重大的影响。新时期涌现出来的创伤叙事作品是对创伤历史与社会进行审视的最好注脚。同时，从文学的社会功能上看，创伤叙事作品在表现创伤复现时，能让作者和读者在创伤体验的过程中感受到精神上的震撼，从而获得心灵的净化。甚至从对创伤的间接体验上说，创伤作品的写作和阅读过程本身也是治疗创伤的一个组成部分，这正是新时期文学中的创伤叙事研究的现实意义所在。十年"文革"不仅是一场政治浩劫，也是一场文化思想上的浩劫。管窥"文革"给民众和民族造成的创伤，给思想文化上带来的束缚与荒漠，有助于正确认识当代乃至 20 世纪思想文化的发展脉络与方向，避免文化悲剧的重演，推动社会主义文化的繁荣与发展。研究新时期文学中的创伤叙事对于反思国家、民族和人民曾遭受的重大精神创伤具有思想文化上的重大意义。

二　国内外研究现状

目前，西方创伤研究已经成为一门涉及心理学、社会学、历史学等诸多领域的系统性跨学科研究。在创伤心理学上，凯西·卡露丝主编的《创伤：记忆的探询》（1995），出版的《沉默的经验：创伤、叙事和历史》（1996）等可谓是代表之作。在社会学和历史研究上，兰格发表的《大屠杀见证：记忆的毁灭》（1991），拉卡普拉发表的《写历史，写创伤》（2001）等讨论了"二战"中大屠杀创伤和人的完整性、身份等的关系。在创伤记忆和文学创伤研究上，费尔曼主编的《证词：文学、心理研究和历史中见证者的危机》（1992），塔尔发表的《受伤的世界：阅读创伤文学》（1996），利科发表的《记忆·历史·忘记》（2004）等探讨了创伤见证人叙事的文学性、文学与创伤以及见证和历史的关系。① 上述成果从心理、社会、历史与文化等多领域对创伤进行了综合研究，包括追溯创伤源、创伤的文学再现、创伤症候的书写以及创伤复原的应对措施等。值得一提的是安妮·怀特海德的《创伤小说》（2004）通过对当代一些著名作家的文学文本，如派特·巴克、托妮·莫里森、安妮·迈克尔斯、本杰明·威尔科米尔斯基的《另一个世界》《爵士》《四处散落的碎片》《片段》等进行的详尽全面的全新解读，探讨了当代作家将创伤结构与文学文本融合的方式，深思创伤主题与文本形式之间的关系，这种将创伤理论与文学文本结合起来进行考察的方法为阅读当代小说作品（包括国内的文学文本）提供了一种很好的思路。

海外学者杨小滨所著《中国后现代——先锋小说中的精神创伤与反讽》（2013）从 20 世纪中国小说叙事变迁的角度，对以余华、残雪、莫言等作家为代表的新时期先锋小说的现代性进行考察，探讨先锋小说中精神创伤与历史记忆的范式，彰显创伤的事后性特质。美国学者白睿文最新出版的《痛史——现代华语文学与电影的历史创伤》（2016）一书从文学、电影、摄影作品与流行文化等领域入手，选取了从 20 世纪 30 年代到 90 年代末的重大历史事件，探讨创伤之后人们想象、解读与重构创伤历史的各种反应，指出人们经历的创伤体验、遭受的精神创伤与建构的创伤想象，以引起更多人对创伤历史的关注。

国内对创伤叙事的研究来自众多学者对西方创伤理论的积极翻译、引进与介绍传播，引起了众多青年学者对西方作家作品的个案研究热潮。在翻译或运用创伤理论研究西方文学方面，已有的著作有：李桂荣的《创伤叙事——安东尼·伯吉斯创伤文学作品研究》（2010）、李敏的《创伤小说》（译著，2011）、柳晓的《创伤与叙事——越战老兵奥布莱恩 20 世纪 90 年代后作品研究》（2013）、丁玫的《"为了灵魂的纯洁而含辛茹苦"——艾·巴·辛格与创伤书写》

---

① 王欣：《创伤、记忆和历史：美国南方创伤小说研究》，四川大学出版社 2013 年版，第 17—18 页。

（2014）、王丽丽的《走出创伤的阴霾——托妮·莫里森小说的黑人女性创伤研究》（2014）、薛玉凤的《美国文学的精神创伤学研究》（2015）等。论文方面，徐贲的《意识形态和"症状阅读"——阿尔图塞和马库雷的文学意识形态批评》（1995）、《"记忆窃贼"和见证叙事的公共意义》（2008）、陶家俊的《创伤》（2011）、陶东风的《文化创伤与见证文学》（2011）、邓韵娜的《杰弗里·哈特曼的"自我意识"理论探究》（2015）等着重对创伤的概念内涵和创伤理论的阐释研究，具有一定的学术影响。这些运用创伤理论研究西方作家作品的学术成果为当代学者与评论者研究中国当代文学的作家作品提供了很好的范式。

北岛和李陀主编的《七十年代》（2009）一书通过一次集体性的大型历史回顾来让成长于 20 世纪 70 年代的一代人讲述自己的故事，浮现和呈现出个体记忆中的历史环境，以追忆 70 年代来强调历史记忆的重要性，为新时期创伤叙事的研究提供了翔实的史料支撑。程光炜主编的《七十年代小说研究》（2014）通过建立小说与周边社会的关联，重新打开历史的图景，力图恢复文学的真相。而许子东的《重读"文革"》（2011）运用普罗普《故事形态学》中分析俄国民间故事的研究方法，选取了 50 部"文革"小说，对其进行"文革"叙述模式的分析，探讨了"文革"集体记忆的若干书写规则。这些学术著作从文本角度对"文革"历史记忆进行了不同面向的展示与剖析，具有重要的参考借鉴价值。黄忠来的《潜意识："创伤的执著"的不同内涵》（2003）、季广茂的《精神创伤及其叙事》（2011）、朱军的《黑色作为一种文学理想》（2012）等论文从创伤叙事的意义、内涵或文学如何表现创伤性记忆等不同层面对当代文学中的创伤叙事进行了论述。王源的《童年创伤体验与作家创作的深层关系》（2006）、李敏的《林斤澜新论——从"创伤叙事"的角度看》（2009）、张琴凤的《论新生代作家儿童视角中的创伤性历史记忆》（2014）、张浩的《创伤记忆与成长叙事——论当代女作家的"文革"题材小说》（2015）等论文则从作家群体或个体的创伤记忆入手，探讨创伤事件、创伤经历与文学创作的深层关系。这些学术论文尽管是选取某个方面对创伤叙事作品进行论述，仍具有很大的启发性。

近年来，聚焦于西方作家作品的创伤叙事或以创伤文学为研究对象的博士学位论文也越来越多。如师彦灵的《美国当代华裔女性文学创伤叙事研究》（2012）、洪春梅的《菲利普·罗斯小说创伤叙事研究》（2014）、魏懿的《阴郁的创伤书写者——凯瑟琳·安·波特小说中的创伤叙事研究》（2016）等是选取某类创伤文学或个别作家的创伤叙事来进行探讨和研究。黄云霞的《创伤记忆与灵魂诉求——当代小说中"文革"叙事的精神历程》（2005）、李敏的《"伤痕"与"反思"文学中的创伤叙事研究》（2007）、景银辉的《"文革"后中国小说中的创伤性童年书写》（2010）、余佩林的《作为症候的"文革"记忆书写》（2011）等则是以当代文学思潮中的创伤叙事或创伤表征为研究对象，对人们遭受的"文革"灾难的精神创伤以及各种症候进行了审视。这些博士学位论文拓宽了本书的写作思路。

总体来讲，国外对于创伤叙事的研究比较深入，既有理论探索，又有个案分析。虽然部分研究成果涉及新时期文学中的"文革"创伤历史，从创伤叙事的视域对一些文学思潮和作家作品给予了关注，但囿于语言、资料、主题等原因，并没有专门聚焦于新时期文学中的创伤叙事。国内虽然开始关注创伤叙事，但因创伤理论产生于西方国家，现有成果主要关注的是国外文学作品与文学现象。以笔者管见，触及新时期部分文学作品的创伤叙事，尚处于研究的起步阶段，研究成果数量不多，研究成果的形式全是学术论文，研究内容主要以个别作家作品为主，呈现出碎片化状态，系统研究新时期文学中的创伤叙事的成果还未见到。正是基于这一状况，本课题力图对新时期文学中的创伤叙事进行系统性、整体性审视和把握。

三 研究思路、方法与框架

"文革"历史所造成的精神创伤几乎涵盖了所有经历过这段特定历史时期的人们，包括被打倒的一批知识分子（学者、作家、教师等）、接受上山下乡锻炼的知青、积极参与各种运动的红卫兵等。这是因为"创伤主体不仅包括施暴者和直接遭受创伤的受害者，而且包括旁观者、救援人员"①。创伤体验不再拘囿于个体与群体，而是属于民族、国家乃至全世界共同的心路历程。创伤也不再指向某个政治事件，而是开始涉及伦理情感、文化积淀、人性反思与生存意义等。当研究开始关注到创伤叙事中的记忆与遗忘、书写与遮蔽时，就与相关的社会政治、伦理道德和审美风格等问题密切联系起来。在跨领域及多样化的文化群体间的研究过程中，许多重要的新时期创伤文学作品浮出历史地表进入我们的研究视野，最终形成动态发展、综合考量的创伤研究态势。

新时期文学中的创伤叙事尽管来源于同一的"文革"创伤记忆，但对于创伤叙事中的各个要素的侧重却有着不同的选择面向，形成了不同的创伤叙事类型。新时期初期，作家群体试图通过创伤叙事达到与读者、民众在情感上的交流目的，执着于倾诉，将愤恨、忧虑等充沛的情感得以喷薄与倾泻。但是，"精神创伤是人在受到伤害后，留给主体的记忆。他试图摆脱这种记忆，却又处于不断记忆和不断摆脱之中，精神创伤成为主体的一种心理状态"②。而"文革"历史复杂的社会政治性注定了从伊始对"文革"进行创伤叙事就是一个丰富多彩但又难以言说的文学现象。从将迫害者归罪于"四人帮"少数人到否定"文革"，再到真正反思"文革"创伤的文学书写中，发现人人都有创伤，人人都是创伤的制造者，也是创伤的受害者的事实。在新时期文学中呈现出创伤叙事作品里的受创者形象——包括对亲人的背叛、对家庭的逃离，还有背叛后的忏悔、冷漠，以及对旁人、对自己思想精神或心理状态剖析等——在"文革"创伤中或之后引起的创伤症候反应是复杂而多样化的。

本书的研究思路是：根据新时期文学的特点，将新时期文学中的创伤叙事分为家庭创伤叙事、社会创伤叙事、集体创伤叙事、女性创

---

① 陶家俊：《创伤》，《外国文学》2011年第4期，第124页。

② 卫岭：《奥尼尔的创伤记忆与悲剧创作》，中国人民大学出版社2009年版，第26页。

伤叙事四种不同类型。从政治意识、个体意识、现代意识与社会环境的引导与规训，考察创伤叙事与"文革"历史记忆的关系，更好地表达对"文革"创伤的认识。从性别意识的视角对女性创伤叙事的书写轨迹与变化进行纵向历史考察，发现女性在成长过程中受政治、男权与身体等各因素的深刻影响，既有对主流创伤叙事的同声附和，也有对女性创伤的独特唱吟。最后从创伤意识与社会规范、个体记忆与集体记忆、创伤主题与创伤形式三重悖论性，肯定新时期文学中不同创伤叙事类型都是对创伤历史的应对方式和不同面向的历史反思，具有一定的社会意义与文学价值，以更好地把握新时期文学中创伤叙事的文化建构过程。

本书主要根据文献研究法、文本分析法和比较研究法来完成课题内容。研究新时期文学中的创伤叙事涉及 1976—1989 年这一时期发表或出版的文学作品、相关评论及社会文化环境的舆论导向。查阅的主要文献包括新时期关于"文革"创伤文学作品的发表原稿，同一时期文艺领导人的讲话和相关文件，同一时期出版的《人民文学》《文艺报》《文汇报》等期刊。只有通过查阅和分析有关历史文献，细读新时期文学叙事作品文本，分析创伤各个要素的话语形态，探讨创伤叙事形态的嬗变过程，才能对问题作出理性的思考和判断。在此过程中，既可以对某一创伤叙事类型进行翔实的综合考量，考察其在不同历史时期呈现出的不同特征与意义；也可以辨析出由于社会政治、作家群体等各种因素的渗入与发展而造成的不同创伤叙事类型之间的差异性。既可以通过不同历史时段不同作品的再解读，追溯其不同层面上对创伤记忆的叙事再现；也可以审视新时期文学与新世纪文学中的创伤叙事对创伤症候表达上的承续关系，追溯考察不同历史时期文学与政治博弈、合谋及分道的复杂关系。既可以将其作为对"文革"历史叙事的一个时段考察，也可以纵向比较考察其在当代文学中作为历史见证与文学治疗的书写意义。因此，对新时期文学中的创伤叙事研究，运用比较研究法，通过横向或纵向的对比来把握新时期文学中的创伤叙事的演变轨迹。在此研究过程中，厘清文学究竟以何种态度面对创伤，又以何种面目得以示人？面对创伤，文学在遗忘与铭记的不断选择中，最终如何回到以人为本的书写可能性上等种种文学议题，由此，发现创伤因素如何广泛存在于各个时段的文学作品中。将创伤叙事作为贯穿新时期文学乃至当代文学的主线，深入阐释当代文学史，不仅具有重大的学术理论价值，而且具有一定的文学史意义。

本书由绪论、主体六章和结语三大部分组成。绪论部分主要阐述本书选题的缘起与意义，国内外研究现状，以及研究思路、研究方法与基本框架等问题。

第一章是创伤的含义与创伤叙事的文学意蕴。主要界定创伤内涵与创伤性事件，梳理创伤理论的演进历程，辨析新时期与新时期文学两个概念，限定新时期文学的上下时限，对创伤叙事、文学性创伤叙事和新时期文学的不同创伤叙事类型及其特征进行论述。

第二章是政治意识下的家庭创伤叙事。通过分析新时期关于"暴露文学""问题小说"等文艺问题的争论，指出以《伤痕》为代表的家庭创伤叙事，既以揭露与控诉的姿态揭示了"文革"创伤给人们精神和身体造成的双重伤害，也在创伤叙事的诉求与目的方面呈现出了独特的属性。在政治意识的制约与主导下，通过家国创伤同体化的隐喻书写，新时期家庭创伤叙事形成了同质化的创伤叙事形态。新时期家庭创伤叙事既是出自作家真正的对创伤历史的文学反思，更是源自作家们强烈政治意识下对创伤主题的热衷。

第三章是个体意识下的社会创伤叙事。主要从作家逐渐增强的个体意识分析新时期创伤叙事的个人化与自由化倾向，指出以《波动》为代表的社会创伤叙事，塑造了群众受创者形象，在不同层面的创伤叙述中，呈现出异质化的创伤叙事形态。新时期社会创伤叙事在作家个体意识的觉醒中，将个人创伤记忆与社会历史相结合，演绎着创伤话语从国家走向个体、从政治隐喻走向社会文化的创伤叙事建构，具有丰富的意蕴与文学价值。

第四章是现代意识下的集体创伤叙事。通过对受创者关系的文本审视和文化创伤的集体反思，指出以《一九八六年》为代表的集体创伤叙事，在现代意识冲击下，通过记忆之场，聚焦于创伤的各种症候，关注个体生命意义与受创者的精神世界，将其纳入公共视野与创伤研究范畴，凸显创伤事后性特征，呈现出意象化的创伤叙事形态。新时期集体创伤叙事反思的是"文革"创伤造成人们精神创伤的持久性与事后性、如何看待这段历史以及如何重构与书写这段创伤历史。

第五章是性别意识下的女性创伤叙事。主要从性别意识的角度分析女性创伤叙事从无性别意识到性别意识觉醒的创伤书写，指出以《一个冬天的童话》为代表的女性创伤叙事，在注重对精神创伤症候外在化描写的同时，既有国家民族创伤话语的同声，又有充满性别意识的独特创伤异调。新时期女性创伤叙事的意义在于书写"文革"创伤时精妙传神地表达了受创女性独有的心理体验与状态，发现受创女性在成长过程中受制于政治、男权与身体等各因素，拓宽了新时期创伤叙事的视野。

第六章是新时期创伤叙事的悖论与承续。通过剖析创伤意识与社会规范、个体记忆与集体记忆、创伤主题与创伤形式的三重悖论，指出新时期文学中不同的应对创伤历史的记忆与书写方式在新时期创伤叙事的建构过程中的意义，审视对后继乃至当下文学创伤叙事的承续与变奏，把握其在当代文学史中的普遍意义与具体走向。

结语部分是通过以上对新时期文学中的创伤叙事研究，从整体上对其特点给予辩证全面的评判，指出新时期创伤叙事中对"文革"历史的反思，不能仅限于群体的生存、精神、人性和道德等方面的问题，而应该唤醒人类的重责大任，达到创伤普遍化认识的历史高度。

第一章 创伤的含义与创伤
叙事的文学意蕴

创伤是一个具有丰富意蕴的词语。既指生理意义上的有形创伤，也指由有形创伤引起的心理（精神）创伤，还指具有类比意义上的社会文化创伤。从 19 世纪末迄今，创伤理论经历了从生理学，到心理学，再到社会文化学的不断发展和丰富的过程。文学是作家抒发情感的主要形式和有效途径之一。文学性创伤叙事是作家借用语言文字将创伤经历或创伤事件表述出来的文学创作形式，也是再现创伤事件，表证创伤症候的主要手段。根据新时期文学性创伤叙事的不同侧重与面向，可以将其划分为家庭创伤叙事、社会创伤叙事、集体创伤叙事与女性创伤叙事四种主要类型。

第一节 创伤与创伤理论

同许多词汇一样，伴随着社会的变迁和认识的深化，"创伤"的含义也经历了一个不断丰富和发展的过程。创伤理论的演进与创伤含义的拓展密不可分，是创伤含义拓展的必然结果。只有全面把握创伤的多重含义和创伤理论的发展状况，才能理解创伤叙事和文学性创伤叙事的实质与作用，为准确解读新时期文学中的创伤叙事奠定坚实的基础。

一 创伤的多重含义

从词源学上说，"创伤"这一词汇源自希腊语，最初是一个医学术语，指的是由某种直接外在力量造成的身体损伤。创伤可能是一个小伤口，也可能是严重到致命的肉体伤害。由于自身或外在的原因，创伤在人类的生命历程中会不时发生，成为人生的一种普遍遭遇和生命体验。一般来讲，肉体上的外伤大多治疗一段时间后即可恢复健康。但是由于身心的微妙联系，肉体受到伤害后会引起与肉体伤痛相连的精神或心理上的变动，如无助、忧愁、恐惧、烦躁或暴力倾向等，以至于造成言行举止等方面的异常症状。于是精神层面的伤害也成为创伤的主流含义，和生理（物质）层面的伤害构成不可分割的两面。中国最权威的汉语工具书《现代汉语词典》，对创伤的解释除了从方位角度释义为"身体受伤的地方"外，又从状态角度阐释为"比喻物质或精神遭受的破坏或伤害"。可见，创伤最初包括生理与心理两方面的含义。

19世纪70年代，马丁·沙可首先关注到病理学上的歇斯底里症状：麻痹瘫痪、感觉丧失、抽搐痉挛、失忆等，并证实了这些症状是心因性的。他改变了人们普遍认为歇斯底里症是诈病的时人看法，倾其学术声望支持歇斯底里症的真实性与客观性，也因此被弗洛伊德颂扬为解放受苦受难者的守护神。[①] 此后弗洛伊德、约瑟夫·布洛伊尔、皮耶·贾内等从受创者身心创伤之间的微妙关联对歇斯底里症做进一步的研究。他们得出相似的研究结论：歇斯底里症是心理创伤的一种状况，由于过去一些无法承受的创伤事件，创伤病人无法将自我与现实联系起来。

弗洛伊德从最初对生理病因关注逐渐转向对心理病因的分析，将此定义为一种歇斯底里症的精神疾病。他指出"一种经验如果在一个很短暂的时期内，使心灵受一种最高度的刺激，以致不能用正常的方法谋求适应，从而使心灵的有效能力的分配受到永久的扰乱，我们便称这种经验为创伤的"[②]。并认为由于心理创伤往往来自一些突如其

---

① ［美］朱迪思·赫尔曼：《创伤与复原》，施宏达等译，机械工业出版社2015年版，第6页。

② ［奥］弗洛伊德：《精神分析引论》，高觉敷译，商务印书馆1984年版，第233页。

来事件的体验与冲击，因此，受创者出现了幻觉、失忆、梦魇等对创伤事件的潜意识的执着特性。美国著名教授凯西·卡露丝这样界定创伤："对突然降临的或灾难性事件的不可抗拒的经历。"① 她认为突发性或灾难性事件将给人们的内心留下创伤，但心理创伤并不是在突发性或灾难性事件发生时即时发生，而是在此后某段或长或短的时间内形成创伤影响，具有延迟性。英国当代评论家威尔·塞尔福在《英国当代小说》中说："创伤如果是伤的话也是看不见的伤，是没有伤的伤痛，创伤实际上是受伤者追寻致伤原因的一种效应。"多米尼克·拉卡普拉在《写历史，写创伤》中说："创伤是一种经验的断裂或停顿，这种断裂或停顿使经验破碎，具有滞后效应。"②

由此，各个领域开始致力于注重对精神或心理创伤的综合研究，包括追溯创伤源、归纳创伤再现、记忆的症状与方式以及创伤复原的应对措施等。弗洛伊德认为"创伤性神经病"对于创伤发生之时的执着就是病源的所在。③ 凯西·卡露丝认为，与身体的伤口不同，精神的伤口抗拒治疗："精神上的伤口——时间、自我和世界的感觉经验的破碎——不像身体的伤口那样，是一桩简单和可以治愈的事件，而是一桩被体验为过于迅速、过于出乎意料，以至于不能被充分理解的事件。"④ "不存在没有创伤的生命；也没有创伤缺席的历史。"⑤ 被看作是自弗洛伊德以来，最重要的精神医学著作之一的朱迪思·赫尔曼的《创伤与复原》一书，则用大量而具体的实证材料，深入考察了受创者无法用言语表达而直接诉诸外在精神症状的创伤症候，认为精神创伤者只能在社会中寻求到安全感，并与外在世界社会建立正常

---

① Cathy Caruth, *Unclaimed Experience: Tranma, Narative and History*, Johns Hopkins University Press, 1996, p. 11.

② 李桂荣：《创伤叙事：安东尼·伯吉斯创伤文学作品研究》，知识产权出版社 2010 年版，第 24 页。

③ ［奥］弗洛伊德：《精神分析引论》，高觉敷译，商务印书馆 1984 年版，第 216 页。

④ Cathy Caruth, *Trauma: Exploorations in Memory*, Johns Hopkins University Press, 1995, p. 4.

⑤ ［德］加布丽埃·施瓦布：《文学、权利与主体》，陶家俊译，中国社会科学出版社 2011 年版，第 135 页。

的联系沟通的关系，才能从创伤经历中复原，以期更好地帮助创伤者洞察自己的内心世界与精神状态。"此后对心理、文化、历史、种族等创伤的文化书写，社会关注和学术研究蔚然成风，创伤一跃成为左右西方公共政治话语、人文批判关怀乃至历史文化认知的流行范式。"① 创伤研究从注重生理创伤的治疗与康复，到关注心理创伤的动因探寻与防治，再到历史文化层面的解读与探讨，发展为涉及心理学、文学、历史学和文化研究等多个领域的跨学科。

创伤经历可以造成精神分裂、抑郁症、焦虑症、人格分裂、癔症等多种精神疾病，并引起多种常见的症候，根据美国精神分析学协会颁布的《精神分裂症诊断及统计手册》（第四版），创伤常见症候有：1. 极度恐惧、绝望或感觉恐怖，儿童会出现混乱或焦虑的行为。2. 闪回：有关创伤事件的梦境、片段诸如影像、意念、感受等反复出现。3. 回避：尽可能回避一切与创伤相关的事物，包括有关的意念、感觉以及谈话。也回避一切有可能引起创伤回忆的行为、地点、人物以及创伤事件的某一重要环节。4. 人际交往的障碍：感到与他人隔膜或陌生，对某些有意义的活动明显丧失兴趣或减少参与。5. 丧失信心：不期望拥有事业、婚姻、小孩或正常人生等。6. 失眠。7. 易怒。8. 注意力不集中。9. 过度警惕。10. 反应夸张。这些症状并不是在受创者身上全部体现，而是根据创伤事件的严重程度与受创者个体的差异，结合创伤事后性，某几个症状可能会同时显现，也可能只集中表现出某一种症状。

美国精神病学专家、哈佛大学教授朱迪思·赫尔曼说："心理创伤的痛苦源于无力感。在受创当时，受害者笼罩在无法抵抗的力量下而感到无助。如果是大自然的力量，我们称作天灾；如果是人为的，我们叫它暴行。创伤性事件摧毁了人们得以正常生活的安全感，世间的人与事不再可以掌控，也失去关联性与合理性。"② 朱迪思·赫尔

---

① 陶家俊：《创伤》，《外国文学》2011 年第 4 期，第 117 页。

② ［美］朱迪思·赫尔曼：《创伤与复原》，施宏达等译，机械工业出版社 2015 年版，第 29 页。

曼认为创伤性事件主要有两大类：一是诸如地震、洪水、飓风、火山、雪崩、海啸等自然灾难；二是诸如暴力、犯罪等造成的人为灾难。国内学者施琪嘉认为："创伤性事件是指那些严重威胁安全或躯体完整性的、引起个体社会地位或社会关系发生急骤的威胁性改变并引起个体心理上产生反应的事件。其心理反应的共同特点是感觉强烈的恐惧、无助、失控、毁灭的威胁或其他内心体验。"① 他认为除了上述两类创伤性事件外，还存在意外灾难和其他重要的生活事件两类。王庆松、谭庆荣主编的《创伤后应激障碍》一书中说："对人们造成严重心理创伤的事件主要是指可使经历者或目睹者感到极度痛苦、恐惧和（或）无助的突如其来且超乎寻常的威胁性事件或灾难性因素。"并认为"创伤性事件必须具备足够的强度，常为突发的严重威胁性的事件，引发了个体内心强烈的主观体验，即创伤性体验。这种创伤性体验常表现为剧烈痛苦、强烈恐惧、严重焦虑抑郁、内疚不安、极度无助感等"②。创伤性事件之所以给人们造成心理、精神上的创伤，主要在于创伤性事件不仅可能使人们经历了人身安全的威胁或者死亡的恐吓，还有可能因此打乱了心理正常功能，引起恐惧、无助、惶恐与焦虑等心理情感，造成个体心灵的不能承受之重而导致精神方面紊乱。虽然由于个体差异而造成对创伤的反应有强有弱、有长有短，但是出现创伤后应激障碍的人们在经历创伤性事件后，往往会有意无意地在内心深处隐藏起刺激性创伤场景，不愿提及，成为一段不可触摸但又无法忘记的创伤记忆，但或许会在某个时间段后因刺激而触发并显现出古怪的行为举止或言行的精神创伤症候。

　　并不是所有生活中的创伤事件都对人类的精神或心理发生作用，只有遭受了无法言说的，足以影响到身体、智力、情绪或行为的创伤，才具有了言说的意义。重大创伤事件对人类的影响与波及范围并不是即时体现出来，而是具有后发性的特点。可能在创伤发生后的短时之内显露，也可能在创伤事件发生后的几年，甚至在几十年后才得

---

① 施琪嘉：《创伤心理学》，人民卫生出版社 2013 年版，第 12 页。
② 王庆松等：《创伤后应激障碍》，人民卫生出版社 2015 年版，第 5—6 页。

以呈现；创伤事件可能对受创的当下一代人发生作用，也可能对此后几代人造成创伤后续影响；创伤事件可能对人类个体形成身心创伤体验，也可能对一个集体、民族、社会或国家造成历史文化的创伤记忆。由此可知，外在的身体创伤可以很快治愈，但内在的心理创伤或许会一直存在。如果说在病理学意义上的人类肉体上的受伤可以称为外在的有形的创伤，那么有形的创伤进一步引发了精神或心理上的受伤可以称为内在的无形的创伤。创伤作为一个重要的关键词，既指真正病理意义上个体的有形创伤和有形创伤引起的心理的、精神的外在症候，也指具有类比意义上的个体或集体的无形创伤和无形创伤引起的心理的、精神的文化特征。

"创伤经历不是用言词表达出来，而是以精神症状的方式形诸于外。"① 作家在人生中经历的创伤事件是其产生创作冲动的渊薮，也是文学的一个常见母题。因为文学是作家抒发情感的主要形式和有效途径之一，书写创伤就是借用语言文字将创伤转化为文学文本，从而回顾创伤事件、叙述创伤经历和传达创伤体验的叙事形式。因此，创伤文学是一种来自作家切身体验所带来的巨大的心理刺激和精神创伤后创作出来的文学作品。以文学作品为载体的创伤见证，成为创伤再现的主要形式。

二　创伤理论的演进

人类社会的历史既是一部不断发展和进步的历史，也是一部饱经创伤的历史。因为人类虽然有改造社会与征服自然的能力，但这种能力又是有限的，并且是一个逐步提高的过程。在历史的长河里，或者不可抗拒的外力，抑或自身的缘由，各种自然、器物、生理、社会因素不断对人的躯体与精神造成伤害和压力，使人类个体或集体处于痛苦、紧张、恐惧等之中。这些创伤有的轻微，能够忍受和治愈，直至很快健忘；有的巨大，使人绝望和无助。巨大的创伤常常会夺去人的

---

① ［美］朱迪思·赫尔曼：《创伤与复原》，施宏达等译，机械工业出版社 2015 年版，前言第Ⅸ页。

生命，即使部分外在的生理伤害得以弥合，但内在的心理伤害影响深远，造成价值观念和生命轨迹的改变。创伤伴随着每个个体的诞生、成长，伴随着整个人类社会的发展进程。

正是创伤对人类个体和集体的影响甚巨，从人类产生伊始，对创伤的关注和治疗就已开始。只是由于处于人类社会发展的早期，受各种条件和认识能力的限制，对创伤的关注和克服是生活化进行，并非专业化研究而已。进入文明社会以后，对创伤的专门化研究开始出现。与创伤含义最初指向肉体的侵害一致，早期对创伤的专门化关注也是身体生理性的康复，即早期的创伤理论是指医学意义上的理论。现代意义上的创伤理论——从医学、心理学、社会学、文化学等多学科领域对创伤进行深入的专门化研究——则是近一百年来的事情，与西方资本主义国家自然社会与社会科学的快速发展和国际社会历经磨难的重大变迁有着密切的联系。

随着西方启蒙运动的发展和社会的进步，无论是普通民众还是专业人士，愈加认识到创伤不仅会给人们带来躯体上的痛苦，也会带来精神和心理上的痛苦。于是在 19 世纪后期，一批专门研究精神与心理创伤的学者应运而生，现代性的创伤理论开始出现。法国神经学家马丁·沙可是系统研究创伤的拓荒者。马丁·沙可关注的对象是西方越来越多的歇斯底里症患者，尤其是女性患者。歇斯底里症古已有之，古希腊时期的著作中就有关于歇斯底里症的记载。由于认知能力的限制，长期认为本病与子宫有关，是一种妇女独有的疾病，是由于性的过度刺激或压抑所致。这一西方传统的认知论从歇斯底里的英文是 hysteria，起源于女性生殖器官子宫的英文 hystero 可以看出。进入黑暗的中世纪时期，欧洲宗教迷信盛行，进而把歇斯底里症患者看作是魔鬼附体或女妖。马丁·沙可通过运用催眠术进行诱发和再现，经过长期的观察和实验，发现感觉丧失、情绪异常、抽搐冲动、失忆健忘等歇斯底里症状不仅与生理创伤有关，更与心理创伤有关，这改变了人们传统的错误认知，使社会转变了对歇斯底里患者嘲笑和漠视的态度。正是马丁·沙可在歇斯底里症研究方面的开拓性贡献，他被后来研究者称为"解放受苦受难者的守护神"。①

虽然马丁·沙可在歇斯底里的症候、分类等研究方面取得了突破，丰富了对创伤的研究，但他由于旨趣、视野的原因，并没有深入到被观察者的内心世界。追随和继承马丁·沙可的创伤研究，并取得重大进展的是法国精神病专家皮埃尔·让内和享誉世界的奥地利心理学家，精神分析学说的创立者西格蒙德·弗洛伊德。通过长达数年与诸多歇斯底里症患者的交流和研究，皮埃尔·让内得出歇斯底里症是由心理创伤引起的结论。他认为，灾难性的创伤事件给人们带来不能承受之压力，在带来异常情绪反应的同时，常常造成意识状态的"解离"，出现歇斯底里的症状。即歇斯底里患者是被对创伤事件的记忆控制，表现出的生理症状是代表"已从记忆中被排除的强烈痛苦经历"。皮埃尔·让内把这种创伤记忆称为"潜意识的固着意念"。②

与皮埃尔·让内相比，同时期的西格蒙德·弗洛伊德在创伤研究方面更是取得突破性进展。作为精神分析学说的创立者，弗洛伊德在研究歇斯底里症的过程中，在心理学史和医学史上第一次使用"精神分析学"来探讨创伤起源与治疗。弗洛伊德认为，创伤感的产生是个体遭受的外在刺激超出自己能够抵御的界限；由于童年时期心智功能不强，其创伤经历会对一个人此后的成长和生活有着重大的影响；歇斯底里症的产生与童年时期遭遇的原始性创伤经历有关，特别是与遭受的性创伤经历有关，是患者留存的心底记忆在幻觉中不断浮现的结果。关于创伤的治疗和愈合，弗洛伊德从区分不同的意识入手，用精神分析法给予路径。弗洛伊德认为人心理中既有意识，又有潜意识。面对不堪回首的创伤，人们一般总是试图忘记、抵抗这一记忆，这就是潜意识在起作用。正是这种潜意识使人不能正视现实，表现出非理性的歇斯底里症候。只有在专家指导下，受创者在有利环境中克服抵

① ［美］朱迪思·赫尔曼：《创伤与复原》，施宏达等译，机械工业出版社 2015 年版，第 6 页。
② 同上书，第 7 页。

抗，把潜意识转化为意识，勇敢地找回和倾诉出自己的创伤记忆，歇斯底里症才会逐渐减弱。① 虽然弗洛伊德的精神分析学说在创伤起源上陷入泛性论的误区，没有认识到人的本质，混淆了人与动物的区别，在认识观上具有鲜明的唯心主义特质，有着明显的缺陷，但其与皮埃尔·让内等人把创伤从生理层面拓展到心理层面，进而自己创造性地提出"精神分析法"来治疗创伤是具有里程碑意义的。这不仅是创伤理论上的重大突破，推动了心理学的发展和实践，而且其另辟蹊径的诠释受到众多人文社科学者的肯定和推崇，对西方伦理学、哲学、文学、艺术学等学科的发展都产生深远的影响。

进入 20 世纪上半叶，在短短 20 多年的间隔时间里，国际社会发生两次惨绝人寰的世界大战。世界大战不仅造成巨大的物质损失和人员伤亡，使人类社会的发展与进步遭受重创，而且给参战者、经历者等各种各样的耳闻目睹者带来巨大的心理冲击和震撼。严刑拷打的悲惨尖叫、战友瞬间的阴阳两隔、亲人英年的壮烈牺牲、尸体遍野的血流成河、遭遇围堵的绝望无助、震耳欲聋的硝烟战火等场景使许多人，许多家庭，尤其是参战士兵虽然自身没有遭遇身体截肢断臂等重大生理变化，但在战后普遍陷入精神崩溃状况，表现出悲观绝望、沉默不语、失控狂叫、无名哭泣、失眠头痛、精神痴呆，甚至是抑郁自杀等生理和歇斯底里的创伤症候，即战争创伤神经性官能症。残酷的现实需要理论的发展来解决。由于这些症候很大程度上是创伤事件和创伤记忆引起的，于是在生理层面医治创伤的同时，心理层面的创伤研究也取得新的进展。诸多心理学家和精神病专家提出"麻醉精神疗法""谈话疗法""催眠术疗法"等方法对患者进行治疗。

由于"一战"和"二战"美国都是后参与者，参与的时间不长，只是众多的参与方之一，并且取得了战争的胜利，相对来说，战争创伤对美国士兵的伤害并非最严重的。在这种情势下，作为科学研究重镇的美国在创伤研究方面虽然不断取得进展，但并没有带来质的突

---

① ［奥］弗洛伊德：《精神分析引论》，高觉敷译，商务印书馆1984 年版，译序第3—4 页。

破。进入 20 世纪 70 年代后，随着国内外形势的重大变化，美国明显重视对创伤的研究，使创伤理论的发展逐渐进入新的历史阶段，在多个方面呈现出突破。国际方面，美国作为唯一的交战国与越南兵戈相见，深陷越南战争的泥潭直至最终战败撤退，使美国社会和家庭更加直接和广泛地感受和体会到战争创伤神经性官能症的痛苦遭遇。国内方面，由于国内种族、宗教、贫富矛盾的激化和拉大，战后婴儿潮的长大，以及经济与社会结构的变迁，美国的民权运动和女权运动的走向高涨，整个社会也开始进入注重享乐、思想多元的后现代社会，使女性这一最初的创伤主体再次引起学者的关注，也使创伤主体趋于多样化。战争创伤和社会创伤的主体虽然不同，一个是参战男性，一个是受虐——特别是受到性虐——的女性和儿童，但其创伤症候是相似的，创伤主体是庞大和现实的，这催生美国相关学界对创伤研究的高潮。

一是在心理创伤研究方面取得新进展。最为著名的研究成果是美国著名精神医学和心理学家朱迪思·赫尔曼在 1992 年出版的《创伤与复原》一书。朱迪思·赫尔曼结合自己 30 年的临床观察和教学经验，用大量而具体的实证材料，在分析心理创伤来源与内涵的基础上，深入考察了受创者无法用言语表达而直接诉诸外在精神症状的创伤症候，认为精神创伤者只能在社会中寻求到安全感，在与外在社会建立正常联系沟通中实现从创伤经历中复原。关注的创伤主体包括强奸乱伦受害者、家庭暴力受害者、参与战争的退伍军人、恐怖行动受害者，覆盖了创伤事件的主要类型。该书最鲜明的特质是从社会背景的视野理解和复原心理创伤，在改变人们对创伤事件与创伤受害者传统认识的同时，显示出"更高的社会意义和更深的专业意义"①。基于该书的这种开创性，它不仅成为创伤理论发展史上的经典著作，而且成为心理咨询师和创伤治疗师案头的畅销书和必读书。

二是从医学上强化了对心理创伤与治疗的认识与重视。1980 年，

---

① ［美］朱迪思·赫尔曼：《创伤与复原》，施宏达等译，机械工业出版社 2015 年版，推荐序一第 Ⅳ 页。

美国精神医学会发布新的《精神疾病诊断与统计手册》（第三版），本版在把创伤性事件定义为"超乎寻常的人类体验"的基础上，既规范了心理创伤的专业化用语，如把个体受到异常强烈的战争、受虐、性侵等刺激和心理创伤后出现的一系列非正常精神障碍称为"创伤后应激障碍"，又第一次将属于心理创伤的独特症候群列为独立的诊断项目对待。1994年发布的《精神疾病诊断与统计手册》（第四版）又对创伤性事件进行了新的注解，对应激障碍进行了分类，对创伤后应激障碍的特点及与其他应激障碍的关系进行了阐述，对创伤后应激障碍进行了细化。如把应激障碍分为急性应激障碍、适应性障碍和创伤后应激障碍三类，创伤后应激障碍又分为急性型、慢性型和迟发型三种，指出创伤后应激障碍在"应激后数日至半年内发病，多数患者1年内恢复，少数患者可持续多年甚至终生"。①

三是拓展了创伤研究的新领域与新方法。由于20世纪70年代后对创伤源的关注从天灾、性侵犯等自然和个人因素转向战争、种族矛盾等社会和群体因素，创伤成为公共政治与社会话语，对创伤的关注又逾越出心理学的边界，成为历史学、社会学、文化学、哲学、文学等学科关注的对象，围绕创伤、历史、记忆、再现、见证等关键词，形成跨学科、多维度、众层次、整体性研究的蓬勃发展局面和蔚为壮观景象。如在1981年，耶鲁大学的德瑞·劳伯等人启动"大屠杀幸存者视频档案工程"。在此后10多年的时间里，通过与欧美国家的37所机构的合作，录制和收集了4400份，来自"二战"期间犹太人大屠杀幸存者讲述创伤事件、创伤记忆和创伤症候等的视频，为创伤研究提供了鲜活珍贵的一手资料。在此基础上，德瑞·劳伯出版了《见证的危机：文学、历史与心理分析》。从这一著作的名字也可以看出创伤研究的跨学科趋势。

在对创伤的多学科研究中，社会文化学的视角是最为引人注目的，极大地丰富和推动了创伤理论的发展。凯西·卡露丝在1995年和1996年出版的《创伤：记忆的探询》《沉默的经历：创伤、叙事

---

①　王庆松等：《创伤后应激障碍》，人民卫生出版社2015年版，第1页。

与历史》是这一领域研究的重要成果，在新时期创伤理论研究方面具有鲜明的开拓性。凯西·卡露丝在这些著述中不仅给创伤、创伤理论、精神（心理）创伤等下了经典的定义，而且对创伤的特点、创伤经验的表现方式、创伤记忆的特点、创伤的类型、文学与创伤的关系等问题给出了自己的见地。她指出：延宕性、不可控性、反复出现是创伤的鲜明特点；闪回、梦魇、幻觉是创伤经验的常见表现方式；从受创者来说创伤有个体创伤和集体创伤，从创伤的影响领域看可分为心理创伤与文化创伤，心理创伤的受创者可能是个体也可能是集体，文化创伤的受创者则是集体；受创者对创伤的记忆呈现碎片化和断裂状态；文学作品作为表现创伤的一种形式，在呈现记忆，治疗创伤方面起着重要的作用。①

　　与研究视角的变化相一致，在此后的创伤研究中，文化创伤成为关注的主题，涌现出安妮·卡普兰的《创伤文化：媒体和文学中的政治恐惧和丧失》、罗格·卢克斯特的《创伤问题》、杰弗里·C. 亚历山大的《文化创伤与集体认同》、罗瑞·维克若的《现代小说中的创伤和生存》、安妮·怀特海德的《创伤小说》等一系列专著或论文集，对文化与创伤、文学与创伤、创伤文化等问题进行了理论与文本分析。其中《文化创伤与集体认同》一书中收录的杰弗里·C. 亚历山大的《迈向文化创伤理论》一文运用社会建构主义理论，别开生面地对文化创伤进行了新的系统性解读，赋予了创伤理论新的内容。杰弗里·C. 亚历山大认为，原有的创伤理论都是启蒙或精神分析取向的"常民创伤理论"。其基本逻辑是：创伤是自然发生的事件，创伤来自事件本身，对创伤事件的反应是"立即而不假思索的回应"。这种"来自日常生活的强大常识性认识"使创伤研究"扭曲"。只有认识到创伤是"社会建构的事务"，建立"比较理论的反身性创伤研究取向"，才能准确理解文化创伤的内涵，正确认识各种创伤事件的

---

① 卡露丝关于创伤及创伤理论的一系列观点可参见：Cathy Caruth，*Trauma*：*Explorations in Memory*，Johns Hopkins University Press，1995；Cathy Caruth：*Unclaimed Experience*：*Tranma*，*Narrative and History*，Johns Hopkins University Press，1996.

不同后续影响和现实命运。杰弗里·C. 亚历山大运用从"二战"到21 世纪的一系列案例来进行论证，提出"创伤过程""承载主体""制度性场域""认同修正"等颇具新意的词汇。

总而言之，一百余年的创伤理论演进史，就是从医学到心理学再到社会文化学转变的历史，就是从关注肉体创伤到关注心理创伤，从关注个体创伤到关注群体创伤的历史。历经百年的斗转星移，创伤已经从专业领域话语演进为公共社会话语。创伤内涵的丰富和主体的迁移，为研究反映和再现历史的文学作品提供了新的视域，打开了新的窗扇。

第二节　新时期文学与文学性创伤叙事

在中国现当代文学史或 20 世纪中国文学史上，新时期文学是一个具有特定含义的历史阶段，一般是指从"文革"结束到 20 世纪 80年代末这一发展时期。作为反映和再现历史的一种载体，文学成为记录和展示"文革"创伤的重要形式。根据创伤主体的意识特征和创伤主题的不同，新时期文学呈现出多样化的创伤叙事模式。

一　新时期与新时期文学

"新时期"一词首先是政治意义上的概念，最初是指 1976 年 10月"四人帮"被打倒和"文革"结束后的社会主义新阶段，权威说法源自 1977 年 8 月党的十一大报告。报告指出："第一次无产阶级文化大革命的胜利结束，使我国社会主义革命和社会主义建设进入新的发展时期。在进入这个新时期的关键时刻……"① 这种界定在此后一年内成为普遍称法。如 1978 年 5 月 5 日的《人民日报》第 2 版上发表名为《我们进入了一个新时期》的文章，在标题中直接使用了"新时期"一词。但此时，党和国家的工作重心并没有调整到经济建设的轨道上来，仍然坚持阶级斗争的路线，坚持"两个凡是"。直到

---

① 《中国共产党第十一次全国代表大会文件汇编》，人民出版社 1977 年版，第 31 页。

1978 年 12 月党的十一届三中全会召开，作出以经济建设为中心的改革开放的伟大决策，才实现党和国家工作重点的历史性转折，使中国社会进入改革开放和社会主义现代化建设的新时期。此后在党史上，一直反复强调 1978 年党的十一届三中全会召开是新时期的起点，如 1992 年党的十四大报告指出："一九七八年召开的十一届三中全会……开创了我国社会主义事业发展的新时期。"① 2007 年党的十七大报告指出："一九七八年，我们党召开具有重大历史意义的十一届三中全会，开启了改革开放历史新时期。"②

"新时期"与"新时期文学"是紧密相连但又具有不同指向的两个概念。在官方最初对新时期作出指向"四人帮"倒台、"文革"结束的政治定位后，文艺界随即就把对新时期的界定移用到文学分期上。如果说"新时期"意在表述与十年"文革"历史时期的一种政治决裂，可以说"新时期文学"则是在文学领域对这种决裂的热烈呼应。如 1978 年 6 月通过的《中国文联第三届全国委员会第三次扩大会议上的决议》指出："文学艺术必须为工农兵服务……在今天就是要为实现新时期的总任务服务。"这是第一次提出了文学意义上的"新时期"概念，其含义应该是 1976 年"文革"结束以来的时期。

1979 年 11 月，第四次全国文代会召开。周扬在《继往开来，繁荣社会主义新时期文艺》的主题报告中，要求"创造伟大的文化，开辟社会主义文艺繁荣的新时期"。首次从官方的角度提出包含"新时期文学"的"新时期文艺"这一称谓。在与第四次文代会同时召开的中国作协第三次代表大会上，刘白羽在开幕词中则首次把"新时期"和"文学"两个词语连在一起："在我们的大会上，要继续学习邓小平同志的《祝辞》……明确社会主义新时期文学工作的新任务。"③ 虽然周扬和刘白羽没有明确新时期是指从什么时间开始，以什么事件为标志，但无论从当时的政治背景还是从讲话内容看，作为

---

① 《江泽民文选》第一卷，人民出版社 2006 年版，第 213 页。
② 《胡锦涛文选》第二卷，人民出版社 2016 年版，第 617 页。
③ 蒋守谦：《"新时期文学"话语溯源》，《作家报》1995 年 5 月 20 日。

党领导文艺和文学工作的人民团体的代表，在这里提到的新时期文艺和新时期文学显然是指 1978 年党的十一届三中全会以后新的历史时期的文艺和文学。

基于这些背景，在一些中国当代文学史或新时期文学的著述中，有的学者就把 1978 年作为新时期文学的起点。如吴秀明主编的《中国当代文学史写真》和孟繁华著的《中国当代文学通论》等。虽然这种划分方法的优点显而易见，但也有一些不好解决的问题。因为从"文革"结束到党的十一届三中全会召开之间的两年多时间里，在对"四人帮"的揭露和批判中，涌现出一批影响深远的文学作品。这些作品迥异于"文革"十年的文学，以新的姿态掀起了"文革"后文学思潮嬗变的先声，如何把这些不容忽视的作品归类呢？于是在这类著述中出现一个看似矛盾的问题：在 1978 年新时期文学中深入解读 1977 年的文学作品。① 正是这些问题的存在，文学界大多数学者对新时期起点的界定与政治话语中的新时期，包括官方领导下文联与作协话语中的新时期还是具有一定的差异性。大多数著述中把新时期文学的起点定在 1976 年 10 月"文革"结束，即用"新时期文学"指代 1976 年粉碎"四人帮"之后的文学。如董健在《新时期小说的美学特征》一书的序中表示，"新时期文学"是指："'文化大革命'十年动乱之后，特别是党的十一届三中全会以来，这一时期的文学。"② 朱栋霖主编的《中国现代文学史：1917—1997》指出，"以 1976 年粉碎'四人帮'、'文化大革命'的结束为标志，我国文学的发展进入了一个新时期。人们习惯于把 1976 年 10 月以后的文学称为新时期文学。"③ 张永清主编的《新时期文学思潮》称："1976 年 10 月的粉碎'四人帮'事件……也标志着一个文学时期的结束和另一个文学时期的开始。"④ 本书采用文学界这种普遍的认识，把"新时期文学"

---

① 孟繁华：《中国当代文学通论》，辽宁人民出版社 2009 年版，第 201—203 页。

② 黄政枢：《新时期小说的美学特征》，南京大学出版社 1991 年版，第 2—3 页。

③ 朱栋霖等：《中国现代文学史：1917—1997》下册，高等教育出版社 1999 年版，第 71 页。

④ 张永清：《新时期文学思潮》，中国人民大学出版社 2003 年版，第 13 页。

的时间上限界定为 1976 年。

从理论上讲"新时期文学"是一个不断发展的动态阶段，其内涵可以向后延伸至今。但任何一个时期都必须有一个上下线的时间界定，否则就容易泛化，不利于把握其时代特质。如从政治角度看，以领导集体的更迭为界，改革开放以后已经历以邓小平、江泽民、胡锦涛、习近平为核心的几代中央领导时期；从经济角度看，由于市场经济的建立和加入世界贸易组织给中国带来巨大的变化，学界也习惯于以这两大事件发生的年份——1992 年和 2001 年作为改革开放后不同历史阶段的分界线。在文学界，著名作家和评论家谢冕、冯骥才等人也较早认识到这一时期划分问题。谢冕在 1992 年就指出，从 80 年代后期开始，受内外因素的影响，新时期文学开始出现新质和裂变，进入"后新时期文学"时期。① 冯骥才在 1993 年也指出，随着建立社会主义市场经济的提出，作家由在"文学时代"写作，转向在"经济时代里写作"，从而宣告"新时期文学"作为一个时代已然结束，化为一种凝固的、定型的、该盖棺定论的历史形态了。② 后来的事实也证明，1992 年社会主义市场经济的提出的确使 90 年代的文学环境与创作与 80 年代产生显著的差异。同时，在政治上，1989 年发生的风波使"整个文坛有了很大的变化"，"使即将跨入 90 年代的文学与即将逝去的 80 年代文学有了明显的不同"。③ 于是随着时间的不断延伸，越来越多的学者开始以 80 年代末 90 年代初为界，把"文革"后的文学发展分为不同的阶段。如刘勇把前后的文学发展称为"新时期文学"和"新世纪之交的文学"。④ 吴秀明把 1989 年作为中国当代文学历史分期的一个重要节点。⑤ 陈晓明更是直接指出："学术界通常

---

① 谢冕：《新时期文学的转型——关于"后新时期文学"》，《文学自由谈》1992 年第 4 期，第 50 页。

② 冯骥才：《一个时代结束了》，《文学自由谈》1993 年第 3 期，第 23—24 页。

③ 吴秀明：《中国当代文学史写真》，浙江大学出版社 2003 年版，第 507 页。

④ 刘勇：《中国现当代文学》，中国人民大学出版社 2015 年版。本教材第 18、19、20、21 章论述以 80 年代为主的新时期小说、诗歌、散文和戏剧；第 22 章阐述新世纪之交的文学发展新动向。

⑤ 吴秀明：《中国当代文学史写真》，浙江大学出版社 2003 年版，第 505 页。

把粉碎'四人帮'后,即 1976 年以后至 1989 年这一时期的文学称作'新时期'。"① 因此,本书中的"新时期文学"的下限是到 1989 年。本书中的"新时期文学"主要指叙事作品中的小说文体,其他如散文、戏剧、电影剧本、纪实文学等文体不在研究范围之内,但在论及一些新时期文学思潮与文学流派时多少会涉及一些。

　　"新时期文学"大多是对"文革"历史记忆的创伤书写,这是因为社会和文化的创伤记忆总是在文学表达中以这样那样的形式表现出来。正如杰弗里·C. 亚历山大所说:"当个人和群体觉得他们经历了可怕的事件,在群体意识上留下难以磨灭的痕迹,成为永久的记忆,根本且无可逆转地改变了他们的未来,文化创伤就发生了。"② 而对于多数中国人而言,在延续十年之久的"文革"中或多或少地经受了这样那样的创伤。关于"文革"历史,很大程度上就是一段巨大而且深刻的创伤记忆。在粉碎"四人帮"后的"新时期文学"里,这段创伤记忆如挥之不去的阴影、幽灵、梦魇,不因一些人的欲忘记而后快的意志便消散如烟。虽然随着时间的推移,由于官方对"文革"的定论和传播边际效用递减规律的作用,整个社会对"文革"的关注和反思趋于降温,文学界再现"文革"历史与背景的创伤小说也趋于减少,如 20 世纪 80 年代后期就比 80 年代前期呈现数量的明显下降,但历史是无法忘记的,也是不能忘记的。十年的创伤记忆,曾经并且仍然顽强地在不同的话语形态中,以各种方式、形态被叙述。"文革"作为新时期文学关注的重大创伤事件,对人类的影响与波及范围不仅在当时和结束不久的短时之内显露出来,而且会对某些人、某些群体和家庭产生长达数十年的深远影响;不仅对受创者本人发生作用,也可能对此后几代人造成创伤后续影响。作为一个全国性的事件,"文革"创伤既给人类个体形成自身的身心创伤体验,也给一个集体、社会和国家造成共同的历史创伤记忆。

---

　　① 陈晓明:《表意的焦虑:历史祛魅与当代文学变革》,中央编译出版社 2002 年版,第 1 页。

　　② Jeffrey C. Alexander, *Cultural Trauma and Collective Identity*, University of California Press, 2004, p. 1.

因此，本书的研究对象是从 1976 年"文革"结束到 1989 年期间以"文革"创伤记忆为核心的创伤小说文本。将创伤叙事作为贯穿这些新时期创伤小说的主线，从创作主体、创伤特征、表现手法、叙事形态与意义阐释等方面，探讨新时期文学中创伤叙事的类型，发现创伤因素如何广泛存在于各个时段的文学作品之中，以深化对新时期文学作品与思潮的认识，发掘曾被文学史冷落甚至被批判作品的内涵与价值。

二 创伤叙事与文学性创伤叙事

从字面上讲，叙事就是采用某种特定的语言方式讲述一个故事。《现代汉语词典》里"叙事"的解释是："叙述事情（指书面的）：叙事文、叙事诗、叙事曲。"① 《韦氏词典》把叙事定义为："用于表现一系列相关事件的一段论述（discourse），或者一个例子（example）。"② 叙事应用于文学、符号学等领域并逐渐发展为专门探讨如叙事作品的性质、形式、叙事视角、叙事者、叙事内容、叙事对象、叙事作用等相关问题的叙事学这门学科。以此类推，创伤叙事就是对创伤事件的叙述。创伤叙事关注各种创伤事件对个体、集体及整个人类心理和身体所产生的长久而深远的影响。创伤事件的发生机制、创伤事件中人们的心理感受以及外在表征，创伤事件对人们现在及未来生活的影响等方面都包含在创伤叙事的范畴之内。口口相传的创伤叙事是属于文学中的民间文学类型，而本文讨论的创伤叙事则专指用语言文字方式讲述创伤故事的一种书面文体。文学是作家抒发情感的主要形式和有效途径之一，书写创伤是将创伤从视觉或听觉形式转化成文本形式的重要转译方式，也是回顾创伤事件和叙述创伤经历的主要媒介。因此，文学性创伤叙事是以文学作品为载体的创伤再现与创伤见证。

文学性创伤叙事并不是原原本本地复原历史上某些真实的创伤事

---

① 《现代汉语词典》，商务印书馆 1997 年版，第 1422 页。
② 《韦氏词典》，世界图书出版公司 2000 年版，第 1503 页。

件过程，而是不可避免地受到叙述者主观感受的影响，渗入了叙述者对创伤事件的重新选择、加工、想象与再现。创伤叙事呈现的是创伤者、受创者、参与者、旁观者以及后代理解创伤与历史的一种方式。20世纪90年代以来，凯西·卡露丝对创伤的精神分析研究被很多学者用于解读文学作品中的创伤叙事。日本学者厨川白村在《苦闷的象征》里也提出"生命力受压抑而生的苦闷懊恼乃是文艺的根柢，而其表现法乃是广义的象征主义"① 的文学主旨。国内学者卫岭认为文学性创伤叙事并不是对往事的简单回忆，而是通过重新感受到未曾完整经历过的创伤往事后，获得了充满活力与困惑的精神力量。创伤叙事是人在遭遇现实困厄和精神磨难后的真诚心灵告白，也只有通过真诚的心灵告白，心灵的创伤才能得到医治。从这个意义上说，创伤叙事是对创伤的抚慰和治疗，因为"生命通过艺术而自救"②。于是，具有虚构性、艺术性的大量关于创伤叙事的文学作品成为研究者争论、阐述、研究的对象。

文学是作家抒发情感的主要形式和有效途径之一，文学性创伤叙事是作家将创伤经历或创伤事件用语言文字表述出来的文学文本，成为回顾创伤事件和叙述个人创伤经历的主要媒介。文学性创伤叙事是一种来自作家切身体验所带来的巨大的心理刺激和精神创伤后创作出来的文学作品。因为语言文字本身具有的巨大魅力，也因为它对人类历史具有最广泛、最久远、最有传播性的影响力。文学性创伤叙事所发挥的感染、教化、引领与警示作用是其他任何形式都无法与之相媲美的。文学性创伤叙事不仅追溯产生创伤的文化、历史、政治、战争、家庭等众多因素，而且剖析构成创伤的自然、社会、个体、群体，甚至是某种文化、意识形态、"历史的力量"等施暴者。在医学基础之上，既对创伤心理进行描写、对创伤发生机制进行追溯、对创伤症候进行关注等，也用各种艺术技巧表达出细致微妙的创伤情感体

---

① 《鲁迅全集》第十卷，人民文学出版社1981年版，第235页。

② ［德］尼采：《悲剧的诞生》，周国平译，生活·读书·新知三联书店1986年版，第28页。

验与创伤理性认识，使得创伤主题具有了文学性意义。

"文学中的记忆书写和记忆诠释对修复心理创伤具有重要意义。"① 创伤研究表明，对于创伤叙事者，尤其是亲身经历者或者幸存者来说，受害者往往会下意识地回避与创伤经历相关的事情，因为无论对于个体或群体而言这都是一种极为痛苦的回忆。但是用语言文字书写创伤既是一种创伤见证方式，也是治疗创伤的文学方式。创伤作家的经历往往与文学作品中人物的创伤经历融为一体，作家通过移情创伤文学达到宣泄痛苦、释放压力与重获新生的目的。2002 年诺贝尔文学奖得主、匈牙利籍犹太作家凯尔泰斯·伊姆雷创作的小说《命运无常》，即是根据他 14 岁时被纳粹投入奥斯维辛集中营的经历而创作的一部成功范例。美国作家梯姆·奥布莱恩的越南战争经历促使他成为一名书写创伤的作家。他在现实生活经历和虚构文学作品中不断地想象与重构，把创伤重塑成超越战争的家庭和个人的创伤，去探寻文学作品的终极价值。文学性创伤叙事治疗与修复的不仅是作家个体自身的创伤，甚至是一个集体、民族、社会或国家的创伤。文学性创伤叙事也为人们提供了可以更深刻地探究与理解历史的某些记忆片段或当前的某些现象循迹的一种可行性渠道。

钱钟书先生认为："从文学史的眼光看，历代文学的主流，都是伤痕文学，成功的、重要的作品极少是歌功颂德之作，而多是作者身心受到创伤，苦闷、发愤之下的产品。"② 新时期文学中的创伤叙事主要是讲述十年"文革"特定历史时期造成的创伤，情况很复杂，也很丰富。就创伤事件来说，可以是叙述这一时期发生的具体的真实事件，如导致一些人的身体和精神上受到创伤的红卫兵运动、帮派争斗、批斗会等事件；也可以是将这一段历史作为一个跨时空的创伤事件作为背景来进行凸显、虚化处理，进行抽象叙述。就创伤叙事者来说，可以是在"文革"中遭受了身体与精神创伤的亲身经历者；也可以是自身并未遭受身体与精神创伤，而在耳闻目

---

① 陶东风等：《文化研究》第 11 辑，社会科学文献出版社 2011 年版，第 6 页。

② 孔庆茂：《钱钟书传》，江苏文艺出版社 1992 年版，第 228 页。

睹他者的创伤故事的基础上，进行虚构、想象与加工的事件讲述者；还可以是由于"文革"是自己成长中少年时代的一段经历，经过时间的积淀而对"文革"创伤进行回顾反思的历史叙述者。就创伤叙事的目的来说，可以是为了见证一段荒谬的历史时期，引起人们对历史的反思与借鉴；可以是对深陷创伤中不能自拔的自我的一种疗救，以重新开始新的生活；还可以是为了祭奠历史上创伤事件中的受创者，对他们所遭受的情感体验与精神创伤特征进行极致的描述与表达。就创伤叙事的表现手法来说，可以是通过受创者的反复梦境与鬼魂形象，或者受创者的不断闪回以重构创伤场景，表现心理创伤之深；也可以通过自白、呓语等手法，不断倾诉创伤，来表现心理创伤的难以遗忘；还可以通过疯癫、疾病的表征，表现精神创伤的不可修复性。如何回忆和叙述创伤事件的过程与细节，如何梳理和解释创伤记忆的来源和影响，如何定义创伤叙事的个性与共性，显然是政治历史、社会文化、作家读者乃至大众媒介等各种要素参与并建构新时期文学性创伤叙事的结果，是以创伤叙事得以各种故事形态和话语形态的面目示人。

从历时性看，新时期文学性创伤叙事大体经历了三个发展阶段。从"文革"结束到改革开放伊始的新时期文学初期（1976—1979 年）的创伤叙事，主要是从个人情感入手，揭露与控诉"文革"给人们造成的精神和身体的双重创伤。因此，这一时期的创伤叙事作品，如《伤痕》《我该怎么办》等，都是从家庭情感创伤入手，极为巧妙地配合了当时的政治需求，落笔于国家民族创伤话语的政治意识上。新时期初期特定的政治环境依旧紧紧地束缚着作家的创作与批评家的评论，他们尚未寻找到恰当的话语在政治意识形态的规范内表述尚未走远的创伤。但在家国一体化的隐喻书写中，还是通过梦境与创伤性场景的无意涉笔触及创伤心理，让人们感受到创伤之深。

在 20 世纪 80 年代初期的新时期文学的创伤叙事作品中，作家自主的个体化书写日益增强，从揭露与批判"文化大革命"这一历史事件带给人们的精神创伤，转向了对这一事件中包含的社会文化、历史传统、人伦道德，甚至体制弊病等多方面的质疑与批评。这从《李顺大造屋》《波动》《晚霞消失的时候》等作品可以看出。新时期文学创伤叙事的这一转向虽然受到当时主流意识形态和文学界的批判与冷落，但使创伤叙事逐渐从家庭创伤叙事向社会创伤叙事演进，从揭露与批判开始走向深究与反思。其力图展示与剖析社会全景，区分与塑造不同的群众受创者形象，将家国创伤引向感知个体创伤的同时，对创伤记忆的不同处理方式展示了历史创伤的无法忘怀。尽管个体意识受到一定的发展压制，但很大程度上改变了新时期文学创伤叙事的发展轨迹。

在经过一定时期的沉寂、积淀与反思后，新时期创伤叙事在20世纪80年代中后期开始将历史与想象结合起来，呈现出鲜明的现代意识，如《一九八六年》《你别无选择》《十年十癔》等。这里的历史不是主流意识形态认可和界定的一段时期，而是更理智地、多元化地考察的一段往事。这里的想象不是对创伤历史的杜撰与编造，而是在个体创伤记忆的基础上对创伤历史注入意象符号，使之显示出创伤的特质，更是对一段创伤历史追问与如何进行创伤表达的一种探索。当文学现代意识不断增强着作家的反思能力时，就开始对个体生命、人性与心理的审视，对个体与他者、集体关系的洞悉，文学性的创伤叙事不仅对"文革"创伤进行隐匿与淡化处理，使之呈现出意象化的书写模式，也将创伤的时间性与事后性特征凸显出来，更加贴近对创伤的集体反思。

女性创伤叙事是始终贯穿于新时期文学中的重要组成部分。女性作家的创伤叙事侧重自身的创伤经历，对创伤心理与创伤情感有着独特的体悟。她们既有对国家民族灾难的书写，形成与主流文学一致的同声唱和，如《我是谁》；也有源自特殊人生际遇，对女性成长经历中主体意识审视与探索的异调吟叹，如《一个冬天的童话》；还有以现代意识和先锋主义形式展现女性精神世界和解构母亲神话的性别意识书写，如《玫瑰门》，形成了多样化的女性创伤言说。新时期创伤叙事的女性书写展现了女性共通的创伤情感世界，整体上与新时期文学创伤叙事的发展轨迹保持一致。

由此可以发现："如果说创伤叙事是对创伤体验的一种模仿或见证，那么创伤叙事中的叙事人的确是通过写作过程来重现或体验创伤及召回创伤性事件的情景：他所叙述的对象是过去的历史，但是他是在现时重新体验那段历史，或者说是那段历史重新走进了他的记忆。他不是完全自主地选择了回忆，而往往是创伤性历史事件强迫性地闯入他的记忆。"[1] 新时期文学性创伤叙事围绕着"文革"创伤给人们造成的心理创伤，讲述一代及几代人、个人与集体的创伤故事。因此，不同类型的新时期文学性创伤叙事既具有不同的叙事意义，又是对"文革"创伤的抚慰与治疗的方式。

新时期文学性创伤叙事中，作家群体的政治意识、个体意识、现代意识与性别意识决定着他们采用不同的艺术手法对文本中创伤心理、创伤特征、创伤症候的书写方式和创伤意义进行不同的阐释。由此，新时期文学的创伤叙事可以划分为以下几种类型：一是以《伤痕》为代表的家庭创伤叙事。在"四人帮"垮台与"文革"结束后的一个新的历史时期，作家群体仍然未能摆脱浓厚的政治意识束缚。在各种争鸣与讨论中，他们选择从个体遭受的家庭痛苦入手，书写虚构但具有社会轰动效应的创伤叙事文本，揭露与倾诉"文革"创伤，既满足受创者的心理需求，又符合新时期社会历史的政治诉求。同时，将家庭创伤与国家创伤等同，赋予创伤隐喻时，已经使新时期家庭创伤叙事不可避免地烙上鲜明的政治印记。

二是以《波动》为代表的社会创伤叙事。随着作家群体个体意识的增强，对"文革"创伤的反思已经不再满足于政治言语控诉，而是开始从广阔的社会历史空间对其进行深邃考究。由此，一方面，深刻剖析一系列政治运动造成的创伤对原有社会秩序、伦理、信仰的冲击，以及对不同身份的人的事业、家庭等方面的改变，造成的心理创伤；另一方面，对现实社会中仍存在的社会问题更加犀利的批判，使得新时期社会创伤叙事在反响与争鸣中，呈现出异质化的创伤叙事形态。

---

[1] 林庆新：《创伤叙事与"不及物写作"》，《国外文学》2008 年第 4 期，第 29 页。

　　三是以《一九八六年》为代表的集体创伤叙事。包含人文、科学与理性精神的现代意识，激发了作家群体对"文革"创伤中个体的生存、命运与心理等方面的极大关注，在渴望打破僵化的文学状况，呼吁艺术品格复归的急切心情作用之下，对"文革"创伤的书写侧重于用现代技巧表现个体的精神状态，表征个体隐秘的心理世界，探究个体与他者的关系，呈现出意象化书写特征。无论对"文革"创伤在人类历史的意义达到何种程度的反思，但至少更加凸显文学创伤特征的新时期集体创伤叙事曾经为之作出过努力，这就是其存在的意义所在。

　　四是以《一个冬天的童话》为代表的女性创伤叙事。从性别意识视角审视新时期女性创伤叙事，可以清晰地发现新时期女性创伤叙事，从对新时期之初大一统的主流话语的唱和到呼吁男女社会与角色平等的自主呼声，再到对女性自身成长经历中真切独特的体悟，汇成了一曲精彩斑斓的奏鸣曲。结合各具特色的文本，发现受创女性因其"诉说"方式所具有的隐私性、女性化特点：虽然将女性背负的沉重历史负荷、遭受的种种封建痼疾以及受制于男权父权的窘况一一展示出来，但其本身对中国文化等级的违背与揭示，使某些女性创伤叙事受到不公正对待。这是另一种书写创伤的方式。

　　当然，新时期这四种创伤叙事类型，都绝不是孤立地存在与断然的割裂。事实上，新时期创伤叙事更像是在外在客观因素与内在创伤属性之间衡量、博弈与冲撞之后的凸显某方面的书写。如家庭创伤叙事中，在政治意识的影响下，创伤在家国创伤一体化的书写中被赋予了隐喻的意义。社会创伤叙事中，在个体意识的介入下，从众多受创者身处的社会环境与参与的一系列社会政治运动中，将受创者身不由己或主动投身，但无一幸免遭受历史创伤的无奈展示出来。集体创伤叙事中，在现代意识的冲击下，创伤是一种孤独、无助、恐惧与迷惘的精神状态，在个体与他者之间横亘着深深的沟壑，从而使创伤得到最大化的内在表述。女性创伤叙事中，在性别意识的作用下，创伤是女性成长过程中必然经历的一段过往记忆，在纪实与虚构的交融中得到真实的触摸与感受。无论哪种创伤叙事类型的文学作品，其目的是

"通过追寻创伤的效果及其精神、身体和语言中的印迹来接近创伤"①。新时期创伤叙事都是以人为本的创伤叙事，关注人类、关注人类精神、关注人类创伤世界，才能使创伤叙事不仅仅成为过往历史记忆的记载，更是留给中国人民乃至全世界人们的精神财富。这正是研究新时期创伤叙事的价值与意义。

---

① ［德］加布丽埃·施瓦布：《文学、权利与主体》，陶家俊译，中国社会科学出版社2011年版，第155页。

第二章　政治意识下的家庭创伤叙事

　　作为对社会历史进行反映与书写的一种方式，文学作品的内容和形式离不开一定时空环境，不可避免地烙上时代和历史的印记。从1966—1976年的十年"文革"，不仅使中国社会主义建设遭受重挫，给国家带来深重的灾难，而且把每一个家庭裹挟进去，给许多家庭带来夫妻反目、妻离子散的生活悲剧和心灵创伤。随着1976年10月"四人帮"的垮台与"文革"的结束，特别是1978年改革开放伟大决策的实施，中国社会进入一个新的历史时期。在这种历史和社会背景下，"文革"后应运而生的新时期文学，尤其是20世纪70年代末80年代初新时期伊始的文学，把记录和再现"文革"历史作为关注的首要对象，以控诉和揭露"文革"创伤为主要内容。在诸多"文革"创伤记忆中，对于尚未摆脱政治意识束缚的作家群体来说，家庭创伤是最好的切入点。家庭创伤既能应时传达出揭露与控诉"文革"悲剧，满足个体的心理情感需求，也在被赋予家国创伤同体的隐喻书写中，完成新时期社会历史对文学的政治诉求。于是，在新时期文学的创伤叙事中，形成叙述"文革"期间发生在夫妻、父母、兄弟姐妹等亲人身上难以预料的创伤事件，造成家庭破裂或亲人严重心理创伤的家庭创伤叙事类型。新时期家庭创伤叙事作品主要有《伤痕》《爱情的位置》《在小河那边》《我该怎么办》《蹉跎岁月》《枫》《飘逝的花头巾》《爬满青藤的木屋》《思念你，桦林》等。这些作品从不同角度展示了人们在爱情、婚姻与家庭生活中所遭受的心理与生理的双重创伤，成为新时期文学中创伤叙事的起点。由于从1976年10月"四人帮"被打倒，到1981年6月中共中央通过《关于建国以来

党的若干历史问题的决议》给予"文革"以权威的定论，特别是在
1978 年 12 月党的十一届三中全会召开之前，这是中国政局的转变过
渡时期，具有很大的不稳定性，使与其同步渐进发展的新时期文学中
的家庭创伤叙事烙上了鲜明的政治意识印迹。

第一节 揭露与控诉：新时期文学的家庭创伤叙事

新时期文学源起于众多作家致力于"文革"给人们造成的心灵创
伤的表述欲望，也必然涉及对"文革"中一些文艺政策与文艺观念
的否定与批判。彼时，新时期文学的逐渐复苏与政治思想领域剧变之
间的同步性，注定了揭露与控诉"文革"创伤的新时期家庭创伤叙
事，与一系列文艺观念与创作倾向问题的讨论连在一起，如文学能否
暴露、向前看还是向后看、歌德与缺德等。在新时期文学与政治意识
的反复纠缠、较量、妥协与均衡的此消彼长中，新时期文学中的家庭
创伤叙事呈现出从暴露社会问题到关注精神内伤，从呼应政治需求到
彰显创伤心理的进程。

一 从暴露社会问题到关注精神内伤

1977 年第 11 期《人民文学》上发表了刘心武的短篇小说《班主
任》，评论家朱寨认为这篇小说揭示了"四人帮"把"相当数量的青
少年的灵魂扭曲成'畸形'，这种灵魂的'畸形'，是一种精神的内
伤"。并进一步指出其意义在于：揭出这种容易被忽略的内伤，引起
整个社会的注意，喊出"救救被'四人帮'坑害了的孩子"的呼声，
引起疗救，这是刘心武同志的主要贡献，也是《班主任》能够激起
巨大社会反响，成为粉碎"四人帮"以来，或者十多年来第一篇影
响最大的优秀短篇小说的重要原因。① 在后来的文学史研究中，甚至
有外国学者认为"'伤痕文学'的第一部作品，实际上是宣言，就是

---

① 朱寨：《对生活的思考》，《文艺报》1978 年第 3 期，第 4—5 页。

刘心武的小说《班主任》（发表于 1977 年 11 月）"。① 但随后由《班主任》引发的一系列文艺论争，真实反映了新时期文学的创伤叙事在暴露社会问题与关注精神内伤之间寻求政治合法支持的艰难之路。

《班主任》发表之后，曾被斥责为"暴露文学""问题小说""没有写英雄人物"等，中国社会科学院《文学评论》编辑部为此组织了一次座谈会，为《班主任》进行了一定的辩驳，但并未能平息这场关于"暴露文学"论争。之后，《文艺报》《文汇报》《山东文艺》发表的《是"暴露文学"吗》《歌颂与暴露的巧妙结合》《暴露黑暗是为了歌颂光明》《这里不是禁区》《暴露文学的作用和地位》等几篇文章纷纷就文学能否进行暴露，如何处理好歌颂与暴露、光明与黑暗之关系问题进行了讨论。小说《班主任》是刘心武敏锐感受到新时期微妙的政治气氛，结合自己丰富的教育工作经验，从文化教育专制的角度着手批判"四人帮"的结晶。"《班主任》这篇作品，产生于我对'文化大革命'的积存已久的腹诽，其中集中表现为对'四人帮'文化专制主义的强烈不满。"② 此时，虽然对"文化大革命"并未进行明确的否定，但"四人帮"已被打倒，按理说，这样的作品应该是受到欢迎的应时之作，但这篇小说在发表过程中就引发了两种不同的观点："正方认为：塑造了张老师正面形象，作为揭批'四人帮'的小说，应该发表。反方觉得：似属暴露文学，恐怕不易发表。"③ 发表前后对《班主任》的争鸣反映出在刚刚结束"文革"，社会政治形势尚不明朗的这个特殊敏感的政治时期，新时期文学创作上仍然存有的禁区，即社会问题能否暴露，也初次探讨了文学应该在怎样的许可范围内、如何书写"文革"创伤的重大命题。

《班主任》对社会问题的暴露反映了新时期之初对文学作品褒贬与评价仍然受制于浓厚的政治意识。一方面，暴露往往是从作者立场态度与作品内容方面来褒贬一篇作品。如果作者是站在党和人民群众

① ［美］R. 麦克法夸尔等编：《剑桥中华人民共和国史》下卷，俞金尧等译，中国社会科学出版社 1992 年版，第 806 页。

② 刘心武：《关于小说〈班主任〉的回忆》，《百年潮》2006 年第 12 期，第 62 页。

③ 崔道怡：《〈班主任〉何以引发巨大反响》，《光明日报》2008 年 10 月 13 日。

的立场，在允许的范围内暴露了林彪、"四人帮"对革命干部、人民群众所犯的罪恶，就会免于受到指责。另一方面，确定暴露与否的标准与尺度不是掌握在作家手里，而是由意识形态话语决定与评判，从而使具有暴露主题的作品具有单向性，也使得作家处于被指责、被批判的不利地位。并且由于只有暴露，缺少反省，它们的作用也就仅止于对过去不堪历史的否定，却谈不上对未来新制度、新事物的催生。换言之，从揭示存在的种种社会问题出发达到揭露"四人帮"罪恶、进而推动新时期文学发展的目的，牵涉到太多溢出文学范畴的议题的论争。因此，尽管刘心武承认"就我个人而言，我的认知没到那个程度。我从来不是一个政治性的人物，我只是一个文学爱好者，只是通过小说来抒发一些对社会人生的看法"。① 但《班主任》对"文革"教育专制的质疑与否定在新时期文学之初还是引发了很大的争鸣，以至于后来刘心武反省自己："我强迫自己在每一篇新作品当中都提出一个重大社会问题，最后我就遭到了——正像一位日本评论家研究我的创作时所提出来的一样——文学本身的沉重反击。"② 何况，刘心武的作品中还普遍存在着因具有较强的思辨色彩，而导致议论过多、人物形象不够生动的艺术上的不足，更使得暴露社会问题的《班主任》遭致訾议。

这里涉及新时期之初政治意识与主体意识之间相互制约的文学现象。刘心武说："从 1976 年 10 月到 1977 年夏天就是我个人的一个反思期，我就开始酝酿一次叛逆，要否定我后来所进入的'文革'后期文化、文学。"③ 这里提到的叛逆，指的是刘心武主体思想上的自觉叛逆。它包括两个方面的含义：一是在粉碎"四人帮"之后的一个突变的时局里（尽管这种政治环境的变化在当时仍存在再次变动的可能性），创作主体的一个有意识的寻求思想上变动的明确意识。在

①　刘心武等：《我不希望我被放到单一的视角里面去观察》，《上海文化》2009 年第 2 期，第 121 页。

②　刘心武：《小说创作中的几个内部规律问题》，《滇池》1983 年第 1 期，第 44 页。

③　刘心武等：《我不希望我被放到单一的视角里面去观察》，《上海文化》2009 年第 2 期，第 122 页。

"四人帮"被打倒的政治形势下，在文学创作上尽快突显否定"四人帮"的主题是当务之急。二是针对在"文革"后期作者曾发表过的后来令他自己感到脸红的一些应时文章的叛逆。如1975年发表的《睁大你的眼睛》，讲述了主人公红小兵方旗带领几个少年和装扮成残疾人的资本家郑传善进行斗争的故事。从小说情节与话语上看，方旗与其同伴郑可意，以及郑可意奶奶之间所发生的思想对冲与碰撞，同《班主任》中谢惠敏与同学石红、张俊石老师之间的冲突与较量何其相似。但在不同的历史时期，刘心武却对自己塑造的两类人物形象分别持截然相反的论点，这也是刘心武主体意识觉醒后对自己的一种反叛。但是，新时期作家这种逐渐复苏的主体意识也不可避免地受到政治意识的钳制，"这些作品一方面帮助党否定'文革'，同仍然支持'文革'的人作斗争，另一方面充当了人民倾诉苦难的声音"①。既说明了政治社会因素对新时期文学创作的不容抹杀的较大影响，也反映了新时期之初作家主体意识的觉醒处于一种无形的政治意识的规训之中。因此，《班主任》里避而不谈"文化大革命"，将一切"文革"灾难归罪于"四人帮"的简单指向的话语模式，也就能为后人所理解了。

可以说，新时期之初文学作品的意义更多在于充当了新时期思想解放的先声。正如崔道怡回忆道："读者们纷纷说，《班主任》提出了发人深省的社会课题，传达了我们的心声。……当文学复归正常轨道，即便小说仍不失其思想启蒙作用，也将不再等同于政治激情了，而在当时，新时期文学对思想解放和政治进步起了极大的启蒙作用，可以说直接推动了社会的大跨步前进。"②《班主任》引发的社会轰动效应，在某种程度上使人们忽略了作品中对"四人帮"造成的人们心理创伤的关注。尽管《班主任》对青少年一代精神内伤的描写不具有自觉性，但在对谢惠敏这个人物形象的塑造上，的确捕捉到了受

---

① ［德］顾彬：《二十世纪中国文学史》，范劲等译，华东师范大学出版社2008年版，第311页。

② 崔道怡：《〈班主任〉何以引发巨大反响》，《光明日报》2008年10月13日。

创者的一些心理描写。在《班主任》和其后兴起的《伤痕》《我应该怎么办》等"伤痕文学"作品中，洪子诚敏锐地发现其具有"对个人的命运、情感创伤的关注，和作家对于'主体意识'的寻找的自觉"① 的特征。如果将关注点转移到对受创者心理或精神方面的考察上，可以发现《班主任》以某种程度的主体话语权避免了政治上的单向性，更易引起广大人民情感上的共鸣，呈现出积极参与新时期文学建设的主动性和协同性。"1979 年改革所开启的新政策需要合理性，所以开始放开对'文革'的批评。作家对这种放开态度报以感谢，一再用所谓'伤痕文学'的形式控诉由过去造成的当前'空白'。"② 这正是想要对"文革"历史发表看法，对"文革"故事进行讲述的新时期作家群体的渴望。

《班主任》为了凸显张老师精神上的启蒙作用，有意设置了张老师对谢惠敏的态度上的变化。也正是对张老师这种反复无常的态度的粗糙处理，成为对谢惠敏心理伤害的无意但真实的写照。小说张老师与团支书谢惠敏有过几次交往。第一次，在一次下乡学农的活动中。谢惠敏要求男同学将手里的麦穗还给老乡时，与同学之间发生了分歧，张老师不仅同意了谢惠敏的请求，还深深地被她感动。可见，班主任张老师与谢惠敏之间的交往最初是正常的状态，这种常态至少表明两人在思想、政治、知识等方面的认知是一致的。第二次，是团支部在过组织生活时，有同学打瞌睡，于是，谢惠敏向张老师告状，但出乎谢惠敏和读者的预料，这一次，张老师却没有支持谢惠敏。谢惠敏在不知所措中的反应是：瞪圆了双眼，几乎不相信自己的耳朵，隔了好一阵，才抗议地说。第三次，是女孩子在夏天穿什么衣服的事情上，张老师又建议谢惠敏带头穿上短袖裙子，再次让谢惠敏惊讶得满脸涨红。谢惠敏两次都在毫无心理准备的情况下，遭到了张老师反叛式的打击，也因此才有外在神态上的惊讶神情，这也暗示了她心理上

---

① 洪子诚：《中国当代文学史》，北京大学出版社 1999 年版，第 240 页。

② ［德］顾彬：《二十世纪中国文学史》，范劲等译，华东师范大学出版社 2008 年版，第 296 页。

的变化。第四次，是宋宝琦要到这个班级时，谢惠敏找到张老师汇报同学们的不满情绪时，并说"我怕什么？这是阶级斗争！他敢犯狂，我们就跟他斗"时，小说里没有提到任何原因地又让张老师成为谢惠敏的支持者，再次被谢惠敏的言行所打动，"于是，他心里一热，亲热地对谢惠敏说"。第五次，是当张老师就《牛虻》这本书对谢惠敏分辨不是黄书时，谢惠敏的两撇眉毛险些飞出脑门，她瞪圆了双眼望着张老师，激烈地质问说："怎么？不是黄书?！这号书不是黄书什么是黄书！"此后，因为想起以前与张老师之间的许多细琐冲突来，对张老师的尊敬之感，顿然减少了许多。"她痛苦而惶惑地望着映在课桌上的那些斑驳的树影。她非常、非常愿意尊敬张老师，可张老师对这样一本书的古怪态度，又让她不能不在心里嘀咕：'还是老师呢，怎么会这样啊?！……'"第六次，是因为读《表》这部小说，谢惠敏与石红吵架了。虽然这次不是和张老师之间的矛盾，但因为张老师一直支持石红的各种做法，也等同于她与张老师之间的分歧。谢惠敏的表情是：激动地走出屋子，晚风吹拂着她火烫的面颊，她很痛苦，上牙把下唇咬出了很深的印子……作品中运用语言、行为、神情和心理等多种描写方法展示出受创者谢惠敏的痛苦心理，不能不说相当精准微妙。只是《班主任》里对精神内伤的关注在引起的暴露社会问题的讨论声中被隐匿起来，而一些批判之声又使新时期作家创作发生了一定的转向。

的确，当新时期作家群体想要表现历史上具体创伤事件的欲望被政治社会环境不断地束缚和制约时，更多作家开始避开宏大的社会问题的探讨，转向以情感、情节取胜的揭批"四人帮"的作品创作上。随后的《伤痕》在相同的揭露"四人帮"罪恶的主题下，因对个体情感的强烈倾诉、对创伤心理的更多涉及与家国创伤的一体化隐喻而引起新的社会效应，也使新时期文学从最初关注社会现实问题发展到控诉"文革"给人们造成的心理伤痕的叙事道路上。此后出现的《枫》《在小河那边》《我应该怎么办》《爱情的位置》《爬满青藤的小屋》等小说，都是关于"文革"家庭创伤故事的叙述。

从对社会问题的暴露到对精神内伤的关注，反映了新时期文学构建过程中多方话语及走向的协同、调整乃至统一的复杂性。从创伤叙事的视角来看,进入文学史的《班主任》不仅是揭露与控诉"四人帮"的主题内容与批判"文革"劫难的姿态,更是因为其第一次对"文革"灾难中人们的精神内伤的无意涉笔,从而引发了此后新时期文学中家庭创伤叙事的涌现。如果说《班主任》是新时期文学创伤叙事的起点作品,可以说《伤痕》是新时期文学家庭创伤叙事的标志性作品。

二 从呼应政治需求到彰显创伤心理

在《班主任》之后,一批讲述"文革"历史给人们的爱情、婚姻与生活造成困惑与悲剧的家庭创伤叙事作品,如《伤痕》《爱情的位置》《在小河那边》《我该怎么办》《爬满青藤的木屋》等纷纷涌现。这些文本既是对新时期政治需求的自觉呼应,也是对受创者创伤心理的无意彰显。

虽然作家拥有各自独特的与"文革"创伤事件相关的创伤记忆,又因为性别身份、文化水平与审美风格等各种因素的影响,在文本中难免体现出不同的创伤书写,但在新时期之初却不约而同地形成了对家庭创伤主题的热衷。如刘心武在《班主任》后创作了《爱情的位置》《醒来吧,弟弟》等小说,虽然还是涉及一些社会问题与现象,仍然用完全归咎于"四人帮"的简单话语处理人物关系,采取只涉及、不解决与无答案的解决方式,但开始转向探讨应该追求什么样的爱情,哥哥与深受"四人帮"毒害的弟弟之间的亲情裂痕等家庭内部的创伤。再以"伤痕文学"的代表作品《伤痕》为例,通过收集分析现有关于《伤痕》发表过程的文字资料,可以知道,《伤痕》中王晓华母女之间的家庭悲剧故事打动了很多人。如编辑马达读《伤痕》就联想到自己的创伤经历:"读着、读着,小说的故事情节与我个人的痛苦回忆交织在一起,我被小说的'伤痕'深深感染了。小说主人公的命运,是当时的中青年和老年人都十分熟悉的。"① 而另

---

① 马达:《马达自述——办报生涯60年》,文汇出版社2004年版,第66页。

一位编辑钟锡知收到了200多封读者来信，"很多人在信中诉说他们在'文革'中的类似遭遇，最奇的是西安市陕西省电力设计院一位也叫王晓华的男干部来信询问，为何小说《伤痕》写的都是他家的遭遇，而他跟作者卢新华素不相识，等等。"① 但对于当时是大一新生的作者卢新华来说，这样的悲剧故事并不是他本人的亲身经历。钟锡知对此也有过明确的回忆："他说不是，他的家庭是小职员，他没有王晓华的经历，这个题材是从'文革'中很多家庭的遭遇中概括出来的，他身边不少人有过类似的经历。"② 卢新华曾说是鲁迅的思想和作品对他潜移默化的影响才使他写出了《伤痕》，才使他有了写《伤痕》的主题："动乱的十年所造成的巨大伤痕，不仅表现在生产力遭到巨大破坏上，更主要的还反映在人们的精神、思想和心灵所受的巨大摧残上。"③ 可见，卢新华出于对"文革"历史的批判而选择叙述王晓华母女悲剧的家庭创伤故事。即使到了20世纪80年代，对时代政治因素的权重选择创作主题的作家仍大有人在。苏童的处女作是1983年发表在《青春》杂志上的一篇知青小说，他后来曾十分懊恼地反省道："只有我写了一个什么莫名其妙的知青小说，这跟我有什么关系呢？"甚至说："我觉得我是用一种非常的手段，窃得了我文学上的，谈不上是第一桶金的第一个出版权，获得了某一种权力。……而且那种小说在当时社会学对文学的某一种评判下，确实是大行其道的，就这么一个大学生写的，瞎琢磨出来的小说，还获得了第二年的《青春》文学奖。"④ 以至于他后来都不愿谈起这么一部作品。

　　由此发现这样一个文学事实：新时期家庭创伤叙事对"文革"创伤的有限书写反映了新时期文学对政治需求的一种自觉呼应。无论作家是否亲身经历了"文革"创伤，在新时期之初只要把握住有利的历史机遇，在顺应新时期社会政治的语境下，能够"带头讲出了

---

①　钟锡知：《小说〈伤痕〉发表前后》，《新闻记者》1991年第8期，第33页。

②　同上。

③　卢新华：《要真诚，永远也不要虚伪》，《齐齐哈尔师范学院学报》1983年第3期，第97页。

④　苏童：《重返先锋：文学与记忆》，《名作欣赏》2011年第7期，第93页。

'人人心中有'，却一时说不出或说不清的真感受"①，即反映出在"文革"中遭受种种磨难、经历各种创伤事件并遭受心理创伤的受创者的共同情感，将文学作品成为表达创伤的记载，就能引起一定的社会反响和获得一定的文学地位。家庭创伤叙事与其说是出自新时期作家对创伤历史的文学反思，不如说是源自作家们强烈政治意识下对创伤主题的热衷。对此，我们无须苛责任何人，"文学形象和躲在它背后的理性内涵，往往一时令人难以猜透。有时甚至连作者本人也一时说不清楚。这种现象在小说创作中屡见不鲜。这也许就是感性与理性、形象与概念、主观动机与客观效果之间的一段距离"②。在过度诠释新时期家庭创伤叙事作品中的政治意义后，经过一段时间的积淀，文学文本中对历史创伤的表达与再现，对心理创伤特征的彰显才能逐渐被发掘出来，成为创伤叙事视角的考察对象。

《伤痕》《我应该怎么办》《在小河那边》《思念你，桦林》《爬满青藤的木屋》《被爱情遗忘的角落》等新时期家庭创伤叙事作品，在对"文革"创伤的客观书写上一定程度上涉及了对受创者心理创伤的细节描写，呈现出创伤叙事的某些特征。在家庭创伤叙事中，受创者往往因自身或至亲遭遇某些重大创伤性事件，或者目睹家庭其他亲人遭受的突如其来的创伤性事件，而出现噩梦、幻觉等心理上的变化，并伴随着孤独、恐惧、不安、怀疑、冷漠、无助等种种心理特征，这是所有受创者共有的创伤特征。如乔治·巴泰所说："这种复杂的情感无法变成一种'智慧'的事物——在未来以其精确的印象不断地回照，而是以一种近乎混乱的状态不时地浮现，这时受害人对于事件的反映，对于往事的理解，往往是失范而不合常态的，于是，精神创伤也就形成了。"③ 新时期家庭创伤叙事虽然侧重凸显"文革"创伤主题，但还是无意涉及对受创者心理创伤的文学描写。

根据受创者创伤后表现出的心理状态，可以将新时期家庭创伤叙

---

① 刘心武：《关于小说〈班主任〉的回忆》，《百年潮》2006 年第 12 期，第 62 页。

② 钟锡知：《平地一声春雷》，《文学报》1998 年 11 月 5 日。

③ 丁玫：《"为了灵魂的纯洁而含辛茹苦"——艾·巴·辛格与创伤书写》，浙江大学出版社 2014 年版，第 32 页。

事中的受创者分为三种类型。一是与外部世界联系的有意疏离者。如《在小河那边》里的严凉，因为父亲是臭名昭著的林彪死党、母亲被诬为"假党员"、"中统特务"，回到海南岛上后，完全成了另一个人，笑容消失，暮气沉沉。最重要的是，他主动要求离开喧嚣的尘世，与外部世界的联系也只是一部收音机。小说里写道："时光像小河的水一样流逝，收音机里传出时代纷扰的脚步声，却惊扰不了严凉心头的冷漠。"如《伤痕》里的王晓华，离开"叛徒"母亲下乡后，再也不与母亲、同学联系。后来因为自己的出身连累了男朋友小苏，就与他单向断了关系。甚至母亲在平反后写信告诉她真相，她仍然不敢与之联系。这里对严凉和王晓华遭受来自家庭创伤的心理创伤描写，近似于凯西·卡露丝所说的受创者受到时间困扰的特征，一直停留在过去的时间里。但遗憾的是，无论是《在小河那边》，还是《伤痕》，小说仍然逃脱不了新时期一贯采用的乐观圆满的模式化结尾形式，使本具有悲凉色彩的创伤叙事有了新时期喜庆的声调。

　　二是对自身创伤经历的回避与遮藏者。如《爬满青藤的木屋》里，盘青青受到丈夫的训斥，也只能转身走了，边走边用手背揩眼泪。虽然生命力逐渐觉醒的她也慢慢敢于反抗丈夫的虐待，但当李幸福看到她酱紫的受伤的手时，却谎称是在猪栏里被猪撞伤的。在"一把手"李幸福面前，盘青青不仅极力掩藏丈夫对她造成的身体创伤，更是不轻易展示其心理创伤。在《思念你，桦林》中，秦情面对卢建平炽热的情感，虽然心有所动，但却一再回避，原来是因为触动了她内心曾经的情感创伤。她"想起了另一件事，早已被忘怀、被埋葬的往事"，"那早已被忘怀、被埋葬的事，今天是那样固执而鲜明地显现在脑海里，像几年前那样折磨着我，叫我心酸……"之所以在卢建平面前躲避炽热的追求，正是因为她遭受着丈夫对爱情背叛的心理创伤。

　　三是创伤经历后的无助者与孤独者。《被爱情遗忘的角落》里的女主人公荒妹因为姐姐存妮与小豹子的爱情悲剧而遭到严重的心理创伤，"她感到无比地羞耻、屈辱、怨恨和愤懑。她最亲爱的姐姐竟然给全家带来了灾难，也给她带来了无法摆脱的不幸。那最初来临的女性的自尊，在她幼弱的心灵上还没有成形，因而也就格外的敏感，格外地容易挫伤"。正是因为姐姐的爱情悲剧，让荒妹害怕和憎恨所有青年男子，对他们避而远之的同时，也成了一个性格孤僻的姑娘。《我应该怎么办》结尾处的薛子君因为前夫的突然出现，而要面临着选择上的困境时的无助感，深深地牵动着无数读者的心。

虽然新时期家庭创伤叙事因为作家主体意识一定程度上的觉醒，描写了冷漠、疏离、回避、惊惧与无助等微妙的创伤心理，塑造了不同的受创者形象。但因为对文学作品创伤主题的关注与书写囿于家国创伤同体的框架之内，受创者的创伤心理并不是重点着墨的地方，往往简略勾勒。又基于新时期勾画美好乐观的未来蓝图与积极向前看的政治引导，新时期家庭创伤叙事在揭批"四人帮"的同时，大都呈现出积极乐观的生活态度和光明圆满的未来归宿，烙上了鲜明的政治意识。如在对受创者的最终结局安排上，大多是抚平或治愈了受创者的创伤心灵，以大团圆代替了本应有的悲剧色彩。《在小河那边》中穆兰与严凉的圆满爱情、《爬满青藤的木屋》中盘青青与李幸福的远走高飞等都属于此类。这种人为的忽视创伤本身特质的处理方式在当时已经受到一些评论家的批评，也引起了作家群体的反思。如果说对"文革"创伤主题的书写是新时期作家群体的有意为之，可以说具有创伤叙事特征的心理创伤描写则是作家群体的无意为之。

新时期家庭创伤叙事中即使是对心理创伤描写的无意涉笔，也对新时期其他类型的创伤叙事有着启发和推进作用。《思念你，桦林》里的秦倩虽然最终没有接受卢建华的爱情，但在经过复杂的心理斗争与思考后，认为"真正的爱情永远是道德的，没有爱情的夫妻生活才是虚伪的，是真正不道德的"。与这种爱情婚姻观有相似论调的是女作家遇罗锦，她曾以"没有爱情的婚姻是不道德的"为自己的离婚案辩解。不同的是《思念你，桦林》里的秦倩最终向现实生活妥协了，而《一个冬天里的童话》里的罗锦尽管以失败告终，但却迈出了大胆勇敢追求自己爱情的脚步。还有上述对受创者结局的稍嫌敷衍粗糙的简单化处理，在社会创伤叙事、女性创伤叙事与集体创伤叙事中也得到了很大改观。在表现创伤心理的方式上，也从最初的议论大于形象、一笔带过的以梦境为主的创伤手法拓展到其他类型中多样化手法的运用上。如《波动》中转换的叙事角度与闪回的创伤场景，《一九八六年》中的非线性结构与混乱的语言描述等，这些使新时期创伤叙事更加接近创伤叙事的特质了。

家庭创伤叙事在新时期鲜明的政治意识与浓郁的政治氛围下，完成了从暴露社会问题到关注精神创伤、从呼应政治需求到彰显心理创伤的发展进程。从文学意义的创伤叙事看，难免存在一些遗憾，但其对创伤心理的无意涉及与描写，对新时期其他类型的创伤叙事具有重要的借鉴意义。

第二节 同质与创伤诉求：家庭创伤叙事特征

作为人生普遍体验的创伤，是许多作家产生创作冲动的内驱力之一。新时期家庭创伤叙事正是作家群体遭遇十年"文革"的现实困境与精神磨难后，借以文字表达创伤、抚摸创伤乃至治疗创伤的方式。新时期家庭创伤叙事呈现出政治观念下的创伤书写与同质化的创伤叙事形态的独特属性，其无意涉及的心理创伤描写在新时期其他创伤叙事类型中得到了一定的拓展，具有重要的叙事意义。

一 政治观念下的创伤言说

"文革"结束后，以作家群体为代表的知识分子从社会底层重新被召唤到了社会的中心位置，内心深处忧国忧民的文人使命感使他们重拾对祖国和人民的热情，自觉以揭露创伤历史和社会悲剧为己任，也因此使侧重交流与控诉的新时期家庭创伤叙事呈现出政治观念下的创伤言说特质。

一方面，作家们通过讲述家庭创伤悲剧故事，使读者置身其中并理解故事中人物的处境、情感与创伤，借以引起交流与共鸣，推进新时期政治与文学等各方面的发展。新时期故事层面的创伤叙事以媒介期刊为阵地，涉及多重多向的交流，如作家与读者、作家与批评家、读者与批评家等。刘心武创作《班主任》的本意是要代表大众表达一定的社会诉求,《班主任》之所以能代表大众对专制教育制度发出质疑,一是源自刘心武"文革"期间一直在中学任教的经历,才能写出触动青少年心灵痛楚的作品,唤醒他们浑噩的精神状态。二是来自作家刘心武对包括自己在内的知识分子身份的设置,认为知识分子以主流文学话语可以胜任引领大众对"文革"创伤的控诉、揭露与批判的重任。孔捷生于《在小河那边》的开头写道:"谨献给至今仍生活在阴影中的人们,愿他们早日得到解脱,和我们享受同样清新的空气,同样明媚的阳光。"这应该也是大多数新时期作家发自内心的共同心愿。除此之外,作家也会与读者就作品讨论互动达成思想交流。《我应该怎么办》发表后,在获得评论界肯定的同时,也在广大读者中掀起了巨大反响,引起了广泛的社会效应。作者陈国凯收到许多读者来信:"在来信中,许多读者对作品中的人物薛子君、李丽文、刘亦民的命运遭遇倾注了极大地同情"①,有一位女读者向陈国凯倾诉了类似作品主人公的自己的遭遇,要求作者帮助她。还有一位读者读了小说之后,甚至因此幻想着自己的爷爷哪一天也会重新出现在自己面前。

当时的重要期刊《文艺报》《人民文学》《诗刊》等,最初关于《班主任》《伤痕》等开展的几次大讨论,也很看重读者参与性。《文艺报》的"群言堂"和"读者中来"作为复刊后的两个特色栏目,专门对讨论的作品发表持不同观点的读者文章。如在"群言堂"栏目发表了《提倡批评和反批评》《是"暴露文学"吗》《扫荡瞒和骗的文艺》等各抒己见的文章。在提倡百家争鸣、开展理论思想讨论的同时,对各种论争持包容开放的态度,很好地创造了民主言声的氛围与环境。在"读者中来"发表了《这样作结论合适吗》一文,认为1978 年围绕《伤痕》及其他作品的争论,因涉及文艺创作和文艺理论中许多基本问题,还不能说已经取得了一致的意见。新时期文学作品、文学期刊与读者之间形成了良性互动,文学期刊在交流中努力建构新时期文学自由平等、包容开放的批评空间,读者在交流中也进一

---

① 陈国凯:《他们这样办!》,《作品》1979 年第 11 期,第 8 页。

步促进了期刊的繁荣。如《伤痕》发表后，当天的《文汇报》被抢购一空，接下来的几天，《伤痕》也成了街谈巷议的话题。而因为《我应该怎么办》发表后引发的强烈的社会效应，《作品》杂志组织了关于该小说的讨论和笔谈，《作品》杂志也因此销售量激增。

此外，新时期作家还通过讲述悲剧色彩的"文革"故事或者借受创者之口，试图发出自己对社会、政治、爱情与历史见解的声音。如借《在小河那边》中的穆兰之口发出质问："我们国家这十年遭到一场大灾难，这是为什么？如果仅仅因为林彪、'四人帮'，那些野心家是怎么爬上去的？让他们当权，问过人民的意见没有？"再如《爱情的位置》里对现实生活中爱情话题的议论："把爱情问题驱除出文艺作品乃至于一切宣传范畴的结果，是产生了两种不正常的现象。一种，是少数青年把生理上的要求当作爱情、个别的甚至堕落成为流氓，这一种我暂不愿加以研究。另一种，可就非常之普遍了——不承认爱情，只承认婚姻。"可见，在"文革"结束后的新时期，作家们面对历史创伤与现实问题，急于表达自己的见解，希望通过自己的"文革"创伤书写能在政治、文学界得到领导者、同行、读者相应的呼应。因此不仅在题材上选择了在"文革"十年现实生活中发生的许多类似的家庭创伤故事来着手，而且在篇幅上也选择了以时效性较强的短篇小说为主。

另一方面，新时期家庭创伤叙事是在社会文化环境还比较敏感紧张的环境中开始试水的，必然配合新时期急遽变化的时代要求，急于与"文革"时段切断关联，尝试发出社会时代的新的呼声。这种新的呼声是基于对"文革"的否定与批判之上，也会触及某些政治与文学政策的敏感之处，于是造成新时期家庭创伤叙事在"文革"创伤的责任归罪问题处理上，呈现出以控诉为目的的创伤叙事特征。新时期文学中的家庭创伤叙事似乎不愿对创伤的责任归属问题作进一步的深究与反思，它把所有人所遭受的"文革"创伤都匆匆归罪于历史事件中的"四人帮"及其少数坏人。如《伤痕》中王晓华母女的分离与团聚就在于"四人帮"的垮台与否，《我应该怎么办》中薛子君的婚姻磨难在于"四人帮"对其前夫的迫害，《在小河那边》穆兰姐弟之间是爱情还是乱伦的情感，凭借平反后母亲的一封信定夺。《枫》里的卢丹枫与李红钢的爱情悲剧是由于"文革"中的不同派系间的武斗所造成的。但正如杰弗里·C.亚历山大在《迈向文化创伤理论》一文中所认为的，有四种关键再现对于新主导叙事的创造来说非常重要。其中之一即是责任归属问题。创造令人信服的创伤叙事时，建立迫害者的身份是很重要的。谁实际上伤害了受害者？谁导致了创伤？这个议题总是涉及了象征和社会的建构。① 那么，是右派的身份还是知识分子失去了话语权导致了亲人之间如王晓华母女、薛子君与李丽文夫妻的分别？是世事的难料还是狂热的盲从导致了穆兰与严凉姐弟、卢丹枫与李红钢恋人之间的感情波折？这些反思必然在新时期家庭创伤叙事中搁浅。在新时期家庭创伤叙事中，最先简单化处理的就是对"文革"创伤的责任归罪问题。甚至在意识到这种过于简单化的不妥归罪之后，为与新时期的党中央保持一致，仍然直接把个体或群体遭受的创伤归罪于"文革"这场运动。

究其原因，一是新时期作家群体在描写"文革"创伤还存有许多限制与禁忌的条件下，考虑更多的是如何表达这种创伤，而不是朝着怎样表达创伤过程中独特个体的体悟与丰富的叙事方向去努力。正如有学者指出新时期文学之初的"伤痕文学"中隐含的三段论逻辑："所有的历史错误乃至人的堕落、家庭的破裂均是'四人帮'一手导演的；现在'四人帮'已经被打倒；因而一切创伤必将弥合，国家的前途必然光明。"② 基于政治意识意义上的这种创作形态是作家和评论家共同参与新时期文学建设中所默契达成的一种共识，家庭创伤叙事作为新时期的一种创伤叙事类型，其创伤叙事的目的即是"由控诉而否定过去，否定造成伤痕的过去，进而肯定现在，憧憬未来，这就实现了当时国民对新中国的认同"③。因此，不管家庭创伤叙事中受创者的身份如何，也不管他们有怎样不同的心理创伤，在以控诉

---

① Jeffrey C. Alexander, *Cultural Trauma and Collective Identity*, University of California Press, 2004, p.15.

② 陶东风等：《中国新时期文学30年》，中国社会科学出版社2008年版，第52页。

③ 同上书，第50页。

"四人帮"及少数坏人作恶为目的的创伤叙事里，作家要表达的是异口同声的社会呼声。

二是在 1976 年 10 月"四人帮"被粉碎后，人们普遍将批判的矛头对准"四人帮"及其爪牙，并认为他们是造成这场浩劫的根源，是与新时期之初对"文革"的政治定论保持一致的。一直到 1981 年 6 月中国共产党十一届六中全会通过的《关于建国以来党的若干问题的决议》中才对"文化大革命"的性质下了定论："'文化大革命'是一场由领导者错误发动，被反革命集团利用，给党、国家和各族人民带来严重灾难的内乱。"① 当然，这份决议早在 1979 年就开始起草，官方对"文革"的态度与认定在文学与政治携手合作的新时期之初对文学创作是至关重要的因素。有此官方的正式结论后，才有新时期创伤叙事得以开展与流行的重要社会氛围，文学创作上也才开始对这长达十年的历史阶段进行审视。而新时期之初的家庭创伤叙事只能在否定与批判"四人帮"及其爪牙的层面上探讨人们所遭受的身心创伤，造成一定的社会轰动效应。它的目的在于建立新的政治举措并利用其来消弭和改变社会的无常状态，使之尽快正常化与规律化，以抚平人们的历史创伤，抚慰人们的创伤心灵，更好地开始新时期政治和文学的建设。

可以说，这既说明了政治社会因素对新时期家庭创伤叙事的不容抹杀的较大影响，也反映了新时期家庭创伤叙事处于一种无形的规训之中。"在新时期，任何一个写作者对意识形态的限制都有一种明确自觉的意识，这一方面源于建国后政治对文学的不断规训，未曾动笔首先考虑潜在的政治风险成为作家的心理惯性，这种心理状态也可称为'规训后遗症'；另一方面，与十七年文学相比，新时期政治对文学生产的干预或组织方式并没有本质的变化。意识形态时松时紧的提醒以及对违规者的惩戒让写作者感到，这一无形的桎梏事实上是出于有形和无形之间，有形之时是直接的事后干预，无形之时是强烈的事

---

① 中共中央文献研究室：《三中全会以来重要文献选编》下，人民出版社 1982 年版，第 760 页。

前暗示。"① 因此，新时期家庭创伤叙事的交流诉求，其实质是作家群体、评论家、主流媒介与读者等多方力量在探讨、争鸣与交流中形成统一的文学声音，即揭露与控诉"文革"给人们造成的精神与身体的创伤，以利于新时期文学的发展。新时期家庭创伤叙事可以讲述不同的"文革"创伤故事，可以设计不同身份的受创者，但以控诉为目的创伤叙事使其只能对创伤源进行简单的责任归罪，也构成了新时期家庭创伤叙事的政治观念下的创伤叙事特质。

二　同质化的创伤叙事形态

当新时期家庭创伤叙事将"文革"创伤简单归罪于少数当权者的胡作非为时，就将创伤狭隘地捆绑在了政治意义上。在参与国家新的社会文化制度的重建过程中，新时期家庭创伤叙事让受创者迅速地从"文革"创伤中走出并恢复时，已经在无意中形成了同质性的创伤叙事形态。

在 20 世纪七八十年代之交，新时期一些创伤叙事作品曾因为对社会体制内的官僚主义与特权主义等各种现实问题的犀利批判与审视而招致严厉批评。如电影剧本《苦恋》《在社会的档案里》《女贼》、话剧剧本《假如我是真的》等。这些作品虽然因体裁不属于本书的研究范畴，但对这些作品的批判而导致当时意识形态对文学的收紧与规训，却与家庭创伤叙事形成同质化的故事形态特质有一定联系。在构建新时期文学规范与制度的过程中，创伤叙事作品无论以何种形式表现出的针对时弊的尖锐批判，都有可能使新时期创伤叙事走向偏离主流文学的危险。故而，作家受制于政治意识束缚，在塑造受创者形象时，自然忽略了对受创者内心世界的深入，造成说教气息十分浓厚。

一方面，在"文革"刚刚结束的历史语境与时代背景下，家庭创伤叙事无疑要与国家创伤叙事融为一体，或者至少是密切相连。也就是说，受创者所遭受的家庭创伤即被赋予了强烈的隐喻创伤书写色

---

① 胡景敏：《巴金〈随想录〉研究》，复旦大学出版社 2010 年版，第 242 页。

彩。家庭所遭受的创伤即是象征着国家所遭受的深重灾难，家庭的破碎即是意味着国家的残缺。新时期政治与文学的同步发展使家庭创伤叙事中的"文革"创伤仅止于揭露与控诉，并随即疗救康复，所以新时期家庭创伤叙事大多是传统的大团圆结尾。新时期作家心照不宣地遵循着这样的意识形态的规训，于是，变化的是创伤者的姓名、年龄与性别，是来自不同家庭婚姻、爱情亲情等的心理创伤，但不变的是同质性话语下"四人帮"是"文革"罪魁祸首的统一归罪指向。"当你'听到'它哭泣的声音，你感觉它倾诉的是'伤痕''反思'，当你'看到'它哭泣的姿态，你才理解这一切都是为了'忘却'与'逃避'。"① 新时期家庭创伤叙事确立了创伤"迫害者"的身份为"四人帮"及少数坏人，这样的话语十分契合当时的政治环境，也符合官方意识形态对新时期文学创作的导向，因为新时期文学肇始就是与时代政治的变化紧密联系在一起的。有论者曾指出新时期文学创伤叙事的这一实质："历史被高度概括，凝聚成可以把握的核心要点，那就是'四人帮'是'文革'的罪魁祸首，'四人帮'的文化专制产生了恶劣的后果。"② 由此，新时期家庭创伤叙事的同质化特征扼杀了所有实实在在的个体在历史创伤中记忆的差别，也将作家展开所有创伤叙事的可能话语，逐渐统一化为一种公众声音。

　　另一方面，家庭创伤叙事中的受创者大多处于自我言说缺失的状态。王晓华、穆兰、荒妹、卢丹枫等受创者无论经历了什么样的家庭创伤和心理波动，小说中都是由叙述者来决定受创者的心理创伤表现，而不是由受创者自身的创伤发展决定的。《伤痕》里除了通过一个梦境来有意显现出王晓华的心理创伤外，看不到更多的创伤内在症候。但事实上，严重的心理创伤后果足以影响到受创者对世界、对人生的理解，因为"受到创伤的人往往在他们内心承载着一段不可能的

---

① 胡景敏：《巴金〈随想录〉研究》，复旦大学出版社 2010 年版，第 242 页。
② 陈晓明：《表意的焦虑：历史祛魅与当代文学变革》，中央编译出版社 2002 年版，第 7 页。

往事，或者说他们本身成为了一段他们自己都无法理解的往事的症候"①。而在新时期家庭创伤叙事中，因为家国一体化的隐喻，作家来不及深思"文革"对人们造成的精神创伤的实质，也不着意于对创伤心理特征的描写，这些受创者的心理创伤才会被如此轻易地抚平。既反映了新时期家庭创伤叙事的同质化叙事形态，也表明作家笔下受创者的心理创伤并未真正形成，他们的创伤只是作家政治观念指向下的创伤概念而已。

事实上，当政治与文学之间不再维系紧密联系，当新时期的政治、社会与文学等方面开始走上常规化发展后，经过时间的积淀，人们对"文革"创伤的书写不再基于交流的诉求，也不再流于控诉的目的，而是开始了内在精神上的纵向开掘与反思。在《七十年代》这本书中，高默波的《起程——一个农村孩子关于七十年代的记忆》一文记叙了他另类的"文革"记忆，"就拿所谓的样板戏来说吧。巴金在《随想录》中曾说，他一听到样板戏就心惊肉跳，成为一种典型的记忆创伤，可是我的记忆恰恰相反，它是我在农村最好的记忆之一"。无独有偶，也有人自省："打破农村平静生活的是我们这批知青的到来。"鲍昆在《黎明前的跃动——我看到的七十年代》里也提起："'文革'旗手江青对于艺术的爱好，实际上倡导和推动了文艺的群众性普及，其中最具规模的，是举国上下样板戏演唱蔚然成风。"新时期之初对"文革"的全盘否定与后来间接对"文革"文艺某些方面的肯定之间的自相矛盾，表明个体对创伤历史记忆并不尽相同，与家庭创伤叙事作品中的创伤记忆也大相径庭。这实际上正是新时期家国一体化的家庭创伤叙事作品中所遮蔽或掩藏的一面，它在新时期之初并不为人所知，只能在拉开距离后的反思中才能体现出来。正如蔡翔所说《伤痕》式的诉苦社会上很流行："干部讲自己的下台上台，知识分子讲自己的被歧视，资本家讲自己的金条统统被抄走了，我们就讲自己在农村的艰苦生活……当然，干部不会说自己曾经很官

---

① 柳晓：《创伤与叙事——越战老兵奥布莱恩20世纪90年代后作品研究》，中国社会科学出版社2013年版，第34页。

僚，资本家不会说他们的金条是剥削的，我们也不会说，农民比我们更苦。我们再诉苦的实话，可能也在回避一些东西，回避的是什么，不要说当时，就是现在，也很少人去探究。"① "文革"历史对不同群体造成的创伤存在着差异性，这理应成为新时期创伤叙事多样化的事实来源，并可以由此对"文革"创伤的反思上升到集体创伤高度。但回避创伤差异性是新时期伊始创伤叙事中存在的文学现象，在家国同体的创伤叙述话语下，家庭创伤叙事的受创群体虽然各说各话，每个群体的代言人都将自己所属的群体当作受创伤最深的群体。但是最终都将创伤来源归咎于"四人帮"及其少数坏人的作恶多端，形成文学作品中人人都是受创者，人人都是与他人创伤无关的无罪者的文学现象。

这种同质化的创伤叙事形态使新时期家庭创伤叙事失去了太多言说的可能性。"如果我们把'文革'叙述、解释为极少数坏人（如'四人帮'）造成的偶然的恶行，即使是极端的恶性，而不是从体制和文化的角度反思它，那么，这样的'文革'叙事就很难让人们，特别是没有经历过'文革'的人认识到'文革'极恶与自己同样身处其中的制度和文化的关系，就会把'文革'及'文革'的受难者'他者化'。"② 也使得立足现在、回顾过去、展望未来的家庭创伤叙事只能作为新时期作家群体交流与控诉的载体形式存在。

三 心理创伤描写的拓展

新时期家庭创伤叙事虽然囿于新时期之初社会语境的种种束缚，成为将个体当作倾泻对祖国母亲情感依恋，控诉"四人帮"罪行载体的创伤叙事，但《伤痕》中涉及的王晓华心理创伤的细节描写，在《波动》《一九八六年》《一个冬天的童话》等其他创伤叙事文本里得到一定的延续与拓展。

---

① 北岛等：《七十年代》，生活·读书·新知三联书店 2009 年版，第 339 页。
② 陶东风：《文化创伤理论与文革反思》，见陶东风新浪博客，网址：http：//blog. sina. com. cn/s/blog_48a348be01017dni. html。

发表于 1981 年的《波动》有着出色的对心理创伤的描写，对《伤痕》的心理描写有两方面的发展。一是《波动》用闪回的方法将主人公肖凌的心理创伤展现在读者面前；二是《波动》中的受创者肖凌以闪回方式增强了她的创伤记忆，最终走向了自我毁灭的道路。小说里的肖凌似乎无时无刻都留存在过去的时间点上。她的眼前一再闪过曾经温暖的家庭场景："弹着月光奏鸣曲的妈妈，沙滩上叮嘱自己的妈妈。"也一再闪过母亲惨死的一幕："妈妈惊恐地问，……妈妈喃喃说，……妈妈提高了声调，……七八条皮带向妈妈飞去，……妈妈敏捷地翻到栏杆外面……"这种强烈的场景对比使肖凌的心理创伤更加鲜明地展现出来。肖凌也曾经通过移情的方法来尽量治愈自己的心理创伤，所以接受谢黎明的关怀，只是为了能取暖。遇到杨讯后，她也曾经以为找到了爱情，找到了新生的道路："难道是希望的复活吗？"但是，当杨讯独自踏上回北京火车的那一刻，肖凌完全从一个受创的悲悼者走向了受创的抑郁主体。她没能寻找到可以建立个体安全的外界力量和联系，只能在无助和孤独的包围中，走向死亡。从受创者的创伤经历来看，《伤痕》与《波动》虽然都遭受到来自家庭变故与亲人死亡的心理创伤，但作家却安排了受创者不同的结局。

类似的还有《一个冬天的童话》《一九八六年》等小说。《一个冬天的童话》里的罗锦的心理创伤是通过她对哥哥的独白来体现出来的，可以发现，每当罗锦在现实生活中遭遇创伤，心情沮丧、矛盾或不知所措时，她都会选择已经牺牲的哥哥作为倾诉的对象，当罗锦弄丢了哥哥的日记，抄家时下跪后，就反复在愧疚中自责"我对不起哥哥，……还有自己的软弱，下跪，我被迫地，违心地下跪过！"当罗锦迫于生计，不得不以婚姻谋生时，罗锦又在对哥哥的独白中辩解："哥哥！要是你处在我的处境，该如何做呢？也许你会说'我们还不算太苦，即使再苦，也不能把婚姻当做谋取生活的手段！'是吗？可是我没有勇气象你那样做！一家人怎么生活呢？"当罗锦被维盈抛弃后，又对哥哥发泄自己的痛苦："让我痛哭一场吧，哥哥！自你死后，我还没有痛哭过！"这是因为罗锦现在的生活遭遇无不与哥哥被迫害致死的创伤事件有关，这使得罗锦长期处于自责、沮丧、冷漠的心理焦虑中，从哥哥的视角对自己进行道德上的批判，实际上还是对自己的一种惩戒方式。

《一九八六年》的历史教师在"文革"后的现实回归，只是生物意义上的肉体回归，他遭受的巨大的心理创伤使他永远停留在"文革"创伤记忆之中。更可怕的是，历史教师已经不是像罗锦一样时刻对自己进行心理上的谴责与惩罚，而是使自己完全陷入对过去创伤记忆的纠缠之中。现实世界不仅完全没有历史教师的立足之地，而且现在的时间在创伤事件发生的过去时间段的不断冲击下，已经成为永远跨不过去的心理障碍，造成他精神世界的混乱。更严重的是，历史教师开始对自己的身体加以蹂躏，施以酷刑，因为停留在过去的历史教师已经将对象化的客体转移到自我空间里的自我身上。

《波动》《一个冬天的童话》《一九八六年》中的心理创伤书写与《伤痕》相比，不再限于对受创者梦境的单一描写上，已经由梦境延伸到闪回、独白、幻觉等多种运用方法。在对受创者的创伤记忆的处理上，也有了很大的拓新。这些受创者的创伤经历无不影响到他们此后的人生与感情选择，大多以悲剧告终，这才是创伤叙事中创伤个体、集体乃至民族所应具有的创伤体验与自我言说。肖凌玩世不恭的生活态度、敏感多变的性情及至最后被吞噬的悲惨命运是遭受父母含冤而死、感情受骗的经历后留下的深深的精神创伤烙印。罗锦不顾世俗眼光的对爱情的自由追求与时时充满忏悔与自责的独白是遭受哥哥牺牲、为生计出卖婚姻的经历后留下的缺乏安全感的体现。历史教师成为疯子后更是以自戕的惨烈而血腥的方式来对自己的创伤记忆做了一个了结。这些作品展现的心理创伤的不可愈合性及深远影响的特质以延续与拓展的方式丰富了新时期文学中的创伤叙事内涵。事实上，现代文学史上不乏关于创伤主题的名作，以沈从文别具一格的小说《生》塑造的老艺人这个创伤主体为例，他永远重复着一对傀儡相殴的表演，只是在这表演中丧子的创伤是永不能平复的。没有为表达而创作的教条式理念，只是通过对个体创伤的细致入微的刻画，让读者感受到关于个体、民族、社会乃至全人类共同经历过的创伤体验，而这种创伤体验还将一直存在并延续下去。因为"创伤性的伤口不会随着时间的历程而痊愈，而且不易受到复原和再生的影响"①。正因为不可愈合的创伤，老艺人永远活在丧子的痛苦之中。这种对心理创伤与人性隐秘书写与洞悉的叙事形态正是新时期家庭创伤叙事所未曾达到的文学高度，也是此后当代文学中创伤叙事所应努力达到的高度。

新时期文学中的家庭创伤叙事除了在心理创伤的书写方面对其后的创伤叙事作品具有开创意义之外，其同质性的创伤叙事形态也使后来的作家群体认识到官方意识形态对"文革"创伤叙事的限度，作家群体思想之独立与自由的限度。在这样的反思中，主体意识日益增强。他们开始意识到，如果仅仅将十年"文革"给一代人造成的创伤归咎于"四人帮"的恶行，或者是通过简单解读政治政策的变化来抚平创伤，而不是站在关注人类的心灵创伤的高度，以思想的深度去审视与反思创伤所隐含的文化、伦理与人性意义，那么，无论作家手中的笔触涉及社会现实的何种层面，无论评论家如何被导向或规训，它并不能避免创伤叙事成为符码化的文本。从以交流、控诉、修复与治疗为目的的创伤叙事到真正关注并书写创伤体验与情感的创作转向，是作家具有自觉反省历史的创伤主体意识的体现，也是更接近创伤自身属性的创伤叙事书写。

新时期文学中的家庭创伤叙事，无论讲述创伤方式有着怎样的千差万别，无论引起了怎样的社会轰动与评论界的论争，也不管小说文本是否具有单纯或丰富的意蕴，最终都获得了主流文学的认可。新时期文学中的家庭创伤叙事，从问世之初就已经在不知不觉中建构着当代文学中的非常值得关注的创伤叙事现象。无论是显在地还是潜在地留下的蛛丝马迹，都意味着新时期政治意识始终参与到新时期创伤叙事的方向。虽然一定程度上遮蔽了这些作品中事实上已经存在的创伤叙事的丰富空间以及存在的言说不尽的可能性，虽然作家尚未形成自觉的心理创伤描写，但曾经的涉笔，至少证明了新时期家庭创伤叙事在无意之中作过的拓展与深入的努力。文本里对创伤心理的无意涉笔

---

① Anne Whitehead, *Trauma Fiction*, Edinburgh University Press, 2004, p. 18.

与展示，不仅是新时期创伤叙事特质的最初显现，也是重读这些作品的一个新纬度，一个新的批评空间。

第三节 《伤痕》：创伤叙事的隐喻书写

不同国界、不同年代所造成的社会和文化的创伤记忆必然作用于创伤的文学表达。在粉碎"四人帮"后的新时期伊始，刚刚结束的十年"文革"给人们造成的身体和精神上的创伤记忆成为许多文学作品的主题。其中，一些表现"文革"创伤性事件——如社会地位的变动、亲人的死亡、夫妻的反目等——导致其他家庭成员心理受到创伤的家庭创伤叙事作品十分引人注目。如《伤痕》讲述了母亲被打成叛徒后，由于社会身份的突变给女儿造成的心理创伤，最终演绎了母女之间背叛与归来的人伦惨剧；《在小河那边》展示了"文革"中具有戏剧化情节的穆兰与严凉姐弟两人之间的创伤故事；《枫》讲述了"文革"期间一对恋人因立场不同而造成反目死亡的爱情悲剧；《爱情的位置》展现了孟小羽决心突破世俗的种种阻挠，追求心灵相悦的爱情故事；《被爱情遗忘的角落》讲述了荒妹因目睹姐姐存妮的爱情悲剧，在耻辱与恐惧交织的创伤心理中，成为被爱情遗忘的角落的故事；《蹉跎岁月》里柯碧舟因出身、地位等原因与杜见春、邵玉蓉之间的婚姻爱情一波三折，经历了种种情感磨难。本节以小说《伤痕》为例，从对创伤心理的无意涉及与对创伤记忆的自觉处理两个方面考察家庭创伤叙事的隐喻书写。

一 无意涉及的创伤心理描写

文学作品中的心理创伤更多的是指由于突如其来的不可承受的创伤事件引起了受创者情绪或情感上的强烈反应，并进一步造成外在行为举止古怪的征候。弗洛伊德在《悲悼与抑郁症》中，探讨了悲悼与抑郁症两种心理创伤。认为受创的悲悼主体经过一段时间的悲伤，将爱从失去的客体转移到新的客体，顺利实现移情。受创的抑郁主体却拒绝承认爱的客体之丧失，拒绝恢复与外在现实正常的认同关系，长时间陷入自责、沮丧、冷漠等心理情感，排斥甚至拒绝移情。① 新时期涉及创伤心理描写的家庭创伤叙事作品并不多，原因在于大多数作家在激扬控诉与揭露的文字与情感中忽视了对受创者创伤心理的精准把握。短篇小说《伤痕》却在对受创者遭受突然外在的不能承受刺激时的心理创伤描写上，呈现出一定的创伤叙事特征。

1978 年 8 月 11 日的《文汇报》以整版篇幅刊登了卢新华的短篇小说《伤痕》。小说讲述了女青年王晓华在"文革"中与叛徒母亲决裂，九年后，母亲获得平反但因病去世，王晓华匆匆归家，但与母亲最终天人两隔的悲剧故事。小说发表后，女主人公王晓华的悲惨遭遇造成了全国读者泪流成河的轰动效应，评论界对小说所涉足的人性、人情与人道主义等"文革"时期的文学禁区进行了广泛的讨论，并最终予以肯定。但是，从创伤叙事的特征来看，并没有评论文章具体分析王晓华遭受了什么样的创伤，以及王晓华如何体现出这种创伤的。恰恰正因为仅仅描述为对悲剧时代给予当代人的心灵刻痕的宏大话语，给予了解读《伤痕》的心理创伤的新空间。

王晓华是新时期文学中塑造的一个典型的遭受家庭创伤的受创主体。她身上背负着双重创伤：一是母亲成为叛徒；二是失去母亲。母亲成为叛徒对王晓华来说是一个重大的创伤事件，母亲社会地位和身份的变故也改变了王晓华此后的生活和人生道路。她失去了同学和朋友，住进了暗黑的小屋，被撤掉了红卫兵，受到了歧视和冷遇。为了逃避创伤事件造成的生活现状，自愿报名上山下乡，在偏僻的一处农村扎了根。失去母亲使王晓华觉得受到了母亲的欺骗而在心理上留下了创伤。失去母亲包括两层含义：一方面是与叛徒母亲的决裂，虽然母亲肉身还在，但王晓华失去了名义上的母亲。无论她是无奈还是决绝，都只能也必须对外宣称："我没有妈妈，我已和我的家庭断绝了一切关系。"另一方面则是母亲平反之后去世，王晓华真正失去了具有血缘关系的母亲。母亲是叛徒这个创伤事件发生时，无论王晓华有多怀疑："妈妈在战场上冒着生命危险在炮火下抢救过伤员，怎么可

---

① 陶家俊：《创伤》，《外国文学》2011 年第 4 期，第 119 页。

能在敌人的监狱里叛变自首呢？"也不管王晓华有多愤恨："革命多年的妈妈，竟会是一个从敌人的狗洞里爬出来的戴愉式的人物"，她都没有充分地理解这个创伤事件。也正是因为不能理解，所以心理上遭受了重重的打击，心理创伤发生了。在接下来的9年里，王晓华始终受到这个创伤事件对她的生活、爱情等各方面的持续性侵入。

凯西·卡露丝认为"受害人'显然未受伤害'地从事发地点离开。事件不是在它发生之时被体验到，而是只有联系着另一个地点和在另一个时间才能充分显现"①。以此为据，王晓华算得上是一个被创伤始终萦绕的创伤人物。虽然王晓华看似身体和心理上并未受到伤害地离开了曾经的地点，寻找到一个新的地点，开始了新的生活。但是在之后的9年时间里，在一个偏僻的农村地点，王晓华的身体与心理的双重创伤开始真正体现出来。9年的时间，王晓华没有叫过"妈妈"两个字，没有见过妈妈一面，甚至将母亲邮寄的衣服、食物、信都原封不动地退了回去，她努力投入到集体的温暖的怀抱里，努力忘掉叛徒母亲，但还是始终割不断这份联系，也逃不掉悲剧的命运。入团志愿书没被批准，男朋友小苏借调宣传部的事情因为她的家庭问题受到牵连，最终不了了之。这使她再次受到打击，逐渐变得沉默寡言、表情麻木。

王晓华的身上有很强烈的弗洛伊德所认为的悲悼者与抑郁者的气息。王晓华在母亲被定为叛徒后，的确经过了一段时间的心理悲伤，但她到了农村之后，先是感受到了同学们、乡亲们的热情对待，又得到了小苏的爱慕，还与学校的孩子建立了友好的感情。王晓华通过移情的方法，将失去的母爱转移到爱不同客体身上，这是王晓华治愈与自愈创伤的应对方式。但是，在遭到入团拒绝、男友调动工作未遂等打击之后，王晓华从悲悼者转变为了抑郁者。她因为内疚、自责而拒绝了小苏的追求，并对他避而不见。"她决定：要永远关上自己爱情的心窗，不再对任何人打开。"这等于是关闭了治疗心理创伤的大门。在对待母亲的态度上，王晓华也仍然不能摆脱始终萦绕的创伤事件。

---

① Anne Whitehead, *Trauma Fiction*, Edinburgh University Press, 2004, p.12.

当她收到母亲的来信，得知母亲已经平反的消息后，做了一个梦，梦里母亲仍然在写关于自己是叛徒问题的补充材料，自己还是勃然大怒，夺门而逃。这样的场景已经成为王晓华永远摆脱不了的一个噩梦，而噩梦正是典型的创伤特征之一。王晓华被惊醒后，迟迟不肯动身去看母亲，在收到母亲单位的公函后，才匆匆回家。正是因为王晓华一直停留在过去，纠缠于过去的论断：母亲是叛徒的创伤事件里，所以不能接受新的情况。让她在这9年里无论作出怎样的努力，但始终停留在宣布母亲是叛徒的那一个噩梦里，走不出这个创伤事件对她的打击。

以此论断，《伤痕》是新时期文学中最早明显涉及创伤心理描写的家庭创伤叙事文本，但如此对创伤特征进行书写却不是作家自觉的创伤叙事，而只是无意地涉及与表现。之所以有此看法，可以从作家与评论家两方面来谈。对新时期重拾对祖国和人民热情的作家来说，内心深处忧国忧民的意识使他们自觉地以揭露历史和社会悲剧为己任。刘心武谈到《班主任》创作时说："要把'四人帮'毒害下一代的社会现象反映出来，要引起人们的高度注意，要提出解决问题的根本途径，并同大家一起满怀信心地展望未来。"[1] 卢新华阐释《伤痕》的创作初衷时说："我并没有王晓华的经历。但我相信，现实中的王晓华们很难有勇气写这样的东西。因为《伤痕》发表时，十一届三中全会尚未召开，'文革'尚未被否定，'黑五类'的子女仍似惊弓之鸟，不可能去主动惹火烧身。另一方面，我在现实中确实也看到或听到过大量发生在王晓华们身上的故事。可以说，'伤痕'一词是'文革'留在我心灵中最深刻的印记。"[2] 可见，作家是在揭露与控诉"文革"创伤的主题中，塑造可信的受创者形象时，无意涉及受创者的创伤心理。

从本着主导与宽容原则的评论家与编辑来说，他们既看重发出真

---

① 刘心武：《生活的创造者说：走这条路》，《文学评论》1978年第5期，第61页。
② 杨天：《卢新华：从〈伤痕〉到"放手如来"》，《瞭望东方周刊》2008年第38期，第73页。

声音的文学作品，也必须考虑所要承担的政治风险。由于政治形势的不明朗，《伤痕》的发表过程也是一波三折。《伤痕》最初是作为墙报内容在复旦大学张贴，此后投稿于《文汇报》。由于一直没有回音，又投稿给《人民日报》，但一个月后收到退稿的通知。就在一无所获的困顿之时，得到《文汇报》的用稿通知。即使决定采用，在《文汇报》发表《伤痕》之前，编辑钟锡知与卢新华专门约谈需要修改的意见，大约有十六条之多。重点是小说的第一句说除夕的夜里，窗外"墨一般漆黑"，有影射之嫌。而最后，因为据说感觉太压抑，需要一些亮色和鼓舞人心的东西，于是又有了"朝着灯火通明的南京路大踏步走去"① 的光明结尾，这样历经数月和多处修改后才最终得以公开发表。作家与评论家更多关心的是作品中揭批主题的语言文字，并没有重视与关注小说中对心理创伤的细节描写。也即是将这类创伤描写直接忽略或遮蔽在国家民族创伤的宏大话语阐释之下，从人性、人道、忏悔等方面对此进行肯定。由此可见，新时期作家们一方面出于政治衡量急于书写"四人帮"对人们造成的心灵伤害与精神戕害的历史创伤；另一方面出于一向秉持的社会责任感和社会现实的需要又对这种创伤书写进行着自觉的调整，其结果是造成新时期家庭创伤叙事对心理创伤的忽视或无意描写。

二　自觉处理的创伤记忆方式

朱迪思·赫尔曼曾认为："心理创伤的后果导致记忆两极发展，一方面为遗忘，人们总认为，过去的事情就让他过去吧。而另一方面，记忆以增强的闪回方式存在，你想忘记也忘记不掉。"② "无助感和孤立感是精神创伤的核心情感经历，重获自主权和再建联系感则是复原的核心经历。"③ 换言之，遭受心理创伤的受创者，他们有可能战胜无助感和孤立感的核心情感经历，恢复自己被剥夺的权利，建立

---

① 卢新华：《〈伤痕〉得以问世的几个特别的因缘》，《天涯》2008 年第 3 期，第 197 页。
② ［美］朱迪思·赫尔曼：《创伤与复原》，施宏达等译，机械工业出版社 2015 年版，推荐序一第Ⅲ页。
③ 同上书，第 187 页。

与外界的新关系。不管是外界的某些力量治愈抚平了受创者的心理创伤，还是受创者自己寻找到、感受到某些善意和包容的人或集体，新关系的建立使受创者感受到力量，并最终使受创者有勇气继续生活下去。尤其是参与到全民性的现实行动并由这种参与感获得安全感，即是受创者重生的时刻。当然，当受创者永远陷入无助感与孤立感的旋涡之中，就会不断地在幻觉中重复经历过的创伤，也不可能与现实世界发生联系，最终走向的必然是死亡。

新时期家庭创伤叙事中的受创者大多走向了遗忘并治愈创伤之路，这与新时期之初语境下作家对创伤记忆的处理方式密切相关。新时期伊始文学总的要求是在揭露与批判"四人帮"时，能够给刚刚经历了"文革"浩劫的人民更多新生活的乐观信念。于是在小说文本中，在非自觉的创伤叙事意识下，作家对创伤记忆的自觉处理就赋予了家国创伤叙事的隐喻意义。

《伤痕》中的主人公王晓华是典型的被噩梦萦绕的受创者形象。小说中的她因叛徒母亲遭受生活、爱情与事业等各方面的打击，严重的心理创伤后果应足以影响到她对世界、对人生的理解。因为"受到创伤的人往往在他们内心承载着一段不可能的往事，或者说他们本身成为了一段他们自己都无法理解的往事的症候"。① 小说里也描述了王晓华在屡遭创伤之后已经走向了拒绝与外在现实发生再联系的道路，因为她丧失了移情的对象和移情的能力。她因为自己所处的地位和身份不再接受男朋友的爱，也不再想用结婚来治疗身体上的小疾病，她只能在自我分裂的空间里对自己进行审判与惩罚。按照常理，心理抑郁主体王晓华的无助感与孤立感会使她无法忘记创伤，但有意味的是作家最终为王晓华的心理创伤选择了遗忘的道路，并使她最终走向新生。对于王晓华来说，随着"叛徒"母亲的平反，创伤只是对母亲的简单误会，误会解除，创伤随之抚平。也就是说本来具有明显创伤因子的受创者王晓华，在祖国母亲的召唤下，很快具有了从创伤中恢复，走向光明未来的一种

---

① 柳晓：《创伤与叙事——越战老兵奥布莱恩 20 世纪 90 年代后作品研究》，中国社会科学出版社 2013 年版，第 34 页。

信念。王晓华的心理特征与心理创伤后果之间的不一致性，彰显出新时期之初作家对受创者创伤记忆的一种自觉处理方式。王晓华将母亲的平反归功于党中央的英明决定，所以，她坚定地说："我一定不忘党的恩情，紧跟党中央，为党的事业贡献毕生的力量。"从祖国母亲这里，王晓华重新获得了失去的个人权利，获得了开始新生活的力量与归宿感。王晓华看到母亲留给她的信："虽然孩子的身上没有像我挨过那么多'四人帮'的皮鞭，但我知道孩子心上的伤痕也许比我还深得多"的字迹时，王晓华眼睛模糊了，因为她从亲生母亲那里又得到了理解与宽容。所以，小说字里行间充满的乐观、昂扬的基调已经表明受创者王晓华找到了新的生活信念，她的心理创伤以恢复与祖国母亲的联系，并回归于祖国母亲的怀抱而最终得以复原。

这种对创伤记忆的处理方式大量存在于新时期家庭创伤叙事中，《在小河那边》里穆兰与严凉姐弟之间的情感纠葛，最终被作家以母亲遗书告知二人并非亲姐弟的方式化解了尴尬。《被爱情遗忘的角落》里，尽管荒妹因为姐姐的爱情悲剧遭受严重的心理冲击与创伤，但结尾却乐观地预示她与荣树爱情的即将到来。《蹉跎岁月》里柯碧舟先因"黑五类"的身份遭受被杜见春拒绝的打击，又受到心爱之人邵玉蓉被杀害的重创，而成为严重的抑郁受创者，但小说还是设计了杜见春不顾一切反对，回到柯碧舟身边的大团圆结尾。《我应该怎么办》里的女主人公薛子君虽然最后陷入两难境地，但无论怎样选择都将开始新的生活。这种讲述被修复的创伤故事成为新时期文学书写历史创伤的最初形态。

因此，尽管新时期家庭创伤叙事对"文革"政治运动给人们造成的心理创伤进行了淋漓尽致的展示，但始终是讲述着一个被修复的创伤故事。由于新时期文学面向的是充满幻想的光明未来，故它不是俯首舔舐和咀嚼伤口以反思历史，而是以一种尽快忘记伤痕涅槃重生的姿态出现。但是，以意识形态话语去展示创伤，除了自愈，别无他法。这也正是新时期家庭创伤叙事讲述创伤故事，却选择遗忘创伤来处理创伤细节描写的根源所在。

究其原因，一方面，"文革"结束后党中央实施了一系列包括政治、文化、社会等方面的新政策，对新时期文学进行了一定的引导和规训。《文艺报》主编冯牧曾提出："广大读者需要读到那种具有更加丰富的艺术表现能力、更加深刻的思想洞察力量的作品；这些作品可以是悲愤的呐喊，可以是深刻的解剖，也可以是提出某些引人重视的问题而不一定作出完满的答案；然而，它们应当使人看到生活的前景，应当有助于伤痕的疗救，应当给人以美好的希望。……人们期望有更多的反映'四化'、促进'四化'、歌颂'四化'的作品出现。"① 时任中国文联主席的周扬和中宣部副部长的贺敬之在各种讲话或会议上也明确要求作家要与时代相结合，当前文艺要积极反映新时代。文艺界从这一形势出发，要求新时期文学作品在否定批判"四人帮"的同时，理应体现出乐观、积极向上的态势，以配合时代和政治的需要，契合当时的文艺政策。因此，作家们即使讲述过去的创伤历史，也是侧重于展示面向未来的积极姿态。

另一方面，在作家主体意识复苏之初，虽然文学环境较以前宽松了很多，但对一些"伤痕文学"作品的讨论、争议或批判仍然使大部分作家心存顾忌。于是，大部分作家在书写创伤时，在意识形态话语所容纳的范畴之内，普遍采用了双方相互妥协又彼此接受的一种新话语，呈现出积极参与新时期文学建设的主动性和协同性，这种新的话语就包括了《伤痕》式的对受创者心理创伤处理的模式。事实上，新时期作家书写的是伤痕的愈合与遗忘，既使追问造成伤痕的内在根源，也必定在许可的一定限度内。可以说，他们在意欲完成对刚刚过去的历史记忆的书写时，恰恰在文字深层表达了不是为了记忆，而是为了忘却的一段创伤记忆，他们的创伤记忆实际上已经人为地被愈合乃至很快地被遗忘。

三 家国同体的创伤隐喻意义

以《伤痕》为代表的新时期家庭创伤叙事在简单的创伤责任归

---

① 冯牧：《对于文学创作的一个回顾和展望——兼谈革命作家的庄严职责》，《文艺报》1980 年第 1 期，第 6 页。

属指认后，转而强调对创伤故事的修复，隐喻指向成为其共同的意义所在。"她的瘦削、青紫的脸裹在花白的头发里，额上深深的皱纹里隐映着一条条伤疤，而眼睛却还一落千丈地安然半睁着，仿佛在等待着什么。"这是王晓华的生身母亲的苦难，更是祖国母亲苦难的隐喻指向。"在华主席的英明领导下，我的冤案已经昭雪了。我的'叛徒'的罪名是'四人帮'及其余党为了达到他们篡权的目的，利用叛徒强加给我的，现在已经真相大白了。"这是对创伤记忆的文字修复，更是对创伤历史的意欲修复。不可否认，晓华式的创伤人物身上留有情感伤痕，他们承担的不仅是历史遗留给他们的伤痕和屈辱，更有面向未来的历史责任，因此这种口号式的呼唤是政治意识话语召唤下的必然体现。但从创伤叙事的角度看，则是政治意识形态修复创伤故事的文体表达，而不是创伤的自我言说。新时期家庭创伤叙事来不及进行创伤故事的言说和反思，就被烙上了历史伤痕，以至于在简单地指认创伤的责任归属后，通过特定的言语修辞，用口号似的呼唤表达对光明未来的向往。塑造了虽然遭遇过亲情迷失、爱情丧失或友情背叛的悲惨创伤经历，但又在历史创伤中或之后获得了某种被拯救宿命的受创者形象，完成了被修复的创伤故事的讲述。

在"文革"刚结束的新时期文学里，从激愤、怨恨的情绪到流露出一点忏悔和反思意识，在大多数评论家看来，已经是难能可贵的了。"正因为这种反思对每个劫后余生的人来说都潜在着某种自觉，所以当一个幼稚而偏激的小姑娘对自己过去的愚昧行为发出真诚的忏悔时，它触动了广大读者的心。"[1] 以忏悔的姿态获得多数读者的谅解，受创者们已经在祖国母亲的宽恕下恢复了过去丧失的权利，与祖国母亲建立起了亲密的关系，他们因欢呼光明未来的到来而得到了广大民众的共鸣，《伤痕》在展示创伤的同时，症状已经不治而愈，被修复的创伤故事也已经讲述完毕。作为经历过"文革"创伤的受创者的代言者，晓华的"伤痕"从来都不属于个体，而是属于国家、

---

① 陈思和：《中国新文学发展中的忏悔意识》，《上海文学》1986 年第 2 期，第 84 页。

民族与群体。因此，家国同体的历史隐喻要求晓华的创伤必须不治而愈，以得到政治意识话语的认同与更多评论家和读者的支持，它更多体现出的是政治观念下的被修复的创伤叙事形态。

显然，《伤痕》在文字层面的控诉与批判上，讲述修复的创伤故事的同时，以家国"伤痕"隐喻指向创伤历史，意欲完成对刚刚逝去的历史记忆的书写。其时的政治社会背景是党提出"解放思想""实践是检验真理的唯一标准"等口号，为实施"改革开放"政策做舆论与理论准备的时期。"1979 年改革所开启的新政策需要合理性，所以开始放开对'文革'的批评。作家对这种放开态度报以感谢，一再用所谓'伤痕文学'的形式控诉由过去造成的当前'空白'。"①因此，在新时期文学伊始，沿袭"文革"时期颂歌式"家国同体"的叙事隐喻技巧就情有可原。对于王晓华来说，受难的生母象征着遭受劫难的祖国母亲，生母去世了，但祖国母亲在灾难过后必将以新的面貌回归。因此，王晓华才能从对母亲愧疚的情感中很快地解脱出来，感激地重新投入新生的祖国母亲宽容的怀抱里。家国同体的隐喻在新时期文学文本中一直若隐若现，也使新时期作家在进行家庭创伤叙事时，大多没有形成自觉的创伤书写，一定程度上呈现出重主题轻艺术的弊病。但如《伤痕》这样无意涉及心理创伤描写的家庭创伤叙事初显创伤叙事的因子。在对创伤记忆的处理上，由于家国同体的创作观念以及社会政治环境的要求，新时期家庭创伤叙事以"伤痕"的隐喻指向历史，完成了文字层面的控诉与批判，也完成了对被修复的创伤故事的叙事，从而造就"伤痕"的实际隐喻影响远远大于书写创伤历史的实质内涵。

这种有所涉及心理创伤描写，但对创伤记忆进行简单的处理方式，是新时期以《伤痕》为代表的家庭创伤叙事对历史创伤书写的初步尝试，形成了同质化的创伤叙事形态，但也成为其进一步拓展创伤叙事提升空间的桎梏。以《伤痕》为代表的家庭创伤叙事，揭示

---

① ［德］顾彬：《二十世纪中国文学史》，范劲等译，华东师范大学出版社 2008 年版，第 296 页。

了政治运动给人们精神和身体造成的双重伤害，呈现出揭露与控诉的姿态，开启了新时期创伤叙事的大幕。考察以《伤痕》为代表的新时期家庭创伤叙事形态在当代文学中作为历史见证与文学治疗的书写意义，对于此后的创伤叙事也具有借鉴作用。

第三章　个体意识下的社会创伤叙事

　　当新时期文学不再满足于即时揭露与控诉"文革"创伤时，随着自觉增强的个体意识，开始逐渐突破创伤概念下家国同体的书写模式，转向剖析社会历史的深邃空间，对创伤进行全方位的考察与思考。正如有学者论道："启蒙知识分子习惯于在个人与国家的二元关系中获得政治认同（无论是对抗的还是同一的），而较少研究个体与国家之间可能存在的社会中介和公共空间。"① 事实上，"文革"中的派系武斗、红卫兵运动、上山下乡运动、各种批斗会与抄家时的打砸抢，以及由此上溯到"文革"前的"反右""大跃进"等社会政治运动，不仅使常态的社会秩序、伦理道德与日常生活等变得异常混乱或非常态化，而且改变了不同身份的人们的生活、事业、爱情、甚至命运轨迹，从而造成了人们一定的心理创伤。如果说内涵丰富的社会全景在家庭创伤叙事的隐喻书写中被空泛化与单一化，可以说社会创伤叙事打开了社会中介和公共空间，为新时期创伤叙事拓展了另一种言说的可能性。"文革"创伤并非只是家国同体中被共享的创伤资源，它更是个体生命中不可避免的创伤事件。因此，对"文革"创伤记忆的书写开始逐渐摆脱异口同声的单一叙事话语，形成了具有独立的个体话语与书写姿态的社会创伤叙事。新时期社会创伤叙事因展示"文革"创伤的波及面、言说视角与话语方式的不同，或者引起了社会一定的反响或争鸣，或者招致学界的冷落与批判。在独具个体意识

---

　　① 汪晖：《现代中国思想的兴起：公理与反公理》下卷第 1 部，生活·读书·新知三联书店 2008 年版，第 1076 页。

的社会创伤叙事中，作家独立的文学意识与批判精神进一步得到释放，也积极推进了新时期创伤叙事的建构。新时期社会创伤叙事代表作品有《芙蓉镇》《李顺大造屋》《剪辑错了的故事》《天云山传奇》《小镇上的将军》《啊!》《重逢》《波动》《晚霞消失的时候》《公开的情书》《南方的岸》《大林莽》等。

第一节　反响与争鸣：新时期文学的社会创伤叙事

随着个体意识的增强，作家对创伤的反思、质疑与体验不可避免地便会随着社会历史的发展而发生变化。当作家的个体生命与自我意识逐渐增强时，曾经深藏于心底的创伤记忆才会被唤醒并浮现出来。在社会创伤叙事中居于核心要素的个体意识与新时期政治社会语境发生联系，使新时期创伤叙事文本既对社会全貌进行了整体的考察与把握，也对创伤体悟进行了充分的个体化表达。在新时期社会创伤叙事文本中，意识形态许可范围内的创伤表述在引起一定的社会反响中获得了主流文学的认可，而强烈的个体话语与自我书写姿态的创伤叙事则在争鸣中受到主流文学的冷落与质疑。这种分野的创伤叙事造成了文艺政策的收紧，而文艺政策的收紧一定程度上又遏制了个人话语的创伤书写，使文学创作发生一定的转向，从而构成了新时期社会创伤叙事景观。

一　分野的创伤书写与文艺政策的收紧

新时期文学对"文革"创伤的叙事在从家庭创伤走向社会创伤时，作家的个体意识必然也从复苏走向自主加强。"'文革'中的惨剧、悲剧、喜剧，不管是自己遭逢的还是别人深受的；'文革'的暴虐、丑恶、荒谬，不管是政治层面的还是人性深层的，都成了劫后余生、痛定之后中国作家的心结。'文革'经验超出了人的常识和理性所能理解的范围，带给人的是一种极端的心理体验，震惊、愤怒、恐怖、绝望、悲哀……因此，尘埃落定之后，'怎么会这样'的追问必然要抓住每个亲历者的心。同时，对大多数人，尤其是知识分子而言，这些极端心理体验甚至不需要多长时间就可以凝定为受难者常有的创伤体验。"① 新时期文学中的创伤叙事从最初对"文革"简单愤怒的揭露与控诉，到对社会的深层矛盾、民族文化积淀等进行深入探索，再上溯到对解放后"反右""大跃进"与集体制等重大社会政治事件的剖析，不仅有对现实社会中现存问题的犀利批判，而且甚至开始涉及对这些重要社会政治事件的反思。这样的文学发展轨迹正是新时期作家对"文革"创伤的不能忘怀与对"文革"创伤记忆留痕的书写。这是一个不断体验、感受、认知与深化的心路历程，使新时期文学中一些社会创伤叙事作品获得了评论界的热烈反响与认可。

《剪辑错了的故事》《天云山传奇》《小镇上的将军》《李顺大造屋》这几篇小说代表了在反响中获得主流文学地位的社会创伤叙事作品。它们有几个方面的共同点：一是几乎不约而同的发表于 1979 年。《剪辑错了的故事》与《小镇上的将军》同期刊于 1979 年第 2 期的《人民文学》上，《天云山传奇》发表在 1979 年第 1 期的《清明》上，《李顺大造屋》发表在 1979 年第 7 期的《雨花》上。二是这几篇小说具有突破当时某些文艺题材限制方面的重大意义。如《剪辑错了的故事》被认为是第一篇正面接触、重新认识"文革"之前某些历史教训的小说，《天云山传奇》被认为是第一部涉及"反右"扩大化并对此进行批判性反思的文艺作品。三是这几篇小说都获得了主流文学奖项。《小镇上的将军》《李顺大造屋》《剪辑错了的故事》这三篇同时获得全国 1979 年优秀短篇小说奖。《天云山传奇》获得了全国中篇小说一等奖，被改编成的同名电影则获得了电影金鸡奖与百花奖。

这些社会创伤叙事之所以能够获得当时评论的肯定，一方面与彼时的社会政治环境紧密相关。1978 年 5 月开展了全国范围内的"真理标准"大讨论，9 月，中共中央决定对错划为右派分子的一大批人进行平反，12 月，中国共产党召开了十一届三中全会。这一系列思想解放潮流激发了文艺界大胆的创作热情，鲁彦周对此的触动是：

---

① 胡景敏：《巴金〈随想录〉研究》，复旦大学出版社 2010 年版，第 237—238 页。

"于是在我脑子里开始产生了一个意念，能不能写一部作品，歌颂三中全会精神，批判一些阻挠三中全会精神贯彻的人，同时写一写人物的命运和遭遇，通过他们的生活、工作、道德和爱情，告诉人们，过去的某些错误再也不能让它发生了，三中全会所创造的新的历史时代，是任何力量也阻挡不了的。"① 正是在这样一个振奋人心的时局里，一批大胆又各具特质的社会创伤叙事作品面世了。另一方面则与作品塑造的受创者形象与展示的社会纵深度有关。这些社会创伤叙事作品已经不再局限于知识分子受创者，而是将目光投向了社会上遭受社会创伤的各式各样的人物身上。如果说《天云山传奇》与《剪辑错了的故事》里老干部受创者形象不足为奇，那么，《小镇上的将军》则开始关注部队里的领导干部。《剪辑错了的故事》与《李顺大造屋》虽然都开始关注饱经社会创伤的农民形象，但所塑造的普通又大众化的农民李顺大与党员农民老寿二者之间的差异性也显而易见。当然，对在长期政治运动受创者随波逐流的日常生活、所遭遇的坎坷命运进行史诗性的宏阔叙述，对各种受创者的严重心理创伤的精准描写，也是这些社会创伤叙事的成功之处。

　　稍晚发表的《芙蓉镇》也是一部类似的新时期社会创伤叙事作品。《芙蓉镇》往往为人所称道的是借湘南乡镇上普通人们生活的变迁与命运的演绎对 20 年历史进行的深切反思。的确，将整个故事地点设置在湘南的一个偏僻山区的小镇上，人物设置为小镇上的普通干部和老百姓，时间设置为从 50 年代到 70 年代的 20 多年的历史时段，无不显示出作者在艺术结构上独具匠心的构思。同时，选择湘南乡镇、选择乡村的普通民众作为叙述社会创伤的地点与人物，不是古华的一时兴起，而应是其深思熟虑的结果。古华在《芙蓉镇》后记里说："在新的形势之前，回顾一下过去的教训，展望一下业已来到的良辰，不也是有益处的么？"城市里的老干部、知识分子等人物形象早已在"伤痕文学"中得到凸显，那么，把创伤地点和人物转换为乡村和民众，建立历史时空意识与建构社会文化创伤表述，就是作家

---

① 吴泰昌：《〈天云山传奇〉大讨论纪实》上，《江淮文史》2008 年第 1 期，第 6 页。

人为的一种创伤书写方式。更重要的是，尽管也是写"文革"创伤的小说文本，但经过新时期一段时间的沉淀，人们对"文革"创伤不再流于"伤痕"式的政治创伤叙事，而是在此基础上，开始了对社会景观进行纵向剖析的开掘。从这个方面看，《芙蓉镇》不是对"伤痕"式关于政治创伤叙事的终结，而是试图在此基础上从社会变迁的视域，考察政治运动对社会中各类群体造成的创伤与影响，是对新时期创伤叙事的一种新的探索与表述。它的创伤书写不是针对某个个体或某类群体，而是尽可能多地容纳特殊个体或群体，展示史诗般的社会时代风貌。在《芙蓉镇》里，有胡玉音代表的妇女群体、有运动根子王秋赦代表的群众群体，有秦书田和谷燕山代表的老党员群体，还有黎满庚代表的农民群体，当然还有李国香代表的"文革"恶势力。尽管《芙蓉镇》对社会创伤书写采用的仍然是坏人最终落网，好人最终得好报的传统二元对立的话语与故事模式，但还是因其对社会创伤展示的广度与整体性，一经发表就受到文学界的关注。《芙蓉镇》获得了诸多学者在《光明日报》《当代》《文汇报》《作品与争鸣》等报刊发表的肯定性评论，并获得 1982 年的首届茅盾文学奖，在强烈的社会反响中获得了主流话语的认可。

但是，新时期相对宽松的文学环境里，当个体意识增强时，就潜在地滋生了创作个人化与自由化的倾向。与此相异的是，另一批极具个体意识、话语与书写姿态的作品，如电影剧本《苦恋》《在社会的档案里》《女贼》、话剧剧本《假如我是真的》、小说《飞天》《调动》等作品在 1979 年的出现，对追溯的创伤源与涉及面呈现出越来越深刻尖锐与深化拓展的复杂性。《苦恋》里凌晨光的女儿星星对他发出了疑问："您爱这个国家，苦苦地恋着这个国家，……可这个国家爱您吗？"无以回答的凌晨光也只能用尽生命的力气在雪地里爬出一个硕大无比的问号。《假如我是真的》里的知青李小璋被抓时说："你们不是在演戏吗？我也给你们演了一场戏。现在我的戏演完了，你们继续演你们的戏吧！"作家的个体意识使干预现实的批判精神日益增强时，社会创伤叙事已经不再单纯指向"文革"创伤记忆，而是更尖锐地涉及社会体制的弊病与问题，与此相生的则是意识形态下文艺政策的收紧。

1980 年 1 月，中国戏剧家协会、中国作家协会、中国电影家协会在北京联合召开了剧本创作座谈会，针对近期戏剧和电影创作出现的两类题材：一是反映青少年犯罪现象；二是批评某些领导干部的特权思想和官僚主义作风的剧本进行了讨论。在肯定这些作品敢于触及社会尖锐问题的热情和勇气，揭露和批判一些社会现象的同时，也指出更应该使人们看到希望和光明，以使人们增强必将战胜丑恶事物的信念。① 实际上已经开始对这些具有明显个人化与自由化倾向的作品进行政治意识的引导与规训。同期开展的关于文学作品中"异化"与"人道主义"的讨论，以及 1983 年紧接着开展的"清除精神污染"运动的思想文化语境，使新时期文学的社会政治语境日益趋于严肃。

> 文艺上存在的问题也是相当严重的，……有人宣扬抽象的人道主义，鼓吹所谓"文艺应该对现实生活中的异化（如官僚主义、个人迷信，等等）进行揭露和批评"，有人提出要把所谓社会主义条件下"人的异化"作为文学的重大主题，还有人要把西方"现代派"作为我国文艺发展的方向和道路，声称"不屑于表现自我感情以外的丰功伟绩"，提倡"与统一的社会主调不谐和的"社会观点，等等。②

> 譬如说，有些同志认为新时期的文学主潮是"人道主义"潮流，它的使命就在于呼唤"美的人性"，揭露"违反人性"的丑恶现象；就在于肯定"人的尊严"，唤起人们重视"人的价值"；就在于宣传"人道主义"思想，鞭挞"反人道的社会现实"；就在于批判人性的"异化"，歌颂人性的"复归"……总之，用抽象的、实质上是资产阶级的人道主义作为自己的文艺旗帜。③

> 摆在我们面前的迫切任务是清除精神污染，更高地举起社会

---

① 《剧本创作座谈会情况简述》，《文艺报》1980 年第 3 期，第 4 页。

② 社论：《文艺界要认真学习贯彻二中全会精神》，《文艺报》1983 年第 11 期，第 3—4 页。

③ 社论：《鲜明的旗帜广阔的道路》，《文艺报》1983 年第 12 期，第 3 页。

主义文艺的旗帜。也就是说，一方面，要采取正确的方法，纠正
领导的软弱涣散，坚定不移地清除那些有害于社会主义精神文明
建设的东西；另一方面，要在已经取得的巨大成绩的基础上，进
一步调动人们的积极性和创造力，进一步发展和提高社会主义的
艺术创作。①

　　文艺政策的收紧既是对新时期文学越来越聚焦社会创伤的一种反
驳，也是对 1979 年召开的文代会的一种呼应。周扬在《继往开来，
繁荣社会主义新时期的文艺》的主题报告中指出："人民需要健康的
文艺。我们需要文艺的力量来帮助人民对过去的惨痛经历加深认识，
愈合伤痕，吸取经验，使这类悲剧不致重演。"②《文艺报》主编冯牧
随即也表态："人们期望有更多的反映'四化'、促进'四化'、歌颂
'四化'的作品出现。"③ 也因此，当尚未僭越政治意识形态许可下的
社会创伤叙事作品引起了较大社会反响时，已经注定了另外一些更倾
向于个体意识的社会创伤叙事作品招致冷落或批判的窘境。

　　其中对《苦恋》的持续性批判更是直接说明意识形态对文艺创
作进行加强控制与宽松处理的平衡把握。对《苦恋》的公开批判是
1981 年 3 月 27 日，邓小平同解放军总政治部负责人谈话时提出：
"对电影文学剧本《苦恋》要批判，这是有关坚持四项基本原则的
问题。当然，批判的时候要摆事实，讲道理，防止片面性。"④ 此
后，《解放军日报》与《时代的报告》对《苦恋》开展了较大规模
的批判，而文艺界领导周扬、夏衍、冯牧等人并不赞成对《苦恋》
进行大肆地批判，认为不利于新时期刚刚稳定团结的局面。5 月 17
日，胡耀邦在与文化部、中国文联以及各相关协会负责人关于对

---

① 社论：《鲜明的旗帜广阔的道路》，《文艺报》1983 年第 12 期，第 5 页。
② 周扬：《继往开来，繁荣社会主义新时期的文艺》，《文艺报》1979 年第 11—12 期，第 15 页。
③ 冯牧：《对于文学创作的一个回顾和展望——兼谈革命作家的庄严职责》，《文艺报》1980 年第 1 期，第 6 页。
④ 《邓小平文选》第 2 卷，人民出版社 1994 年版，第 382 页。

《苦恋》批判的谈话中指出："前些日子对《苦恋》的批评是可以的，但是现在看来批评的方法如果更稳妥，效果会更好些。批评是有好处的，为了帮助他们。……写《苦恋》的作家还是写了些好作品，……但军报那种批评的措词，用的方法不稳妥。"① 由此可以看出，在刚刚结束"文革"浩劫后的这段时间内，政治意识形态既要掌控好文艺创作方面萌生的如《苦恋》这样具有明显质疑色彩，又极具个人话语的走向，也要防止如"文革"时期的"打棍子""大批判"等做法的重现与扩大化。这场《苦恋》风波最后以在《解放军报》《文艺报》刊登，《人民日报》转载，作者白桦的自我检讨式文章《关于〈苦恋〉的通信——致〈解放军报〉、〈文艺报〉编辑部》而平息。

二 个体的创伤记忆与文学创作的转向

新时期文学烙上了作家个体鲜明的"文革"创伤记忆印痕，不管是亲身经历还是亲眼所见，他们对"文革"暴力历史都有或多或少的记忆。或轻描淡写，或浓墨重彩；有插科打诨式的戏谑，也有冷静客观的思索，还有痛彻心扉的无奈。从描述创伤、使创伤概念化与具象化到对创伤社会中政治环境、人文传统与伦理道德等的探索与思考，作家不再仅仅停留在过去的创伤经历中，而是在思考与选择中呈现出记忆与遗忘的自相矛盾属性。如果记忆抗拒创伤，就会选择遗忘，与此相悖的是因各自的选择性记忆，作家彼此遗忘的创伤经历可能潜在地形成一种互文性，反而成为某种创伤的见证，也就是一种事实记忆。

《公开的情书》的作者刘青峰，提到她和清华的一些学长跑到大江南北去做一些调查，即小说中有关"串联"的一段："记得一次上庐山，被人家用枪指着押下山来。还有一晚坐在九江长江边聊天，两

---

① 徐庆全：《〈苦恋〉风波始末》，《南方文坛》2005 年第 5 期，第 44—45 页。

派在打派仗，子弹从耳边呼啸而过。这些事对我们是有震撼的。"①
寥寥几笔将她作为受害者与旁观者的两次暴力经历记录下来，看似轻
松的语气，但"枪""子弹""震撼"这些与个体生命、尊严相关的
字眼却沉重至极。的确，作家个体对20世纪70年代的暴力记忆不仅
仅限于停留在过往的自身经历与事件，这种暴力行为的创伤记忆已经
触动与震撼着作家个体的内心深处，不可避免地形成了无形的精神创
伤，更多促使着作家个体意识的觉醒。赵振开读中学时，曾与革命干
部子弟一起去审判一个流氓，一个红卫兵打手拿铁链子抽打一个绑在
柱子上的"流氓"，赵振开看不下去了，赶紧走了，那时他们都不过
17岁左右。② 之所以看不下去，应该是赵振开那颗年轻的心承受不了
如此血腥的暴力场面，也许正因此经历，才使赵振开在创作《波动》
处于手稿被查的危险时，头一次尝到了恐惧的滋味，才有了"中国向
何处去，我向何处去"的深重危机感。

《晚霞消失的时候》的作者礼平讲到目睹"文化大革命"期间的
一次暴力事件：一个普通路人因为好奇驻车观看，被叫上车一阵暴
打。在叫骂声中一瘸一拐远去的无辜背影以及在被暴打时那困惑的、
听天由命的绝望眼神，给礼平留下了无法抹去的创伤记忆。③ 也促使
礼平思索与追问"文革"中红卫兵武斗事件的深层根源，作出自己的
判断与反省。"在'文革'中的群众性暴力事件中，真正可怕的根本就
不是那些乱七八糟的挥舞的拳头，而是其他的一些东西。……'文革'
中，包括一切群众性的大规模的社会冲突，都会出现一些以暴力为终极
目的的人，他们施暴只是为了施暴，因为血腥使他们感到快乐……"④
苏童也谈到过自己童年时代的一件记忆深刻的事情：学校里学历、知
识、教养最好的一位老师，脸总是青紫色的，高年级的同学给他设置

---

① 张春田：《"真正的思想创造并不惧怕黑夜"——金观涛、刘青峰访问》，《粤海
风》2010年第2期，第31页。
② 北岛：《城门开》，生活·读书·新知三联书店2010年版，第142—143页。
③ 礼平等：《昨夜星辰昨夜风——〈晚霞消失的时候〉与红卫兵往事（续）》，《上海
文化》2010年第1期，第125页。
④ 同上书，第124页。

了一种方法，叫作"蚕宝宝上山"，就是用桌子、椅子摞起来，逼那个老师像蚕宝宝一样登上去，然后有几个学生去抽下面的桌椅，那个老师从上面掉下来，脸摔在地上，所以很长一段时间他的脸是青紫的。苏童语重心长地说："这样的一个记忆在我自己的一生中是不可磨灭的，……那是一个暴力的时代，暴力变成了某一种精神食粮，大家都在食用。关键在于，当这个时代渐渐离我们远去的时候，那个社会留下的可以穿越任何阶层的暴力，我们今天应该用一个什么样的态度去记录它。"①

而阎连科则用另一种文字与笔调记录了这样一个如临其境的场面：

> 记得七十年代之初，社会上的"文攻武斗"，都已渐次地过去，我同生产队的老少社员，一边遥望着革命，一边促进着生产。有一天，在田里翻着红薯秧子，不知为何，竟有两辆卡车拉了革命者的青年，架着机枪，从田头公路上驶过。突然，他们朝着田地里的我们，打了一梭子机枪。子弹就落在田头的草上。草摇土飞之后，当过兵的一个退伍军人，突然大唤："卧倒——"社员们就都学着他的样子，各自卧伏在了红薯秧的垄沟。起来之后，卡车已经远去，载着革命者和他们的笑声。不知这革命从哪来，又到哪儿去。于是，生产队长就对着革命的背影大喊大骂："操你们奶奶，我们种地，你们革命，井水不犯河水，碍着你们啥儿事啦！"②

阎连科用"革命"一词指代暴力行为，详尽描写了受害者正在遥望革命之时，一次不知从哪来又到哪去的革命就随机发生又随机结束的事实，只留下革命受害者惊慌失措的行为与愤怒的骂声以及施暴者刺耳的阵阵笑声，如此滑稽可笑。阎连科莫名其妙亲身经历的一次暴

---

① 苏童：《重返先锋：文学与记忆》，《名作欣赏》2011 年第 7 期，第 91 页。
② 北岛等：《七十年代》，生活·读书·新知三联书店 2009 年版，第 395 页。

力记忆，后来成为他笔下的一次革命者随意的取乐而已，这不啻是一种嘲讽。当然，阎连科不止于对"文革"中暴力革命的记忆，还有对那个特殊创伤社会的反思。"于我最为突出的感受，就是城乡的不平等差距，因为他们的出现，证明了远远大于原有人们以为的存在，远远不只是一般的乡村对都市的向往与羡慕，还有他们来自娘胎里的对农民和乡村的一种鄙视。"① 在阎连科的认知中，上山下乡的知青群体是社会运动中的受创者，而农民群体同样是一个非常态社会中的受创者。

由此可见，作家个体的创伤经历，不管是可以伤愈的身体伤害还是不可愈合的精神创伤，都会雁过留声，有意或无意地残留在内心深处，成为一段痛苦不堪的创伤记忆。控诉、触摸、回避或沉默，都会成为驱动作家进行创作活动的潜意识，并影响其最终选择恰当的话语与叙事方式表达出来。当作家以迎合的群体意识而不是个体意识进行创作时，创伤叙事呈现出众口一词的创伤话语与模式，但作家个体意识总是以或明或暗的火花闪现。"当然，作者个体性的增强，并不一定就是作家社会地位的上升，作品成为这个文化中受尊敬的文类，并不意味着作者成为文化主流。"② 《波动》《晚霞消失的时候》《飞天》《调动》等引起争议与遭到批判的作品出现正是作家的个体批判意识不断滋生的最好例证。于是，新时期文学中的社会创伤叙事在作家个体意识的觉醒中，演绎着创伤话语从国家走向个体、从政治隐喻走向社会文化的文学创作转向。

一方面，新时期社会创伤叙事试图把握纵深的社会时代图景，对祖国、历史、暴力创伤等并不简单归罪或指认创伤源，一定程度上溢出了当时的政治意识形态，鲜明地体现出作家个体对"文革"创伤的一种独立思考意识。无论个人还是某个群体，家破人亡、劳动改造及被随意污蔑攻击等梦魇一般的经历，都使作家个体饱受人格尊严被践踏的精神创伤，以至于"文革"已然固化为一个国族创伤的符号。

---

① 北岛等：《七十年代》，生活·读书·新知三联书店 2009 年版，第 200 页。
② 赵毅衡：《苦恼的叙述者》，四川文艺出版社 2013 年版，第 191 页。

对作家个体来说，"文革"创伤不仅仅意味着一场人生灾难经历，它也是精神创伤存在之滥觞。无论是旁观者还是亲历者，在遭遇创伤事件时，已经打破了他们对世界、人生、命运乃至日常生活的正常认知与安全感，从而使受创者感受到无力与无助感而倍加痛苦。这种痛苦可以用语言文字平淡回忆，也可以用文学形式生动表达，是以各种精神创伤症状得以在不同的社会创伤文本中淋漓尽致地体现，是以新时期社会创伤叙事开始发出个体的声音。当作家个体真正深入"文革"创伤时，"具有社会普遍意义的精神创伤化为艺术家个体的强烈个体体验，激发着他们的创作活动。"①

另一方面，新时期社会创伤叙事已经不再单纯地认同创伤是可以给个体带来进步与美好未来的人生必然经历与为国家作出改变的表征形式，而是从创伤开始对造成创伤的社会根源进行全方位的审视。《波动》中肖凌嘲讽"祖国"是过了时的小调，激愤时说"这个祖国不是我的！我没有祖国"，悲观时说："咱们这代人的梦太苦了，也太长了，总是醒不了，即使醒了，你会发现准有另一场噩梦在等着你。"而《晚霞消失的时候》里看似理智聪慧的南珊从小就生活在自卑中，"从我能记事时起，这种感觉自己卑小的心情就总在折磨着我的心灵。尤其是当我受到委屈的时候，这种心情就更显得沉重"。《公开的情书》里当真真被打成"黑帮子女""精神贵族的臭小姐"时，说不清的恐惧或愤怒让她有了作为个体的第一次独立思考："我是个人，我应该有人的尊严，我应该有和别人一样的权利。特权的被剥夺，只能使我清醒。"从这个意义上看，肖凌、南珊、真真与王晓华的个人创伤就有了很显著的区别，她们看重的显然是对所遭受的个体创伤的独特感受以及对创伤的社会历史追溯。社会创伤叙事不仅指向个体创伤记忆，而且尖锐地涉及造成创伤的某些社会历史的弊病与根源。

但是，《波动》《公开的情书》《晚霞消失的时候》等社会创伤叙事作品公开发表后，却受到了评论界的冷落。以《波动》为例，尽管与《芙蓉镇》同样地尽力包罗和塑造出社会中更多的受创伤者，

---

① 唐晓敏：《精神创伤与艺术创作》，百花文艺出版社1991年版，第78页。

如肖凌代表遭受"文革"创伤的具有悲剧命运的知识女青年，杨讯代表有着反抗意识但最终妥协的青年群体，白华代表着"文革"期间流落街头的流浪汉群体，林东平代表着平反后与现实生活日益妥协的老干部形象，林媛媛代表着生活空虚的小资女群体等。但力图重现一个社会创伤图景，并试图剖析国家机器、知识分子、社会等级化、政治运动等创伤根源时，小说文本充满了个体意识的犀利话语。"我们这代人的梦太苦了，也太长了，总是醒不了，即使醒了，你会发现准有另一场恶梦在等着你。""关键是中国老一代知识分子从来没有形成一个强有力的阶层，他们总是屈从政治上的压力，即使反抗，也是非常有限的。"再如林东平面对腐败现象发出的"我一个人的力量能改变了吗"的无奈感叹。也正是这些在现在看来仍具有无形震撼力的个体话语使《波动》招致文学界的冷落。类似的社会创伤叙事作品因更具针对性的社会问题和更加尖锐的批判锋芒，并没有获得主流文学的认可。反而使当时思想多元化但注重统一性的文学界看到新时期文学潜在的危机性，也使新时期社会创伤叙事的建构陷入了尴尬的境地。

当文学批评及政治生态持续影响批判性社会创伤作品时，无形的限度和规范已经阻囿了新时期社会创伤叙事的继续建构。它们关于创伤深切感受的书写可能得到众多经历过"文革"创伤的人们的普遍认可，但在新时期逐渐形成的新的文学制度和政治要求的语境下，它们所追问、探讨和反思的涉及"文革"创伤的根源问题已不在允许讨论范围之内，也使作家个体的创作心态与创作方向发生了转变。只是出于"想用文学形象提请读者思考这样一个问题：应该怎样看待人们，特别是一代'红卫兵小将'在'文化大革命'中所犯的错误或罪过"① 的创作意识。创作出《重逢》这篇小说的作家金河，在小说发表后也充满了担忧："我担心的有两条：一是会不会引起某些领导干部的不快，二是会不会挨棒子。'四人帮'虽然倒台了，但'四人

---

① 金河：《我为什么写〈重逢〉》，《上海文学》1979 年第 8 期，第 75 页。

帮'的幽灵还在时隐时现地徘徊。"①"文革"创伤复杂的社会政治性从一开始就决定了对"文革"进行创伤叙事就是一个难以言说的书写。特别是对亲身经历者或者幸存者来说，中国特定的政治环境还紧紧地束缚着作家的创作与批评家的评论，他们在政治意识形态的限制内力图寻找到恰当的文学话语表述尚未走远的社会创伤。

　　此后作家对社会创伤叙事的文学创作开始了各种侧重的转向，如汪曾祺的《受戒》、刘绍棠的《蒲柳人家》、邓友梅的《烟壶》、冯骥才的《三寸金莲》、陆文夫的《美食家》、韩少功的《爸爸爸》、王安忆的《小鲍庄》、刘心武的《钟鼓楼》、贾平凹的"商州"小说系列、李杭育的"葛川江"小说系列，等等。这批以民间土地为依托描写地域风俗人情的作品意在以了解、加强传统生活的方式来重视、重现人们的日常生活，在民族文化底蕴中寻找民族文化精神的探寻之路，包含了诸多复杂暧昧的生成因素②，是作家有意识地对新时期创伤叙事的一次反弹。在乡村社会剧变的背景下，倾向于细致传神地描写普通人们日常生活的心理情感，实际上也是将社会创伤叙事去政治化后转向苦难创伤叙事的初露端倪。只是这种倾向与风格的文学创作在急剧变化发展的80年代没有维持长久，很快淹没在了充满现代与反叛意味的新时期集体创伤叙事话语中了。作为新时期社会创伤叙事的转向，如果研读这些着意民族风情描写又不失对现代社会生活反衬的叙事作品，从创伤之地点风景的角度看待文学作品中的社会创伤叙事，或许能发现被人们所忽略的另一种文学价值。

---

　　①　金河：《我为什么写〈重逢〉》，《上海文学》1979 年第 8 期，第 75 页。

　　②　洪子诚的《中国当代文学史》（第 323 页）认为新时期文学"在经历了 80 年代前期政治社会层面的批判之后，产生了将'反思'深入到属于事物'本原'意义的趋向，探索历史失误与民族文化心理'积淀'之间的关系"。是"以'现代意识'来重新观照'传统'，将寻找自我和寻找民族文化精神联系起来，这种'本原'性（事物的'根'）的东西，将能为社会和民族精神和修复提供可靠的根基"。并将寻根和市井、乡土小说分而详细论之。而陈思和的《中国当代文学史教程》（第 242—243 页）里则认为作家的创作个性在 80 年代逐渐体现出来，一些作家试图从传统所圈定的所谓知识分子的使命感与责任感中游离出来，在民间的土地上寻找一个理想的寄托之地，也得以用来掩饰与现实关系的妥协，从而别开生面地提出"民族文化"的审美概念，用新的审美内涵来替代文学创作中愈演愈烈的政治意识形态，由此产生了市井、乡土小说。

第二节 异质与书写姿态：社会创伤叙事特征

新时期文学中的社会创伤叙事在个体意识、创伤记忆与文艺政策等各种因素的介入下，塑造了个体意识下多样化的受创者形象，形成了异质化的创伤叙事形态，呈现出"我"的创伤话语与书写姿态的特质，使新时期社会创伤叙事具有丰富的意蕴与文学价值。

一 个体意识下的受创者形象

杰弗里·C.亚历山大在《迈向文化创伤理论》一文中，指出痛苦的性质、受害者的性质、创伤受害者与广大受众的关系、责任归属这四种关键再现对于新主导叙事的创造来说非常重要。① 新时期社会创伤叙事中，对受害者形象的性质定位显然是一个首要要素。从对受创者形象的塑造与书写方式着手，是阐释新时期社会创伤叙事的一个新的角度。根据参与社会运动的方式与对自身创伤的认知程度两个方面的不同，新时期社会创伤叙事中的受创者形象可以分为三种不同类型。一是社会运动的狂热分子，即主动参与各种社会政治运动中，对自身的命运遭遇自始至终没有清醒的认识。二是社会运动的被动挟裹者，即被动地参与了各种社会政治运动，对自身的命运遭遇自始至终没有清醒的认识。三是社会运动的反思忏悔者，即被动地参与了各种社会政治运动，但在历史使命结束之后进行了一定程度的反思或忏悔。《芙蓉镇》里的王秋赦属于第一种受创者形象，《李顺大造屋》里的李顺大、《南方的岸》里的暮珍、《波动》里的杨讯等属于第二种受创者形象，《晚霞消失的时候》里的李淮平、《重逢》里的朱春信、《波动》里的林东平等属于第三种受创者形象。

古华曾谈过《芙蓉镇》的创作缘由，"我探索着，尝试着把自己二十几年来所熟悉的南方乡村里的人和事，囊括、浓缩进一部作品

---

① Jeffrey C. Alexander, *Cultural Trauma and Collective Identity*, University of California Press, 2004, pp. 13 – 15.

里，寓政治风云于风俗民情图画，借人物命运演乡镇生活变迁，力求写出南国乡村的生活色彩和生活情调来。这样，便产生了《芙蓉镇》。"①《芙蓉镇》最大的贡献在于不仅刻画了运动根子王秋赦这个受创者形象，而且对运动根子王秋赦的内心痛苦进行了更深入的涉及。霍弗在《狂热分子——群众运动圣经》一书中指出："投身于群众运动的是一些永久性的畸零人，他们处于某些原因觉得自己的生命已无可救药地失败，因而盲目投身于某种神圣事业，好让个人的责任、恐惧、缺点得到掩埋。"② 王秋赦正是在社会历史发展的长河中产生的一个可悲的受创者形象。他本是一个社会上的闲散人员，好吃懒做、坐吃山空导致家里一贫如洗。虽然好吃懒做，但也有乐于助人的一面，因为他肯在街坊中走动帮忙，被称为镇上群众的"公差人"。如果是在一个常态的社会历史中，王秋赦也算是一个无害的小混混。可是，一方面，处于一个非常态的社会秩序里，各种社会政治运动把他变成了一个社会政治运动的狂热分子。心思活泛的王秋赦，凭着对"共产社会"和新社会的片面认识，"土改"运动中尝到了一些甜头。随着"反右""大跃进"运动的开展，到了"文革"期间，王秋赦便成为坚定的"运动根子"了。社会文化的变动给了王秋赦这类农民改变命运的一定机遇。在每个社会历史阶段，都不乏王秋赦这样的狂热分子依靠社会政治运动掀起波澜来，而政治运动也才得以顺利开展。另一方面，在思想意识上，王秋赦清醒地认识到要改变自己的现状，就需要积极参与和追随每一次的大型政治运动或革命活动。作为一个个体生命，他的主体意识是缺失的，他生活在对集体行动的服从与对未来的虚幻憧憬中。他的个体生命并无实际意义，只有在每一次的政治运动中，才让他感受到了生命的价值。现代作家赵树理早就详细分析过王秋赦这类人物："每个村子里，都有一种灵活的滑头分子，好像不论什么运动，他都是积极分子——什么时兴卖什

---

① 古华：《芙蓉镇》，人民文学出版社 2000 年版，第 213 页。
② ［美］埃里克·霍弗：《狂热分子——群众运动圣经》，梁永安译，广西师范大学出版社 2011 年版，第 13 页。

么，吃得了谁就吃谁，谁上了台拥护谁。这些人，有好多是流氓底子，不止没产业，也不想靠产业过活，分果实迟早是头一份，填窟窿时候又回回是填窟窿，可是当大多数正派贫雇还不相信自己的时候，偏好推这些人出头说话，这些人就成了天然的积极分子。"①

《芙蓉镇》里的运动根子王秋赦的历史使命在"文革"宣告结束的那一刻已经终结，但狂热分子王秋赦却陷入对社会政治运动的痴迷之中不能自拔，成为一个疯子。小说的结尾写道：

> 吊脚楼主王秋赦发疯后，每天都在新街、老街游来荡去，褴褛的衣衫前襟上挂满了金光闪闪的像章，声音凄凉地叫喊着："千万不要忘记啊——！""'文化大革命'，五六年又来一次啊——！""阶级斗争，你死我活啊——！"
>
> 王疯子的声音，是幽灵，是鬼魂，徘徊在芙蓉镇。镇上的大人小孩，白天一见了王疯子，就朝屋里跑，就赶紧关铺门；晚上一听见他凄厉的叫喊，心里就发麻，浑身就哆嗦。已经当了青石板街街办米豆腐店服务员的胡玉音，听见王疯子的叫声，还失手打落过汤碗。新近落实政策回到镇上来的税务所长一家，供销社主任一家，更是一听这叫声就大人落泪娃儿哭，晚上难入睡……吊脚楼主仍旧是芙蓉镇上的一大祸害。

他的"疯"未尝不是对自己在历史长河里遭受巨大创伤的控诉，说到底，他是社会创伤中一个实实在在的受创者。在一个非正常时代，王秋赦自以为寻找到了正常的实现自我价值意义的道路，但当社会文化回归常态，王秋赦必然以"疯"的方式苟且偷生。王秋赦代表了社会上众多有着相同心理的受创者形象，无论他们的身份、地位与生活有怎样的差异，只要是社会运动的狂热分子，就必然是类似的悲剧结局。也正因此，王秋赦的痛苦更加触动人心，究竟是源自创伤社会中的政治运动，还是在社会运动中个体对权势的渴望吸引了这类

---

① 赵树理：《发动贫雇要靠民主》，《新大众报》1948 年 3 月 16 日。

受创者积极加入社会运动，最终因一切皆成幻影的沉重打击造成了他的疯癫状态？只有深究这些痛苦背后的根源，才能了解社会历史创伤对受创者究竟意味着什么意义。

如果说王秋赦之类的受创者形象是历史长河中阶级斗争、各种运动得以开展的主动型的有力帮手和有效追随者。可以说李顺大之类的受创者形象就是在各种政治运动中被动型的忍耐柔顺的和解者与蒙昧者。

高晓声的《李顺大造屋》是一篇颇有创伤叙事特色的小说。它通过农民李顺大在 30 多年的时间里想要完成造屋一事所经历的人生波折，将当代各个历史时期包括"极左"、公社化运动、"文革"等社会政治事件一一描述出来。新时期之初，复出后的高晓声具有一种创作冲动，想"以小说的方式表现二十多年间在农村的所见、所感、所思，他要替农民'叹苦经'，他要揭示几十年间农民所受的苦难从而控诉使得农民苦难深重的政治路线的荒谬，但又担心因文获祸，担心自身的灾难刚去而复返"。① 正是在这种矛盾和忐忑的创作心态中，塑造出李顺大这个被称为跟跟派的农民形象。在新时期社会创伤叙事中，受创者李顺大的典型形象，引起社会各界对农民这个群体的生存状况、心理创伤、前途命运等方面的关注。

李顺大的创伤根源在于想建一座自己房子的理想而一直不得实现的痛苦。跟跟派李顺大一直都是"听毛主席话，跟共产党走，能坚决做到，而且品全落实，随便哪个党员讲一句，对他都是命令"的普通农民形象。正因此，"每次运动他都参与，每次运动中都是苦难的承受者，但是他相信社会主义的许诺，相信他的房子会建成"②。即使他在各种社会政治运动中屡次失去了建房所需的财物，即使当各种社会政治运动频发的一个非常态社会对李顺大造成了连基本的生活保障都不能实现的创伤时，社会运动的被动挟裹者李顺大仍然对自己的

---

① 王彬彬：《高晓声与高晓声研究》，《扬子江评论》2015 年第 2 期，第 6 页。

② ［德］顾彬：《二十世纪中国文学史》，范劲等译，华东师范大学出版社 2008 年版，第 326 页。

创伤没有清醒的认识，他还沉浸在一丝希望之中。小说看似光明的结尾实际上也只是写李顺大通过贿赂的手段买到了砖头、桁条等盖房子的材料，他要造的房子还在希望之中，还停留在梦想阶段。梦想与现实之间的矛盾显然使李顺大极为痛苦。这些痛苦背后的创伤性质虽一目了然，但并没有人去关注。这正是新时期社会创伤叙事塑造跟跟派李顺大这种类型的受创者形象的意义所在。

与李顺大这个人物相似的还有孔捷生在《南方的岸》里塑造的暮珍这个女性形象。她同样身不由己地被卷入了特殊社会时代之中，一如作者所说，"由于不可抗拒的召唤，我们没有别的选择"。暮珍可以忍受南方农场的艰苦环境，忍受自己冷漠地毫无人情味的家庭对她的遗弃与盘剥，承受了遭受恋人意外之死的巨大痛苦，这是社会时代对个体造成的巨大创伤。在暮珍这个受创者身上，我们可以感受到人性中最积极、最坚韧、最执着的光辉力量，却无法获得她对社会种种运动的最直接感观和认识，以至于当小说结尾为暮珍安排了与易杰准备同回海南故地的结局时，笔者为一代知青的执着理想而深深感动的同时，也为他们遭受的不自知的社会创伤而深深悲哀着。有论者认为《李顺大造屋》此类的小说中，"引人注目的是对当代农民性格心理的'文化矛盾'的揭示。在历史变迁时期，作为一个'文化群体'的农民的行为、心理和思维方式的特征：他们的勤劳、坚韧中同时存在的逆来顺受和隐忍的惰性，对于执政党和'新社会'的热爱所蕴含的麻木、愚昧的顺从"[①]。而笔者认为，不仅是李顺大这样的农民，也不只是像暮珍这样的知青，而是包括无论是何种身份的整整一代人，在被动挟裹到社会政治运动里，都凸显出遭受种种社会创伤之后的麻木、顺从、愚昧甚至还有难舍的心理创伤情感特征。

当然，卷入社会生活中的受创者并非被动地受制于外在环境而完全失去了主体性，也有一些群众受创者对此进行反抗、忏悔与反思。《波动》里的肖凌显然是一个独特的反抗者，父母惨死后的肖凌也曾经为了适应社会变化而参加红卫兵运动，但当她看到滥杀无辜的惨剧

---

① 洪子诚：《中国当代文学史》，北京大学出版社 1999 年版，第 264—265 页。

时，她本能地制止并抗议。这是一个充满了个体意识的受创者形象，所以当她和杨讯争论关于祖国和责任的话题时，对杨讯仍然相信祖国，并认为祖国是咱们共同的苦难、生活方式、文化遗产和向往的言论，肖凌冷冷地反驳道："你有什么权利说'咱们'？有什么权利？！"是的，肖凌尖锐地指出群众受创者是无可替代的每一个个体的事实，谁也无权用哪怕是形而上的类似"祖国""责任"这样的字眼，也无法消解受创者个体的创伤经历和体验，也无法替代作为受创者个体的痛彻心扉的创伤情感体验。《晚霞消失的时候》里的李淮平曾经认为抄家是对红卫兵的最大考验，革命就是暴烈的行动和蛮横，但当他终于认识到由于年少时的盲从与无知造成了对南珊一家人的伤害时，作为施暴者的李淮平因为暴力抄家行为遭受道德谴责陷入深深的自责之中，他渴望得到南珊原谅的心情也无比真实地展现在读者面前，这是一个对自己参与社会政治运动中对他人造成的创伤而深深忏悔的受创者。《波动》里的林东平与《重逢》里的朱春信作为平反后的老干部的代表，表现出更多的是对社会政治的反思。

二 异质化的创伤叙事形态

在度过了文学与政治的蜜月期后，越来越多的作家意识到新时期文学作品的功用不应仅体现在引起一定的社会效应上，更应该恢复文学应有的艺术品格。因此，在多元化的作家个体意识自觉增强时，新时期文学中的社会创伤叙事作品从不同的社会层面、受创者形象、角度与深度等进行了创伤书写，呈现出异质化的创伤叙事形态。新时期文学中的社会创伤叙事作品如《李顺大造屋》《晚霞消失的时候》《波动》《重逢》等都曾引起过文学界一定的争鸣，评论界对此也有过不同的阐释与评论。对社会创伤叙事作品在文学史中的不同定位也从侧面印证了新时期社会创伤叙事异质化的创伤叙事形态特质。

事实上，即使是新时期家庭创伤叙事也并非从一开始就呈现出众口一词的创伤叙事形态。《班主任》《伤痕》等小说曾在发表之初引起争论，在多次以讨论会或座谈会的形式进行深入探讨和辩驳之后最终被确认为新文学思潮的代表作，才引领了家庭创伤叙事的盛行，逐渐形成同质化的创伤叙事形态。而社会创伤叙事作品的争鸣更多聚焦在小说文本里包含的创伤的多义性与丰富性上。以《李顺大造屋》为例，这篇小说荣获了 1979 年优秀短篇小说奖，在当时颇有影响，但它的地位与意义在不同的文学史著述里有着不同的表述。《中国当代文学史》把《李顺大造屋》当作反思小说的代表作，但顾彬的《二十世纪中国文学史》将其放在改革文学一节里进行讨论，随即又是对此归类的一番模棱两可的质疑，"也许还根本不属于改革文学，因为它回顾了 30 年白费功夫的造屋历程后，只是稍稍触及改革阶段的开始。……另外一方面，这部作品作为反思文学也不怎么合适。足足 30 年的时间范围虽然满足了反思文学的标准，但是它的幽默没有给遭到如此多控诉的苦难留下空间。"①

《李顺大造屋》之所以引起诸多研究者的困惑，正在于将高晓声看作是传承鲁迅批判国民劣根性精神的后来者，李顺大自然也与鲁迅笔下的阿 Q 农民形象重合起来。如果从社会政治层面的创伤来看，它似乎成功将李顺大塑造成新中国成立后在不同历史时期遭受歧视、屈辱、压迫与无奈的农民群体的代表形象。当人们将李顺大作为农民的代表形象进行审视时，只注意到了农民身上被夸大的某方面的特征，而忽略了对李顺大能否代表新时期农民群体的创伤的问题。如高晓声本人所说："我写《李顺大造屋》《'漏斗户'主》，是经过加工之后，内容变得缓和了，如果用农民的口气来写，那会尖锐得多。所以我根本就没有想到，这样缓和了的作品会引起某些人那样的不舒服，我只能把这种现象理解为他们太不知道那时农民真相了。"② 那么，一方面，作家以为的农民真相与创作出来的农民形象之间有一定的出入，而创作出来的农民形象与人们想象中的理所当然的农民想象还存在一定的差距，这应该是创伤受害者与广大民众关系之间的最大误区，也是评论家难以阐释的地方。另一方面，《李顺大造屋》涉及作

①　[德] 顾彬：《二十世纪中国文学史》，范劲等译，华东师范大学出版社 2008 年版，第 326 页。

②　高晓声：《谈谈有关陈奂生的几篇小说》，《文艺理论研究》1982 年第 3 期，第 24 页。

家与受创者双重的痛苦。作家政治风险上的考虑与个体意识上的自觉创作之间的矛盾心理，必然在小说文本中无意传达出作家的这种创作上不能完全自主性的痛苦。高晓声的痛苦是源自自身创作主动性的受限，还是源自在受限的写作空间里不能完全为农民发声？而受创者李顺大的痛苦，是因为各种政治运动使他屡次失去了建房所需的财物，还是因为既使自己在各种运动中遭受欺骗，一夜醒来，砖头、木料、瓦片被拿走充公后，还要继续做跟跟派的痛苦？这些在家庭创伤叙事中被简单化处理的创伤性质问题，在社会创伤叙事中却不由自主地在一定程度上显露出来。遗憾的是，创伤背后的矛盾性却被遮蔽与忽视在当时众多顺应新时期政治需求的文字阐释中。但作为一种个人化的社会创伤叙事形态，《李顺大造屋》未尝不是提供了一种崭新的讲述历史与处理历史记忆的方式。

与此相似又不尽相同的还有《晚霞消失的时候》《波动》《公开的情书》等社会创伤叙事作品。这三部小说的初稿创作与完成时间是在"文革"后期的严峻政治形势之中，在地下写作中以人工抄写的方式流传下来，因此被认为是"文革"后期重要的手抄本小说。无论是创作时间还是小说内容，这几部小说是率先揭露和反思"文革"暴行造成的家破人亡悲剧，及由此给个体带来无法磨灭的精神创伤的叙事作品。但与家庭创伤叙事形成鲜明对比的是，这些手抄本小说的创伤叙事因其对历史、责任与民族等命题的揭示和独特的艺术风格而受到严厉的批评。如《公开的情书》里对炽热爱情、对人生理想的追求，《波动》灰暗色调里呈现的信仰丧失的虚无主义，《晚霞消失的时候》里关于历史、人生与宗教等问题的思辨讨论等。

的确，这些讲述"文革"社会创伤的手抄本小说不仅充满了具体质感的个人化特征，而且采用的对话体形式也使创伤叙事显示出丰富独特的意蕴。在《晚霞消失的时候》文本里，我们通常忽略了李淮平身边的一个小人物：戴眼镜的高个子红卫兵。小说里用"激动""猛烈地反对""不知所措""愤怒地挥着手臂"及至最后的"你们这样做是要受到惩罚的"这样的词句来表达他对即将进行的抄家行动的强烈反对态度。由一斑而窥全貌，"文革"中年轻人之间对社会政治运动或暴力行动的看法并不是一致性的，既有无辜受害者，也有冲动热情者，还有冷静愤怒者，这是对那个特殊社会时代年轻人的思想的真实展现。作为受创者的南珊因目睹暴力抄家行为遭受精神创伤，作为施暴者的李淮平因为暴力抄家行为遭受道德谴责陷入深深的自责之中。戴眼镜的红卫兵呢？小说中没有提及，但也许他会因无力阻止暴力抄家行为而失望沉沦。这正是《晚霞消失的时候》作为社会创伤叙事作品的意义所在，它让我们感受到的不仅仅是南珊、李淮平的精神创伤，而是在创伤社会中整整一代年轻人的无力惶恐的精神创伤。无独有偶，《波动》里也有类似的创伤书写。《波动》里一个非常态的创伤社会在肖凌、杨讯、白华，林东平等人关于祖国、责任、爱情、自由等的对话中展露无遗，他们各自不幸的命运与复杂的情感反映了"文革"社会创伤所带来的一代人乃至几代人的精神崩溃过程。

社会创伤叙事对受创者人物结局的不同处理方式也体现出异质化的创伤叙事形态。心理创伤所留下的不可磨灭的创伤记忆将伴随受创者的一生，并必然给受创者日后生活带来异常和改变，"或者是受体无法适应生活，或者是受体经过巨大的努力能够有所摆脱，但再现却成为必然"①。李顺大仍在迷茫未知中，肖凌走向了死亡，杨讯陷入内疚反思，南珊走向了超脱，李淮平放下了思想重负，暮珍走上了归途。新时期文学中的社会创伤叙事在创伤叙事的精神向度方面略有不同，在受创的年轻人之间展开的平等对话里，在尚未统一的新文学秩序中，在作家追求精神探索的自由表达下，形成了异质化的创伤叙事形态，也完成了没有预定答案的社会创伤叙事的多面性建构。

三 "我"的创伤话语与书写姿态

这些弥漫着浓郁个人化意蕴的社会创伤叙事作品，因独特的个人想象与独立的深层思索而不断引起争鸣和被批判的文学现象，其实质

---

① 丁玫：《"为了灵魂的纯洁而含辛茹苦"——艾·巴·辛格与创伤书写》，浙江大学出版社 2014 年版，第 29 页。

是彰显出"文革"创伤叙事受到新时期政治和文化语境中的强大影响。"文革"创伤提供了一个叙述自身创伤或他者创伤故事的无限可能性。那么"文革"记忆以及由此带来的身心创伤叙事是否可以从各个方面想象和表述呢？刘心武抱着"要把'四人帮'毒害下一代的社会现象反映出来，要引起人们的高度注意，要提出解决问题的根本途径，并同大家一起满怀信心地展望未来"①的信念创作出了《班主任》，礼平完成《晚霞消失的时候》后却陷入一种写作困境："我开始进入一种写作的'失语'状态……至此，我已经打定主意淡出江湖，不再写作。"②"我是从人物的心理真实来反映生活真实的，在写作时，我最下功夫之处，则是尽力调动出内心贮存的对那个时代的全部的独有的感觉。"③在新时期文学中的社会创伤叙事中，作家个体对世界、对人生、对社会的不断质疑促使他们在反思中处于一种焦灼与求索的思想状态之中。难以忘怀的感情、对某些现实的拒斥，是作家个体意识的一个重要方面，也是新时期社会创伤叙事的内驱力，使新时期社会创伤叙事在对"文革"创伤叙述的话语与书写姿态及其指向上具有了一定的意义。

　　社会创伤叙事不再满足于对"文革"创伤根源的简单归一的创伤指向，而试图从社会政治层面思考"文革"创伤发生的人文环境、民族文化和心理积习等问题，开始以"我"的话语与书写姿态表达对"文革"创伤的不同想象与阐释。社会创伤叙事中遭受创伤的"我"的形象是那么独立鲜明：肖凌玩世不恭的生活态度、敏感多变的性情及至被吞噬的悲惨命运是遭受父母含冤而死、感情受骗经历后留下的深深的精神创伤烙印；南珊因出身而遭受不公正的政治待遇引发了她对文明与野蛮、宗教与信仰、人生与幸福等问题的思考；李淮平对因年少无知而伤害南珊一直怀有愧疚之情与忏悔意识。这些创伤经历无不影响到他们此后的人生与感情选择，这是因为，创伤叙事中

---

①　刘心武：《生活的创造者说：走这条路》，《文学评论》1978 年第 5 期，第 61 页。

②　礼平：《写给我的年代——追忆〈晚霞消失的时候〉》，《青年文学》2002 年第 1 期，第 21 页。

③　冯骥才：《创作的体验》，《文艺研究》1983 年第 2 期，第 101 页。

的创伤事件不仅能给受创者留下精神创伤言说的可能性，也能对某一时期的历史想象、文学体制及人们世界观的形成产生重大的影响。"我"发出的无疑是与家国一体化中创伤代言者大相迥异的个人创伤话语。

"我"讲述的是在家国创伤中感受到的"我"的创伤，面向的是个体创伤体验的情感诉求，侧重的是创伤情感的倾诉欲望，呈现的是感知个体创伤存在的一种书写姿态。如《波动》中肖凌对父母在"文革"中惨死和自己后来被抛弃的不幸情感创伤经历在爱人面前的闭口不谈。这既呈现了个体在造成巨大创伤的往事经历中的压抑与沉默，也一览无遗地展示了个体创伤的深切之痛与无法忘怀。显然，"我"的书写姿态使创伤情感诉求得到充分表达的同时，也具有了不可愈合的创伤意义。这与新时期家国一体化中很快被抚平治愈的"伤痕"隐喻书写有着本质上的区别，"当社会上出现一种主流话语，以'我们'的名义讲述一代人的故事，讲述他们的苦难、理想和追求时，一定要注意，可能沉默的大多数对此不以为然，可能有另外一个或几个版本的关于'我们一代人'的故事"①。而"我"的书写姿态显然就是另一个版本的创伤叙事，使这些受创者形象和作家从一开始就被徘徊在主流之外。这些差异已有一些评论家指出："我从来都没有把《波动》看成是'伤痕文学'——尽管这部小说里也写了伤痕，内容里也有和其他以'文革'为题材的小说比较近似的地方，但我一直觉得，《波动》是和'伤痕文学'十分不同的另一种写作。"②

"我们看到，80年代一系列有争议的小说，……都是在小说里以大量的篇幅讨论经历过'文革'的一代青年人的人生观、世界观问题，并有着相对独立的立场。"③ 20世纪80年代初对《公开的情书》的冷落，对《波动》的遗忘，对《晚霞消失的时候》的争鸣，以及

① 徐友渔：《直面历史》，中国文联出版社2000年版，第99页。
② 李陀：《"新小资"和文化领导权的转移》，《长江文艺》2013年第12期，第80页。
③ 王德领：《对正统的偏离：反思历史与重建个人精神维度——重评〈晚霞消失的时候〉》，《海南师范大学学报》2014年第7期，第37页。

所开展的对《苦恋》等的批判、清除精神污染运动等，正是源于这种独立的个人立场与思考的社会创伤叙事的话语和书写姿态。再如《南方的岸》里大量运用了闪回的技巧，让主人公易杰的思维不时地穿梭在记忆和现实之间，一方面使他们这一代人在海南农场的生活得到完整浮现；另一方面也表现了受创者既无法摆脱过去也无法适应现实生活的创伤心理。这是受创者，也是作家自身尚未从"文革"创伤中走出，以至于对创伤经历始终心怀怨恨又难舍的复杂情感的真实写照。易杰与暮珍代表了在上山下乡运动中一代知青的生活与情感经历，他们恋恋不舍地告别了用青春的辛勤汗水开荒出来的海南橡胶园，回归到常态社会中的人生轨迹，但社会时代在他们的心灵上烙下了太多不可愈合的创伤印痕。在愈加物质化的现实生活中，不仅无法获得别人对他们失去的青春岁月的尊重，也无法在现实生活中获得心灵的慰藉。这是创伤社会与历史文化的惯性、物质社会与现代化进程的冲击对他们造成的双重创伤。《南方的岸》对受创者迷惘、孤独、失落的创伤心理与受创者在现实生活中的悲剧命运两方面的涉及，是对创伤内在化属性进行的新的探索与拓展。而徐星在 1981 年创作，于 1985 年发表的《无主题变奏》这篇小说里的主人公"我"的创伤心理与此颇有相通之处。如果说新时期家庭创伤叙事从个体创伤入口，确认与强调家国创伤一体化，将创伤概念化的同时，使之成为一个被遮蔽的话语空间。可以说新时期社会创伤叙事在凸显作家的个体意识中，开始以"我"的创伤话语与书写姿态对创伤背后的社会历史与民族文化进行深入的探索，对受创者的心理创伤及其修复进行了另类的书写。

新时期社会创伤叙事从个体意识下的受创者形象、异质化的创伤叙事形态和"我"的创伤话语与书写姿态三个特质，将创伤从政治观念下的叙事中挣脱出来，放置于社会历史长河中进行审视。它所具有的个体化精神创伤言说的特质，所散发的焦灼、怀疑、感知的异调个体情感，其对于创伤感受深切的个体书写更能得到众多经历过"文革"社会创伤的人们的普遍认可，建构了社会创伤叙事过程。这种对新时期创伤叙事的努力和尝试，不仅使社会创伤叙事彰显出丰富性与不同的创伤特质，也使之具有了一定的文学价值。

第三节 《波动》：创伤叙事的时代书写

赵振开（北岛）的《波动》初稿完成于 1974 年，定稿于 1979 年，最初曾以连载的形式刊于《今天》1979 年第 4—6 期，当时署名为艾珊。1980 年 8 月，仍沿用艾珊笔名，由《今天》发行过油印单行本。于 1981 年第 1 期的《长江》（《长江文艺丛刊》）期刊上公开发表时，署名改为赵振开。1985 年，仍以赵振开的署名，由香港中文大学出版社出版了《波动》繁体中文版及英文版。

一 《波动》的研究现状

《波动》发表至今已有 30 多年，无论是在文学史研究还是在小说文本解读方面，都没有引起学界足够的重视。影响较大的如洪子诚的《中国当代文学史》将《波动》与《公开的情书》《晚霞消失的时候》一起作为"文革"后期的手抄本小说进行评论，认为"《波动》的形式要'成熟'些，也表现了更多的艺术探索的成分"①。在其最近论文《〈晚霞消失的时候〉：历史反思的文学方式》中，洪子诚又认为以手抄本形式流传的《波动》"具体情形仍有晦暗不明的地方"②。而陈思和的《当代文学史教程》将《波动》置于"文化大革命"时期的文学这一章进行论述，但明确表明，《波动》"不但与'文革'中的公开发表的文学大相径庭，即使与五六十年代公开发表的作品相比，也具有迥然不同的特点"。"这标志着年青一代不但在精神上从'乌托邦神话'中觉醒，而且尝试以自己独特的方式来表现自己的感性体验与理性思考，从而走出权力者制造的梦魇，回归到个体的真实体验，也因此它们具有一种涤除了政治权力话语之后的真

---

① 洪子诚：《中国当代文学史》，北京大学出版社 1999 年版，第 217 页。
② 洪子诚：《〈晚霞消失的时候〉：历史反思的文学方式》，《文艺争鸣》2016 年第 3 期，第 50 页。

率与清新。"① 顾彬的《二十世纪中国文学史》论及《波动》这篇小说时说："五个主人公以插曲形式叙述自己的历史，而且是和当时的官方历史完全不同的历史。……读者可以由此了解一个封闭体制之内的精神和心灵状态。"② 尽管在文学史教材中，《波动》往往与同期公开发表的《公开的情书》《晚霞消失的时候》相提并论，但与《公开的情书》的轰动一时和《晚霞消失的时候》的持续关注相比，《波动》算是波澜不惊的一篇小说。

这一点也可以从学术期刊网上搜到的与《波动》相关的屈指可数的评论文章数量上相印证。最早的评论文章是老广的《星光，从黑暗和血泊中升起——读〈波动〉随想录》（载于《今天文学资料研究》，油印本，1980 年），认为小说独到而新颖的形式里包含着青年知识分子骚动不宁的追求与下层社会粗暴的挣扎，对《波动》不吝赞美之词。但在《波动》公开发表一年后的 1982 年第 4 期的《文艺报》上，易言的《评〈波动〉及其它》却认为《波动》描写了 20 世纪六七十年代我国青年知识分子的精神崩溃过程，指出《波动》与《晚霞消失的时候》是一种以存在主义为思想指导的文学流派，严肃地批评其对客观世界采取的虚无主义态度，对内心世界主张人性的自我完善，企图用普遍的人性和人道主义来代替马克思主义的世界观。此后再没有关于《波动》的研究文章，《波动》似乎处于被文学史和评论界遗忘的沉寂的尴尬境地。一直到 21 世纪，李陀、慈明亮、张志忠等研究者再次从不同方面论及《波动》。李陀从小说的叙事速度与女主人公肖凌的小资身份定位等方面发现了小说的新价值，新颖而深刻。杨庆祥进一步从小资的范畴、发展和演变的过程展开了对当代文化内涵的断裂与变化的纵向讨论。慈明亮的《关于〈波动〉的个人阅读》通过考察文本里的"重复"以期整体把握这篇小说。张志忠的《有待展开的当代文学可能性——以〈波动〉、〈公开的情书〉和

---

① 陈思和：《中国当代文学史教程》，复旦大学出版社 1999 年版，第 182 页。
② ［德］顾彬：《二十世纪中国文学史》，范劲等译，华东师范大学出版社 2008 年版，第 300 页。

〈晚霞消失的时候〉为例》从这几篇小说不同的启蒙话语形式以及塑造的系列时代女性人物形象肯定了其一定的文学成就和文学史意义，试图打开一种更为广阔的研究思路。不可否认，上述对《波动》不多的几篇研究论文从内容与形式的分析、历史与当下的比较、细节与情绪的感受等方面都有独到而详尽的考察。

但当代文学界对《波动》的研究之少，是不争的事实。即使近年来兴起的"重返八十年代"研究，也是重点考察《公开的情书》和《晚霞消失的时候》，却较少单篇对《波动》的阐释与论述。在我看来，评论界对其的冷落与沉默，也许是源自《波动》里的尽管"只是质疑了一种把握历史、预言未来的自信"，但无论是在发表的年代还是在重读的当下，都无以用恰当的话语为其独特的社会创伤书写寻找到文学史的恰当定位，被遮蔽被压抑的背后恰恰是具有了创伤个体言说的空间与可能性。

二 多维度的社会创伤

易言曾肯定"《波动》对'文化大革命'之间许多问题的揭露与批判，是难能可贵的"①。可见，《波动》仍然是关于"文革"历史的社会创伤叙事，但不同的是，《波动》是以五个主人公——肖凌、杨讯、林东平、白华与林媛媛的多重交叉的第一人称叙述完成对社会历史的书写。每个角色都有一个创伤性的复杂个人史，从多声调的个人史出发全方位展现一个无法讲述的特殊历史创伤时期，显然是《波动》的高明之处，也是分析《波动》社会创伤书写的着眼点。

小说对女主人公肖凌的背诵洛尔迦的诗、弹奏贝多芬的《月光奏鸣曲》等的细节描写，透露出肖凌出身于典型的知识分子家庭并受到过良好的教育，但"文革"使她家破人亡，打破了她的正常人生轨迹。这是肖凌人生中遭受到的最初一击，也是肖凌个体创伤的最初形成。此时的肖凌并没有愤世嫉俗，而是努力跟上社会时代的步伐，于是她很快参加造反派武斗后又上山下乡，积极改造自己。但肖凌目睹

---

① 中国作家协会创研室：《晚霞消失的时候》，时代文艺出版社 1986 年版，第 129 页。

了造总近卫团头头李铁军以革命的名义滥杀无辜青年，并以此为乐的场面，这种暴力行为不可避免地加深了她的精神创伤。在孤独、悲伤的个人生活里，肖凌因轻信一起下乡的知青谢黎明而未婚同居生子，之后又被已返城的谢黎明所抛弃。正是踏入社会后经历的这些事情进一步造成了肖凌无法弥合的精神创伤。她"文革"之前所有的关于祖国、人生、爱情、责任的信念与信仰，在她遭受种种打击后，开始动摇乃至颠覆。而作为干部子弟的恋人杨讯，尽管也曾因为反对交公粮蹲过几天县大狱，但很快被保出来，还通过各种关系留在了北京。因为对于杨讯这个阶层的人来说，"在每个路口都站着这样或那样的保护人"，所以杨讯仍然相信祖国，并认为祖国是共同的苦难、生活方式、文化遗产和向往。当权者的滥用特权与社会混乱不堪的现状必然造成两个青年人之间不同的人生境遇和思想差距，这也是两个年轻人在讨论责任、祖国、爱情等话题时产生分歧的社会根源。当杨讯因抗公粮但依然被保护，而毫无性命之忧，甚至可以作为后来赢得白华的一点尊重的资本时，肖凌的母亲却仅仅是因为斥责粗暴的抄家行为，就遭受毒打，乃至不堪人格侮辱跳楼自杀。难怪肖凌质疑、否定一切意义，并忧虑、愤怒、怀疑与绝望着，因为这是一个道德缺失与价值崩溃的创伤社会时代。

作为老一代干部的代表，林东平是一个在"文革"中被打倒批斗过，但又官复原职的一个当权者，也是一个丧失主体意识的矛盾集合体。如林东平所说："只有坐在这张桌子后面，我才找到自己的合法地位。"拥有合法地位的林东平仍然不可能将社会改造成一个理想的世界。他看不惯王德发这样的党内腐败分子，但在既定的官场规则中又不得不与之同犯相护，只能以"这些年普遍的腐败现象，我一个人的力量能改变了吗"的借口为自己开脱。他有发自内心的对革命的忠诚与对工作的热情，但面对一个破旧、寒碜的城市，又如此的无力与无奈。他对私生子杨讯的关心与保护，显示了人性中温情的一面。但他为了拆散肖凌与杨讯这对恋人，使用特权毫不留情的开除、赶走肖凌的做法，也是人性中残忍、虚伪一面的体现。这样一个充满矛盾心理的复杂人物形象，刻画得如此饱满、如此成功。单就反省与胆怯的复杂心理来说，林东平既是新时期"伤痕文学"小说《重逢》中地委书记朱春信的前身，又成为"伤痕文学"超越不了的具有丰富内涵的人物高度。

《波动》里的白华这个人物引起了研究者一定的关注。李陀认为他是介乎于流氓和小资之间的人物，老广称其为流浪汉，易言视之为用破坏一切表达对社会政治"恶"的抗议者。小说并没有明确交代他的成长经历和背景，但作为生存于社会底层的一类青年人的代表，在他身上同样打上了鲜明的时代烙印，并更加真实地反映出广袤的社会面貌。以偷窃为生的白华，有冷酷、疯狂的一面。为一个女流氓，他可以一刀砍在"大颧骨"身上，为得到肖凌的谅解与青睐，可以把匕首扎进自己的手掌里。但不要忘记，白华也曾经有人性善的过往人生：救助收养被后母遗弃在火车站候车室的小女孩，对相同处境的弱女子小兰子的慷慨解囊等，是什么让一个原本善良、良心未泯的青年一步步走向了堕落的深渊？"这个形象仍然是我们时代的产物。它所存在的意义不在于'在这个世界上抓几道伤痕'，而在于促使当代的思考面对铁一般的现实。"① 如果说白华是社会波动的消极产物，那么林媛媛们呢？她们大多有优越的成长环境与富裕的生活条件，但同样感受不到生活的乐趣，又寻找不到生活的出路，于是她们用玩世不恭的生活态度反抗着，她们要反抗的是什么？事实上，原本在生活和思想上毫无交集的白华与林媛媛们反抗的是同一事物，即社会秩序的混乱与价值体系的坍塌所造成的一个创伤社会时代。

至此，《波动》从个人史的角度，通过五位主人公的交叉叙述描绘出了一幅社会时代图景。五个不同身份、地位、经历与性格的主人公之间，以对话或独白的方式共同完成了对社会创伤的叙述。有两代人之间思想上的交流与对撞，有恋人之间展开的关于责任话题的持不同见解的探讨，还有不同阶层之间反复纠缠的交错情感以及小资女的

---

① 中国作家协会创研室：《晚霞消失的时候》，时代文艺出版社1986年版，第142页。

逃离与回归。值得一提的是，《波动》虽然用晦涩跳跃的只言片语记
录下"文革"中的抄家与武斗的创伤性社会场景，但已留下了窥一
斑而知全豹的珍贵字迹。因为"小说不仅具有观赏性、审美性，也是
一种史料。它是对历史的某种留影，可能比历史教科书更为忠实的对
历史真相的记录"①。必然是这段社会历史足以触动与震撼着作家的
内心深处，使其烙上了不可避免的精神创伤，才有了自始至终弥漫于
《波动》全篇的朦胧、不安、破碎、灰暗的情感基调。而"这种'不
安'对应了'文革'这个特殊历史时期的心理氛围"②。《波动》因
共通的时代精神特性，凸显了特殊历史时期的社会创伤。这样一个满
目疮痍的特殊社会时代，造就了在"文革"中遭受迫害后丧失主体
意识的如林东平式的老干部群体；造就了在"文革"中被改造而最
终走向虚无主义的如肖凌式的小资群体；造就了生活在社会最底层具
有暴力倾向的如白华式的社会异己者；造就了反抗世俗、追求自由的
如林媛媛式的年轻迷惘者。当然，也留存有受到过磨难却仍然固守观
念并最终妥协于社会的如杨讯式的乐观主义者，这或许正是《波动》
中灰暗色调中的一丝亮色，也是作家对社会时代抱有的希冀所在。

　　李陀曾批评《波动》对小资情调没有拉开一个必要的距离，缺少
一种独立的批评和审视。③ 然而试图剖析社会时代的病理式精神或在
未知的政治环境中剖析社会种种现象的根源，显然不是作家们能跳出
的时代桎梏。与同期作品相比较，《公开的情书》是将社会时代创伤
转移为对理想、事业与爱情话题进行探讨的小说文本；《晚霞消失的
时候》是以社会时代创伤为背景的充满悔恨的自我救赎的小说文本；
而《波动》尽管没有清晰地将社会时代创伤浮出历史地表来，但至
少以隐性的书写方式，以"并不试图涉及方案。它只是质疑了一种把
握历史、预言未来的自信"的历史观，"表达了悲观，同时也试图反
抗悲观"④。这是对创伤社会时代的记忆与再现。无论是对精神创伤

---

① 程光炜：《七十年代小说研究》，中国社会科学出版社 2014 年版，第 6 页。
② 杨庆祥：《死去了的小资时代》，《南方文坛》2013 年第 1 期，第 42 页。
③ 李陀：《〈波动〉修订版前言》，《现代中文学刊》2012 年第 4 期，第 21 页。
④ 洪子诚：《中国当代文学史》，北京大学出版社 1999 年版，第 218 页。

的阐释，还是对创伤人物的塑造；无论是对创伤源的追问，还是对社会创伤性场景的展示，甚至对社会上普遍存在的当权阶层特权与腐败现象的涉笔，《波动》都传递出大量的、琐碎的历史时代信息，勾勒出一幅特定历史时期的社会创伤图景。任何一部小说的力度与深度的确在于它所探究到的社会历史意义，毋庸置疑，《波动》就是这样具有社会创伤书写意义的小说文本。

三　多症候的个体创伤

"一种情绪，一种由微小的触动所引起的无止境的崩溃。这崩溃却不同于往常，异样的宁静，宁静得有点悲哀，仿佛一座大山由于地下河的流动而慢慢地陷落……"① 这是《波动》里的女主人公肖凌的内心状态，也是笔者阅读《波动》时的个人感知。除此之外，自始至终还会弥漫在一种痛楚的情感包围之中，这种痛楚来自走进小说中与每个个体生命的创伤感悟切身相通的阅读体验。这篇小说没有《公开的情书》中充满激情的启蒙主义，也没有《晚霞消失的时候》中浓郁弥漫的忏悔意识；不似《公开的情书》中的布道说教色彩，也不似《晚霞消失的时候》的哲理思辨意味，但却是对人物精神创伤症候表述最深刻、形式表达最独特及历史性创伤场景描写最用心的一篇。这是因为，个体生命的创伤书写不是简单以小说的形式讲述政治层面的创伤故事，而是用文学方式将多症候的创伤体悟呈现与表达出来，由此感知、理解创伤，创伤才成其为创伤本身。《波动》对个人情绪意象的捕捉、闪回与幻觉的创伤性症候的描写以及从受创者的视角对暴力创伤场景的寥寥几笔展示都使其成为多症候的个体创伤书写的独特文本。

女主人公肖凌作为一个遭受严重精神创伤的个体，表征出典型的创伤症状。肖凌的创伤故事大致如下："文革"开始后，肖凌遭受父母不堪凌辱惨死的家庭变故，形成了最初的心理创伤。之后，肖凌参加过造反派的武斗，曾经上山下乡，也被学校通缉而流浪过，她试图

---

① 黄子平：《远去的文学时代》，复旦大学出版社 2012 年版，第 1 页。

通过加入这些轰轰烈烈的社会运动来得到社会时代及他人的认可，寻找到生存的合法身份与地位。然而目睹种种畸形混乱的社会景观与人性的扭曲以及遭受的爱情欺骗，肖凌迷失了人生信仰，进一步加深了精神创伤。与杨讯两情相悦，却因两人所处阶层的不同、思想观念的差异以及各种因素的外力介入走向了悲剧，而肖凌的人生之路也必然走向毁灭。

　　凯西·卡露丝将创伤定义为："对于突如其来的、灾难性事件的一种无法回避的经历，其中对于这一事件的反应往往是延后的、无法控制的，并且通过幻觉或其他干扰性的方式反复出现。"① 受创者总是以闪回、梦境或幻觉的方式再现创伤经历，也会回避一切与创伤性事件相关的话语或人物，个体情绪易喜怒无常，与他人总是保持冷漠的疏离感，具有一定的警觉性。肖凌的创伤经历总是以幻觉、闪回的方式出现，伴随着她每一个人生阶段的成长。如抄家和母亲被殴打凌辱场景的幻觉，"穿衣镜被打碎了，一双双皮靴在碎玻璃上踏来踏去，吱吱作响，衣物和书籍抛得满地皆是"，"七八条皮带向妈妈飞去"，"皮带呼啸着，铜环在空中闪来闪去"，"阳光抚摸着妈妈额角上的伤口"。肖凌的创伤症候还体现为回避一切与创伤事件相关的事物与话题。在与杨讯的相知、相恋的过程中，曾经的爱情创伤总会不时地以干扰性的方式反复出现，触及肖凌内心深处不愿抚摸的伤口，导致本来融洽的气氛变成了两人的不欢而散。初次见面，当杨讯误以为桌子上照片中的小女孩是肖凌小时候时，肖凌以敌意的瞪视、冷冷的话语毫不客气地下了逐客令。当在破旧残缺的庙宇小洞里，两人浓情蜜意，杨讯情不自禁解开她的纽扣时，肖凌突然狠狠打开他的手，并大骂杨讯滚。这些变幻无常的情绪正是被肖凌越想逃避但越被束缚的创伤经历所控制着，不时爆发出来，连肖凌自己都承认自己的脾气不好，与此相关的则是肖凌对现实生活和爱情的认知。在创伤理论中，受创者"现在的经历常常是模糊的、感觉是迟钝的，而侵入的过去记

---

① Cathy Caruth, *Unclaimed Experience*：*Tranma*，*Narrative and History*，Johns Hopkins University Press，1996，p. 11.

忆则是强烈的、清晰的"①。所以，当肖凌感受着现实生活里爱情中的落日、晚风、莫名其妙的微笑，还有幸福时，会认为"幸福只属于想象"，并感慨道："真的，有时候我居然会有一种做贼的感觉，仿佛这一切都是偷来的。"

创伤经历不但改变了肖凌的世界观，也已经严重持久地影响着她的情感和心理世界。外表看似坚强、行事有主见的肖凌内心其实是脆弱的，而脆弱正是受创者的心理标签，因为受到创伤的人总是对外界事物的把握不确定，但又渴望得到来自外界的精神支持。正如肖凌与杨讯的相恋，使她承认"我也愿意相信幸福是属于咱们的"。曾经之所以与谢黎明同居，也只因为谢黎明的"我们都没有家"这句话，戳中了肖凌最柔软最脆弱的内心深处。但受创者寻找到自认为的依靠和倾诉的对象，一旦再次受到打击，便走向了灭亡。脆弱让肖凌对社会与他人永远保持一定的疏离感与敌意，她已经无力去抗拒任何不幸的降临，甚至一点点的幸福感都使她悲观地认为是不属于她的，因为偷来的终究是要物归原主。警戒、孤独、不安、脆弱是肖凌这个人物的典型创伤症候，是个体创伤经历留下的精神后遗症，也因此使《波动》充满了个体情绪投射的意象化人物与环境的描写。

肖凌被塑造成一个多面性的受创者形象。一方面，通过闪回、幻觉的艺术手法，表现出遭受精神创伤的外视个性：冷漠、粗暴甚至神经质。另一方面，形成对比的则是小说里间或交代的背诵洛尔迦的诗、弹奏贝多芬的《月光奏鸣曲》、在海滩上的玩耍等充满温情又诗意的场景。如果说这是通过肖凌的回忆与自述完成的，那么她多愁善感的个性与喜怒无常的情绪则是通过杨讯的视角来凸显的。小说中至少有四处描写肖凌的哭泣与悲伤是杨讯观察到的：初次见面时，"在这一瞬间，我看见了泪水的闪光"。在干部子弟的聚会中，弹起贝多芬的《月光奏鸣曲》的肖凌"仿佛刚才梦中醒来，慢慢直起腰，甩了甩头发，凝神地看着我，眼眶里含着泪水"。提出分手时的肖凌是

① Cathy Caruth, *Unclaimed Experience: Tranma, Narative and History*, Johns Hopkins University Press, 1996, p. 92.

"默默望着我，目光中含着犹豫和哀伤"。再见肖凌时，"我伸出手指，把那颗停在她嘴边的泪珠抹掉"。内视角与外视角、自述与他述的交叉衔接完成了肖凌这个饱满鲜活的人物塑造。这样一个创伤人物生活在一个充满意象化的城市与环境里："车站小广场飘着一股甜腻腻的霉烂味"，"一路上，没有月亮，没有灯光，只在路沟边草丛那窄窄的叶片上，反射着一点点不知打哪儿来的微光"，"天空变得那样暗淡，那样狭小，像一块被海鸟衔到高处的肮脏的破布"。正如陈思和指出的，"这种充满了个人情绪的意象为全书定下了压抑的基调，有一种整体的效果"①。赵振开也承认《波动》是"多声部的独白形式和晦暗的叙述语调"②的小说。但"在看惯了当时充斥在公开发表的文学中的那种虚假、枯燥、干瘪与城市化的共同象征之后，再看这些个人化的象征与意象，虽然传达的是一种压抑的情绪，但还是让人感受到人生的清新气息"③。

　　《波动》不仅是其对个体生命创伤的独特书写，而且受创者具有的反思精神也是难能可贵的。小说对"文革"期间的武斗场景并没有正面描写，而是用简洁的对话与寥寥几笔的场景介绍涉及这样的暴力事件。造总近卫团的头头李铁军视人命如草芥，杀人如儿戏，甚至踢踢尸体，得意地笑着。而肖凌则是截然相反的反应，之所以在李铁军滥杀无辜青年后，肖凌声嘶力竭的叫喊与满脸的泪水，是因为她感受到以祖国、真理为借口的掩饰下对个体生命与生存的冷漠忽视与暴力对待的社会乱象。再如肖凌在与杨讯的关于祖国的辩论中，尖锐地指出"我"是无可替代的每一个个体的事实，谁也无权用"我们"来消解个体的创伤经历和体验，哪怕是形而上的类似"祖国""责任"这样的字眼也无法替代作为个体的痛彻心扉的创伤情感体验，这表达了对个体生命创伤真切关怀的普世性。只有作家将刻骨铭心的创伤记忆与体验融入小说中，才能折射出对于人类命运的思考和探寻的

---

① 陈思和：《中国当代文学史教程》，复旦大学出版社1999年版，第185页。
② 北岛等：《七十年代》，生活·读书·新知三联书店2009年版，第38页。
③ 陈思和：《中国当代文学史教程》，复旦大学出版社1999年版，第185页。

力量，才能塑造出肖凌这样一个具有普遍性意义的创伤个体的典型。而透过孤独、不安却又倔强的受创者肖凌形象，仿佛听到赵振开内心的呐喊："一种被遗弃的感觉——我们突然成了时代的孤儿。就在那一刻，我听见来自内心的叫喊：我不相信——。"① "富有创作力的悲观并不是颓废，而是一种要拯救人类的强烈情感。他不屑于消遣娱乐之道，而是锲而不舍地探寻永恒的真理、生命的真谛。他以自己的方式试图解开世事变迁之谜，试图找到苦难的根源，揭示处在残酷无情深渊中的爱。"② 也许，这正是赵振开创作《波动》的价值所在。

四　历史创伤的文学意义

新时期文学，尤其是 20 世纪 70 年代末 80 年代初的作品，大多触碰到"文革"这段创伤历史。它们在处理历史创伤时，呈现出一个模式，即创伤更多地被表述为国家、民族或集体的创伤。这是因为，"由于中国人注重整体思维，在创伤问题上也与西方有着普遍的逆向思考，个人的创伤更多地被转化为集体和国家的创伤，虽然受伤害的是个人，但论述却把个人的伤害转述为亡国之痛，个体的实实在在的伤痛却被'合法'地忘却了"③。个体的伤痛与家国的创伤相比，太微不足道。这是新时期社会创伤叙事书写创伤的最初的也是合法的建构过程。杰弗里·C. 亚历山大说："创伤并非自然而然的存在，它是社会建构的事物。"④ 具体来讲，创伤的社会建构包含两个方面：一是受创者与创伤事件的联结方式，逃避、终结或直面；二是受创者恢复与外界联系的方式，听从个人内心呼唤或回归祖国母亲的怀抱。

但是，历史创伤在文学作品中的表述并不是整齐划一的，它总是在不同的文本中呈现出一言难尽的丰富性与复杂性，《波动》就

---

① 北岛等：《七十年代》，生活·读书·新知三联书店 2009 年版，第 35 页。

② ［美］辛格：《艾·辛格的魔盒》，方平等译，中央编译出版社 2006 年版，第 318—319 页。

③ 柯倩婷：《身体、创伤与性别——中国新时期小说的身体书写》，广东人民出版社 2009 年版，第 158 页。

④ Jeffrey C. Alexander, *Cultural Trauma and Collective Identity*, University of California Press, 2004, p. 2.

是具有这样丰富阐释空间的社会创伤文本。一是表现在言辞的尖锐性。《波动》里的肖凌嘲讽"祖国"是过了时的小调，并激愤地说"这个祖国不是我的！我没有祖国"。如此大胆而叛逆的公开宣称即使在 80 年代初，也足以惊世骇俗，何况这种充满强烈个人性的反抗情绪弥漫在整篇小说里。小说里这种对祖国的质疑声也因此在不同历史时期被一再评论。在最早的评论者老广看来，"《波动》告诉我们的，绝对不是王子和灰姑娘的新故事，更不是什么路线的艺术图解。这是生活示波器里创巨痛深的一闪，这一震颤的来源必须到历史的深处去寻找"[1]。因此，悲剧显然比大团圆的结局更善于暴露创伤与展现创伤的震撼力，更能促使人们对创伤产生的历史根源进行探索。而易言据此批评"肖凌的思想是混乱的，甚至堕入虚无主义的立场上去了"。并认为"《波动》并不是一个孤立的文学现象，它的出现令我想起了二次大战以后兴起的存在主义思潮和存在主义文学"。这个批评过于强调《波动》中存在主义思潮及其对 20 世纪 80 年代文学的影响，忽略了历史创伤在文学创作中应具有的反思与批判性。

二是表现在个体与国家创伤的并置。文学作品中创伤与外在世界建立怎样的重新联系，决定着创伤书写的文学方式。"创伤事件的主要影响，不只在自我的心理层面上，也在联结个人与社群的依附与意义系统上。"[2] 从这个意义上看，《波动》一方面对历史创伤的有效表达就是深入个体创伤，不逃避，更不终结，而是直面创伤的心理层面，所以《波动》有对个体的极为细致的创伤体悟书写。另一方面，《波动》不可避免地涉及对祖国、责任、命运等这些宏大命题的思索。而思索结果是一种迷惘的情绪与怀疑的精神，这种怀疑不是把矛头指向"四人帮"、少数坏人，而是怀疑一切。所以《波动》中的肖凌指责"中国老一代知识分子从来没有形成一个强有力的阶层，他们

---

① 中国作家协会创研室：《晚霞消失的时候》，时代文艺出版社 1986 年版，第 138 页。

② ［美］朱迪思·赫尔曼：《创伤与复原》，施宏达等译，机械工业出版社 2015 年版，第 47 页。

总是屈从政治上的压力，即使反抗，也是非常有限的"。连认为"在一个红彤彤的世界里，玷污是不存在的"。杨讯也说出"是国家机器出了毛病"的话。肖凌一方面对社会现状清醒地失望着，另一方面又陷入深深的自责意识中。对被李铁军无辜杀害的男青年的自责，对母亲遭受殴打、无法阻止母亲自杀的自责。尽管其实这种自责对于肖凌来说，是不公平的，因为，无论她做与不做，都无法阻止各种历史创伤的发生，但正是这种难得的自责意识，却真实触碰到个体的伤痛，感受着被忘却的伤痛者的个体存在感。

洪子诚指出《晚霞消失的时候》在李淮平与南珊的人物关系设置上，"优越的强势者意识到与曾经的社会地位卑微者之间的精神差距，这就是清醒的反思。它的深度，不比直接发言谴责当年的暴力行动差"①。无独有偶，《波动》里的杨讯与肖凌在思想的对话与交锋中，也体现了相同的特质。所以，"这种精神特征和焦虑探求的基调，在当年的'青年文学'中有突出表现，除《晚霞》之外，也体现在《波动》《公开的情书》，以及《南方的岸》《大林莽》《北方的河》中。"②

当乐观的多数人向前看，少写或不写"文革"创伤的残酷真相时，《波动》却执着于从个体出发对精神创伤进行了多症候的书写，执着于探寻造成残酷真相的创伤根源，显而易见地与主流文学话语背道而驰。《波动》书写历史创伤时并没有回避或忘却个体创伤，甚至个体创伤已经深深烙上了社会时代的印痕。这既是《波动》对历史创伤的独特的文学书写方式，也是《波动》遭到冷落乃至备受诟病的深层因素。但《波动》颇具个人化的书写，无疑在历史创伤与文学书写之间打开了丰富的话语空间。"首先要回到个人，回到自我，经过渗透于自身血肉的自我辨识、否定，以建立历史的主体。否则，只能是外在观念、姿态的戏法般的翻转。"③从创伤叙事的角度看，

---

① 洪子诚：《〈晚霞消失的时候〉：历史反思的文学方式》，《文艺争鸣》2016年第3期，第54页。
② 同上。
③ 同上书，第55页。

《波动》的意义在于它既从多重视角出发讲述了一个至今难以言尽的
具有社会创伤特征的历史时期，把握了共时的时代精神，又不囿于政
治层面的宏大话语，从个体生命体悟出发，以细腻的笔法触及精神创
伤的种种症候，具有独特丰富的创伤意蕴。

第四章　现代意识下的集体创伤叙事

在新时期集体创伤叙事中，文学现代意识是至关重要的因素。现代意识是一个意蕴丰富又具有多维度阐释的概念，钱中文先生将现代意识与现代性当作不可分割的一体："所谓现代性，就是促进社会进入现代发展阶段，使社会不断走向科学、进步的一种理性精神、启蒙精神，就是高度发展的科学精神与人文精神，就是一种现代意识精神，表现为科学、人道、理性、民主、自由、平等、权利、法则的普遍原则。"① 现代意识介入新时期集体创伤叙事作品后，人们开始主动关注个体命运与创伤心理，自觉审视受创者之间的各种关系，并进而上升为对历史创伤的集体反思。本书使用的集体创伤概念，主要是借用凯伊·艾瑞克森在《凡事按部就班》一书里所提到的集体与个人创伤差异的概念。"所谓的个人创伤，我是指对于心理的一击，非常突然且暴力地穿透了个人的防卫，以致无法有效反应……另一方面，我所谓的集体创伤，指的是对于社会基本纹理的一击，损害了将人群联系在一起的纽结，破坏了普遍的共同感受。集体创伤缓慢的，甚至是不知不觉的潜入了为其所苦者的意识里。所以不具有通常与'创伤'连载一起的突发性质。不过，它依然是一种震撼，逐渐了解到社群不再是有效的支持来源，自我的主要部分消失了……'我们'不再是广大的共同体里有所联结的组合，或是有所关联的细胞。"②

---

① 钱中文：《文学理论现代性问题》，《文学评论》1999 年第 2 期，第 5 页。

② Jeffrey C. Alexander, *Cultural Trauma and Collective Identity*, University of California Press, 2004, p. 4.

集体创伤来自个体所遭受的创伤，但并不是某类群体经历相同创伤的必然结果。同时，集体创伤是逐渐将创伤感缓慢地渗入集体中，并为集体所认同的结果，与集体的反思能力密切相关。美国学者科比·法雷尔将个人创伤与集体、社会创伤关联起来进行研究，发现创伤成为重要反思的四个特征是：在遭受到原创伤性事件打击后很长时间里，受害者的行为会继续受到影响；对于遭受创伤化的人来说，创伤后紧张应急综合征中的那种经常性的分裂状态仍然会存在；这些症状有可能对周围的人造成不良影响而具有传染性；对于传统习俗和信仰的动摇以及由此滋生出对于死亡的焦虑感。① 在这个意义上，新时期集体创伤叙事考察与剖析的是：在遭受某个重大创伤事件或发生重大变化时，某类群体之间原本依赖、团结、信任或从属等关系突然被割裂，导致集体原来共有的观念、信仰或感受被四分五裂的深层根源。新时期集体创伤叙事作品主要有《无主题变奏》《你别无选择》《一九八六年》《十年十癔》《续十癔》《山上的小屋》《黄泥街》《苍老的浮云》等。

第一节　审视与反思：新时期文学的集体创伤叙事

新时期文学的集体创伤叙事侧重受创者关系的文本审视和文化创伤的集体反思两方面，这既与人们在全面改革的新时期，遭遇创伤历史与社会现实之间的冲击对撞，产生了迷惘、困惑、焦灼等一系列创伤心理有关，也与作家群体渴望打破僵化的文学状况、呼吁艺术品格复归的急切心情相关，还与作家反思"文革"创伤能力的提升密切相关。不管怎样，历史可以人为地进行划分与隔断，但历史背后的创伤叙事却不可能被贸然中断。

一　受创者关系的文本审视

新时期家庭创伤叙事在家国创伤的隐喻书写中开始将"文革"受

---

① 柳晓：《创伤与叙事：越战老兵奥布莱恩20世纪90年代后作品研究》，中国社会科学出版社2013年版，第163页。

创者浮出历史地表，社会创伤叙事在宏阔纵深的社会历史图景铺排中，对各种"文革"受创者进行了较为细致的分类与把握。在此基础上发展的集体创伤叙事，进而着重对"文革"受创者之关系进行犀利独到的审视。把"文革"创伤当作社会文化现象，发现它不仅改变了受创者的生活与命运，也已经影响了集体之间原本相互依赖的稳定关系。从充斥着暴力的派系武斗、红卫兵运动到现实生活中对受创者现状的冷漠、无视等种种文化现象，不仅使人们感受到了苦闷、迷惘、愤世嫉俗的精神空虚，甚至在体察到人性幽暗中能感受到死亡的气息。受创者之间的隔膜、漠视与断裂以及由此形成的精神创伤成为新时期集体创伤叙事中的一个显在聚焦点。

　　较早涉及受创者与他者之间关系的当属宗璞的《我是谁》这篇小说，因在新时期女性创伤叙事一章中对宗璞及其作品进行了详细的分析，故这里只论述涉及的受创者与他者关系这一点。当韦弥遭受肉体与精神的双重创伤时，小说文本里这样描写她周围旁观者的不同言行举止：

> 　　一个人看见路旁躺倒的一团，……好像她既是个定时炸弹，又是件珍贵器皿。他惊恐地往四周看，……又有人走过来了，……他那年轻的脸上显示出厌恶的颜色。……遂即转身走了。……又有人走了过来。……这对他似乎是件开心事。他用脚踢了踢韦弥，……又重重地踢了她一下，扬长而去。

　　这段精妙传神的文字将旁观者（他者）厌恶、害怕与逃离的种种心理传达出来，表明了他者与受创者之间决绝割裂的态度，让人沉重与压抑到极点。此后，《一个冬天的童话》出现过一个鼠脸妇女形象，作为街道积极分子，她煞有其事地帮腔训斥罗锦的父亲，并时刻窥视与监督别人的生活。《诗人之死》里也有类似的一个人事科的女干部形象，她表面看起来并不参与到群众批斗之中，但小说在写冯文峰绞尽脑汁想扳倒向南的过程中，都有这位女干部的提示与暗示。如她用"我要是和马师傅熟悉，就去找他谈谈"的自说自话提醒冯文峰找上级领导谈话。又在向南开始受到批判时，对冯文峰说："凭这些材料就能把她搞垮？经不住推敲的！"然后又说："不过，斗争只能依靠组织，一个人有什么用？"暗示冯文峰要依靠李永利彻底斗垮向南。作家正是通过这样不动声色又精彩的细节描写，使新时期集体创伤叙事文本将关注点转移到对受创者关系的审视上。

　　堪称典范的是余华的《一九八六年》里对受创者自身、不同受创者之间、受创者与他者之间关系的深入精准的洞悉与描写。首先是对同一个受创者使用了历史教师和疯子两个不同的称呼，反映了受创者自身的受创过程。"文革"中的历史教师是师院里一位研究刑罚的知识分子，勤奋上进，翻阅了很多资料，还做了读书笔记。但是"文革"结束后的历史教师却成为一位有着瀑布似的头发、浮肿又浑浊的眼睛、上身赤裸、一瘸一拐的疯子。外在相貌特征的差异暗示着个体生命从精神正常到精神非正常的创伤心理转变，同时，两种不同称呼指向的是个体生命遭受创伤性事件后，其肉体与精神创伤在20多年时空中的延续性。

　　其次，同为"文革"历史受创者的历史教师与妻女，他们之间呈现出撕裂的奇特关系。家庭单元是社会集体的一种联结方式，同一个家庭单元中的历史教师与妻女原本有着正常稳固的亲密关系。灾难来临之前，他们是一个幸福的家庭，为了避免受到冲击，夫妻俩尽量不出门。但历史教师在"文革"中的被抓与逃离意味着他作为个体存在的消失，消解破坏了与其他家庭成员、与整个社会集体的统一性。他被当作另类剔除在社会集体之外，也即成为"文革"历史的受创者。与此同时，历史教师的妻女因目睹历史教师被抓走的创伤性场景，受到严重的心理刺激，也成为"文革"历史的受创者。家庭单元的破坏造成曾经最亲密的人成为最熟悉的陌生人，以至于历史教师的妻子在十年后一发现丈夫关于古代刑罚的笔记就立即不省人事，听到丈夫脚步声也会心惊肉跳。这是因为历史教师的创伤经历有可能对她和女儿的现在生活造成严重的不良影响，再次触及她们已经复原的心理创伤或打破与现在丈夫，甚至包括与周围邻居已经形成的新集体之间的稳定关系。历史教师与妻女之间的关系证实了社会集体成员之间的凝聚力一旦被"文革"创伤性事件破坏而支离破碎，就不会恢复成以往的正常社会关系的事实。

最后，无论是历史创伤受创者与他者之间，还是历史创伤受创者与现代社会他者之间，都呈现出冷漠的隔膜与断裂的关系。如同为"文革"迫害的受创者，"那些戴着各种高帽子挂着各种牌牌游街的人，从这里走过去。他们朝着那死人看了一眼，他们没有惊讶之色，他们的目光平静如水"。创伤极其缓慢但又不可抗拒地破坏着个体与个体之间原本稳固的关系，并由此使受创者滋生出对死亡的恐惧与焦虑感。如果说常态社会集体里个体与个体之间的积极正常的关系在创伤事件冲击下早已不复存在，是一个时代的悲剧。那么"文革"结束十年后的现代社会里，受创者历史教师在他者的冷漠、嘲讽与隔绝的观望中，逐渐成为历史的遗忘者，就是历史与人性的悲哀。"他们都看到了他，但他们谁也没有注意他，他们在看到他的同时也在把他忘掉。"甚至他的妻女与他擦身而过，都似乎与他从未曾相识过，因为他的妻女要挑选接下去的生活就必须学会遗忘历史、遗忘掉亲人。《一九八六年》正是在对受创者关系进行深刻审视时努力达到集体创伤反思的高度。

同期的《十年十癔》也对受创者与他者之关系进行了冷静透彻的审视与剖析。《春节》中以炮仗充强声恐吓人者，《白儿》中用铁丝拴人下身者，《五分》中发明了"苏秦背剑"的酷刑者，《变脸》中用香烧昔日恋人的乳房者，《哆嗦》中有意改字的恶作剧者以及有意散播传言者等，都是老作家林斤澜洞悉人性幽暗后的看似轻松但却无比沉重的精神创伤书写方式。在"文革"时期，个体与个体之间可以是施暴者与受创者的关系，也可以是旁观者与受创者的关系。即使在现代社会，受创者既是一位与周围环境和他者有着矛盾和严重隔膜的怀疑者，也是一位始终纠缠于过去的自我分裂患者。受创者无意使他者陷入创伤历史的回忆中，既是造成了彼此之间的新创伤，也成为新创伤的制造者。

受创者个体的精神分裂源自两方面的创伤源。一是不能实现个体创造价值的现实语境。《无主题变奏》中的"我"不仅不愿迎合世俗社会的眼光，做一个事业有成的人，反而抵制和鄙视生活的世俗与虚伪，"我"从大学退学，只愿做一个世界需要、人们也需要的人。但是，在现实语境中，"我"找不到一个志同道合的人，在女友的眼里，"我"是一个生活态度向下的人。开篇一段"我"的自白最能表现这种惶恐与孤独感："我搞不清楚除了我现有的一切以外，我还应该要什么。我是什么？更要命的是我不等待什么。"所以虽然"我"身处一个有音乐厅、格里格、卡夫卡、外国小妞、德彪西、春季展销会等一切新兴景观的现代化社会里，却经常有无端虚空的情绪："那么我还能对谁有那么点意义呢""什么不会够？痛苦会够，欢乐也他妈会够！""我只盼着今天快点儿过去，今天实在是让我讨厌。"《无主题变奏》的"我"之所以与世俗社会格格不入，是因为"我"与他者的精神世界之间的隔膜。"我"与大学室友、女朋友之间的生活态度与精神追求都存在着差距，更不用说心理世界的交流，由此刻画出现代生活里一个茫然无措的孤独者。"我"所体现出的个体在生存状态中无法排遣的孤独感，因产生于"北京现代化前夜"的社会环境里，也因与他人的人生追求的格格不入而具有异质性。"我"是一个精神自我分裂的矛盾体，恰恰也是被主流文学所遮蔽与忽视的一类个体形象。①

如果说这是一个独特的个体形象，那么《你别无选择》就塑造了一群这样独特的个体形象。这群音乐学院的学生是一种非常态的现代生活状态，不洗衣裳不洗澡的森森，留着大鸟窝式的长发，整天追求"妈的力度"；能引经据典地反驳讲错半个字的老师但从不参加任何活动的白石；退学不成的李鸣整天赖在床上不出被窝，等等。《你别无选择》运用夸张、变形的现代小说技巧，真实地反映了一群脱离社会常态的个体的荒诞、疲惫、迷惘的精神状态。这群个体面临的是自

---

① 程光炜在《"我"与这个世界——徐星〈无主题变奏〉与当代社会转型的关系问题》一文中认为生活在一个宣布了现代化建设和进程的社会背景里，一部分年轻人会听从"从我做起"的时代号召，而充满干劲十足的活力。但另一部分则可能与之不同。而"非主流"的青年生活和价值理念只能在小说等文学作品中找到。本文认为正是被遮蔽的另一部分人们的生活与精神状态，恰恰是体现时代创伤的最好佐证。

我与自我理想、自我与社会现状、自我与现代意识等之间的种种冲突，造成了精神的自我分裂状态，最终无法以和谐的姿态融入现实生活。《你别无选择》中的李鸣只想选择自己的生活方式来生活，但王教授的一句"你别无选择"就将他逼入一个毫无生气的自我空间里。个体或一群毫无关联的个体与他者一直处于对立的状态，谈何个体的自我价值实现？精神上的自我分裂终是个体或一群个体逃不掉的创伤症候。

二是不能忘却的个人、历史和现代的反复纠葛。"刘索拉和徐星所表达的，与其说是反抗现代社会的'非理性'精神，不如说是刚走出'文革'阴影的一代人，在现代化、民主化进程中，对于人性、自由精神，对于主体创造性追求的'情绪历史'。"① 《无主题变奏》中20岁的"我"的自我分裂精神症状来自曾经的童年创伤记忆，"我想起初一时的课本上，尽是些批林批孔、儒法斗争!"12年前的"一个十二月的三更时分流浪到了张家口"，那是"一个寒风能把人撕成碎片的夜晚"，"等待着一列驶向温暖的火车"，却发现一切都无济于事，于是"对着猪肝色的夜，咧开大嘴号啕一场"。看似戏谑客观的一笔带过，却传递出一代人在历史与现实之间体悟到的相通的伤痛之感。《你别无选择》中讨厌学生提出富有挑战问题的循规蹈矩的贾教授与提倡创新又顺其自然的金教授两个人之间的冲突，正是对历史与现代之间不可调和的矛盾的影射。作为个体的这群学生，既要遭受旧有历史惯性的束缚，又要面对现代社会的虚伪，从而成为时代的创伤者。再如《山上的小屋》《苍老的浮云》等小说进一步虚化历史时空背景，通过展示"我"看待父母、兄弟姐妹的荒诞怪象，表达了个体精神上的孤独与惶恐。因此，"像《你别无选择》《无主题变奏》等小说，在文学精神上最接近西方现代主义。这种文学从内容到形式，所内含的民族文化成分相对极少；相反，它呈现了反庸俗与反英雄相统一的现代意识。"②

---

① 洪子诚：《中国当代文学史》，北京大学出版社1999年版，第337页。
② 未眠：《现代意识理解上的几个问题》，《文艺争鸣》1986年第6期，第40页。

新时期集体创伤叙事正是在审视文本中受创者之众多关系上，发现一部分人在现代意识下试图与历史分裂，但却始终难以忘怀历史创伤，继续承受着历史创伤之苦痛；一部分人在现代意识与原有观念、信仰的矛盾中，遭遇现代社会的新的创伤，陷入分裂的自我精神世界，从而揭示出受创者心理世界的怀疑与隔膜状态。

二 文化创伤的集体反思

学者陶东风认为："在发生'文革'的当时及此后很长一段时间，虽然中国的政治、经济和文化教育遭到严重摧残，很多人家破人亡，但是却并没有被集体经验为严重的创伤；只有等到知识分子及广大民众的反思能力有了根本提高、对'文革'的认识发生根本变化之后，它才被经验为重大的集体性创伤。"[①] 不可否认的是，在新时期创伤叙事中，大到国家民族，小到作家个体，对"文革"创伤的反思是作家群体一直被强调的写作态度。"文革"历史与"文革"创伤的确成为一代人乃至几代人心中最重的一段历史。事实上，新时期伊始就已经开始了"文革"创伤的叙事与反思，只是在不同历史时期，作家群体从不同层面对此进行了不同意义的阐释与反思。新时期文学中的创伤叙事也许在某个时段看重主题内容的社会学意义，也许在某个时段侧重文学属性，也许在某个年代偏重审美品格。

新时期初期，作家群体仍然处于"文革"时期常有的大一统思想意识之中，未能摆脱集体意识留下的心理创伤。"进入了群体的个人，在'集体潜意识'机制的作用下，在心理上会产生一种本质性的变化。就像'动物、痴呆、社会主义者、幼儿和原始人'一样，这样的个人会不由自主地失去自我意识，完全变成另一种智力水平十分低下的生物。……群体中个人的个性因为受到不同程度的压抑，即使在没有任何外力强制的情况下，他也会情愿让群体的精神代替自己的精

---

① 陶东风等：《文化研究》第11辑，社会科学文献出版社2011年版，第8页。

神。"① 面对"文革"造成的创伤社会与现实问题，即使作家心理上清楚所面对的不是某个个体的错误行为，但宁愿选择从属于大多数人观点、态度和行为的家国创伤话语进行创伤叙事书写，至少可以不必为自己的行为承担社会责任。值得一提的是，这里的集体意识更多指向的是思想政治意识的统一，而非反思意义上的集体创伤叙事。从这个意义说，新时期初期刘心武、卢新华等人发表作品时复杂难言的心情更能让人充分同情与理解。更值得关注的是，他们最初萌生的个体创伤意识很快在自觉地获得集体认同感的欲望中消弭殆尽的文学现象。因此，新时期之初创伤叙事的归罪表述——是单纯批判林彪、"四人帮"还是由此追本溯源——至关重要。新时期家庭创伤叙事、社会创伤叙事与女性创伤叙事都曾以简单的揭露性创伤主题对"文革"创伤进行过书写。这种简单归罪式的创伤话语不用承担不可预知的政治风险，也得到了主流文学话语的认可。新时期之初的创伤叙事更多的如赵毅衡所曾论述的"叙述者以道德说教者面目出现，他的语调必须是直截了当的，其叙述必须是可靠的，反讽语调导致释义歧解。……他就倾向于尽可能清晰地维持叙述的时间/因果链，使善恶冲突充分发展，善有所得，恶有所报。结局本身就是对叙述世界的道德裁判，没有裁判就不成为结局。"② 这正是新时期文学创伤话语的最初特质：创伤叙事话语被合法化地上升为国家民族的创伤言说，在与政治权力、身份认同等紧密相关时并没有对"文革"创伤进行集体反思。换言之，新时期之初创伤叙事中的受创者悲喜剧的命运反转似乎都与个体的隐忍、奋斗、情感与性格等无关。变化的是创伤者的姓名、年龄与性别，变化的是人为认定的创伤源，如家庭婚姻、爱情亲情等，但不变的是同质性话语下"四人帮"是"文革"罪魁祸首的统一归罪指向。

杰弗里·C. 亚历山大认为"体验创伤"是一个社会学过程，创

---

① ［法］古斯塔夫·勒庞：《乌合之众——大众心理研究》，冯克利译，广西师范大学出版社 2015 年版，第 10 页。

② 赵毅衡：《苦恼的叙述者》，四川文艺出版社 2013 年版，第 210—211 页。

伤经过了这样的体验，想象和再现，集体认同将会有重大的修整。一旦集体认同已经重构，最后就会出现一段"冷静下来"的时期。① 随着作家主体性与自省意识的增强，对创伤的质疑、体验与反思开始从政治观念下的创伤转向各种侧面的深处开掘。有从历史文化与民族心理探讨"文革"中盛行的封建主义对人们造成的心理创伤，有从风景地域视点对叙事景观的展示与对历史见证者的反省，也有重视语言实验性，对暴力创伤与人性恶进行意象化书写的反思。在这个新时期文学创伤叙事"冷静下来"的时期，人们对于"文革"创伤的情感与情绪不再那么强烈与感性，也不愿始终停留在政治观念下的创伤理解层面上，开始更加理智地通过从想象个人、民族或家族史着手"体验创伤"。但作为创伤经历者的作家和广大受众，"由于社会结构与文化上的理由，并未握有足够的资源、权威或诠释能力，以便有力地散播这些创伤。具有足够说服力的叙事未曾创造出来，或者没有成功地传达给更广大的受众"②。以至于在文学寻根中寻找到的是不容于现实社会的现代意识与现代文化，在"乡土"与"市井"小说的民间世界里寻找到另一个自以为可以言说创伤的理想天地，在女作家的文本中看到的是更加私密化的精神创伤症候。尽管这些蹊径最终在与创伤叙事渐行渐远的道路上无果而终，但毕竟使新时期文学中的创伤叙事以潜在、蛰伏的面目四面突围地前行着。与其说这是一个有待被合法化的创伤叙事空间，不如说这是一个充满了个人想象与主体创伤意识的创伤叙事空间。它开启了"融见证创伤、创伤记忆与叙事，以及文学虚构创伤于一体，在后现代语境下思考创伤、书写创伤、诠释创伤并超越创伤，使之演绎成新的历史叙事和创伤书写，并从人性角度探索创伤救赎和人文关怀等命题"③ 的一个新阶段。

这种认识使新时期集体创伤叙事对人性进行了最深入的质疑与探索。"这些年来，思想文化界所着力要求的对于'文革'的'忏悔'，

---

① Jeffrey C. Alexander, *Cultural Trauma and Collective Identity*, University of California Press, 2004, p. 22.

② Ibid., p. 27.

③ 薛玉凤：《美国文学的精神创伤学研究》，科学出版社 2015 年版，第 27 页。

并不仅限于忏悔者在'文革'之中所犯的实际罪行如'打、砸、抢'等当时的'革命行动'，它的更加广泛的意义还在于重新检讨个体生命的历史承担，这是在巨大的社会灾难之后包括'施虐者'和'受虐者'在内都应具有的思想姿态。"① 《一九八六年》中历史教师的塑造更像是一种创伤存在模式的象征，在余华的笔下，受创者变成了没有具体样貌、没有差别、没有姓名、失去身份的形象。其实质是要告诉我们受创者的生活、生存、和心理在某种意义上是相通的。甚至是如《无主题变奏》《你别无选择》中的现代社会中的人们一样，无论是在过去还是在现在，都是可以被忽略的面孔，但不能被忽略的是受创者悲怆、抑郁与迷惘的精神状态。它让我们思考，当悲剧再发生时，人性之幽暗是否会再次被激发出来，当悲剧再发生时，每一个个体是否意识到自己所应该承担起的责任。

"面对着不断增长的失忆，迫切需要有意识地建立与历史的意义丰富的关联。后现代主义的小说是这种记忆方案的一部分。它的创新的形式和技巧批评了作为宏大叙述的历史观，它唤起了对记忆的复杂性的注意。创伤小说从后现代小说中显露出来，具有将传统叙述技巧带到它的极限的倾向。在试验形式的界限时，创伤小说试图将叙述的本质和局限置于最显著的位置，传达创伤事件的毁坏和扭曲的冲击力。"② 现代意识使小说文本里对创伤事件的逻辑结构不再进行清晰地模式化表述，表现为以一些具有特定年代的景物或话语来代替历史创伤，对创伤人物某些病态、畸形或习惯的外在症候的描述，使创伤叙事走向内在化。如莫言的《透明的红萝卜》，小说中有相当多的地方是对"文革"期间农村生活的现实描写，黑孩这个 10 岁的男孩身上显然有着年少莫言的生活与心理状态痕迹。贫乏的物质生活、孤独寂寞的青春期，渴望一切的心情，甚至每个人都曾经有过的幻想世界等，都被莫言在 80 年代特有的文化氛围中，用特有的方式表达出他

---

① 何言宏：《中国书写：当代知识分子写作与现代性研究》，中央编译出版社 2002 年版，第 104 页。

② Anne Whitehead, *Trauma Fiction*, Edinburgh University Press, 2004, p. 82.

对现实生活与历史记忆之关系的理解。看似玄虚的笔法带来的新鲜、陌生的审美感与同时期刘索拉、徐星小说里漂浮的狂欢、焦躁与虚无的基调相呼应。而《你别无选择》中的这群学生，既要遭受旧有历史惯性的束缚，又要面对现代社会的虚伪，成为集体创伤的代言者。现代意识不能阻止物质化、庸俗化的现代社会的到来，也无法让个体摆脱孤寂、痛苦、迷惘与惶恐的忐忑心理，现代意识反而带来的是对现代庸俗社会的嘲弄与对现代教育的反叛，这正是现代意识下作家所作出的一定程度的集体创伤反思。

在新时期单面向的家庭创伤叙事中，反思的焦点是"文革"的残酷性以及给人们带来的家庭伦理悲剧。它的意义在于使人们、社会与文学都能以反思的方式得到重生。在新时期横面向的社会创伤叙事中，反思重在讲述"文革"所造成的创伤社会景象以及在这个创伤社会中受创者的种种经历。它的意义在于突破单一创伤话语的同时，对创伤波及面的探索与拓展性。在新时期单维度的女性创伤叙事中，反思侧重于女性这个特殊群体在"文革"创伤中所遭遇的悲剧情感，并由此考量女性与历史、政治、男权、身份的关系，发现因循着历史痼疾，女性心理创伤之深远远大于肉体创伤之痛的意义。在新时期纵维度的集体创伤叙事中，反思的是"文革"创伤造成人们精神创伤的持久性与事后性、如何看待这段历史以及如何重构与书写这段创伤历史。对创伤症候触目惊心的描写，震撼了包括施虐者和受虐者的所有人们的内心深处尚存的良知，也唤起了更多的人们勇于正视与承担历史重负的责任心。一如冯骥才在创作"口述实录文学"《一百个人的十年》时获得的深刻认知："我从中获知，推动'文革'悲剧的不仅是遥远的历史文化和直接的社会政治的原因，人性的弱点——妒忌、怯弱、自私、虚荣，乃至人性的优点——勇敢、忠实、虔诚，全部被调动出来，成为可怕的动力。"①

"借由建构文化创伤，各种社会群体、国族社会，有时候甚至是整个文明，不仅在认知上辨认出人类苦难的存在和根源，还会就此担

---

① 冯骥才：《一百个人的十年》，文化艺术出版社 2014 年版，第 9 页。

负起一些重责大任。一旦辨认出创伤的缘由，并因此担负了这种道德责任，集体的成员便界定了他们的团结关系，而这种方式原则上让他们得以分担他人的苦难。"① 尽管新时期集体创伤叙事在不同历史时期受制于各种外在因素而被赋予了不同的内涵，也可能新时期集体创伤叙事仍未能达到作家群体理想中所要达到的反思高度。但至少新时期集体创伤叙事时时刻刻在提醒着我们，"文革"的远去并不意味着对它的遗忘，对"文革"的反思永远不会停止。

第二节　症候与创伤意象：集体创伤叙事特征

新时期集体创伤叙事在去政治化、走向个人化的文学创作实践中，其实质是尽可能建构最大化的创伤历史书写。在完成对受创者个体的文本审视与文化创伤的集体反思后，对"文革"创伤记忆做隐匿与淡化处理，使新时期集体创伤叙事呈现出现代意识下的记忆之场书写、意象化的创伤叙事形态与凸显创伤事后性三方面的特质。

一　现代意识下的记忆之场

1981 年出版的介绍西方现代小说技巧的《现代小说技巧初探》，意在打破当时封闭、保守、停滞的文学现状。初版的一万多册很快被抢售一空，反映出当时年轻读者和文学青年乐于接受和学习西方现代主义文学的心理和愿望。在此之前，老作家宗璞和王蒙运用意识流、荒诞和变形的艺术手法创作的《我是谁》《夜的眼》《蝴蝶》《春之声》等小说也已经引起了人们对现代小说技巧的兴趣和关注，又恰好和本书的阐述与倡导形成呼应，极大地促发了 80 年代作家在文学创作上的现代意识。"文学的现代意识，不在于题材的现代性现实性，同样也不在于作品中反映了多少现代意识，而在于文学家把握艺术世界所具备的现代思维方式、结构方式、表现方式，及其具备的现代的

---

① Jeffrey C. Alexander, *Cultural Trauma and Collective Identity*, University of California Press, 2004, p. 1.

文学观念与文学形态模式。"① 而新时期集体创伤叙事主要是通过现代意识下的记忆之场来彰显创伤症候。

皮埃尔·诺拉主编的《记忆之场——法国国民意识的文化—社会史》一书提出了"记忆之场"（或翻译为"记忆场所"）的概念并对此进行了简述，安妮·怀特海德进一步认为"对风景的注视教给我们，我们看到的东西总是而且必然是一个我们怎么看和从哪里看的问题"②。从创伤叙事中的记忆之场考察集体创伤叙事，发现一批以民间土地为依托或描写地域风俗人情的作品，不断融合各种新式西方现代小说技巧，以各种话语游戏来实验，并由此带来各种新鲜陌生的审美观念。但其潜在叙事线索仍然是对创伤的各种各样的书写，既是对创伤内涵的丰富与发展，也是对创伤形式的变体与深化。

新时期文学中张洁的《从森林里来的孩子》称得上是较早涉及记忆场所的创伤叙事作品。对"四人帮"的批判与揭露的创伤主题毫无疑义地体现在小说里的字里行间，但与众不同的是这种批判立场消融或者说隐藏在一种情绪调动的氛围中，使读者感受到的是一个充满爱的世界里，带有淡淡忧伤但又充满乐观精神的悲伤故事。森林是少年孙长宁的乐园，是孙长宁的成长之地。森林使梁启明对音乐的热爱得以延续，使梁启明的事业后继有人，也是梁启明的最终安息地。梁启明已化作大森林里的泥土，年年月月养育着绿色的小树。小说里除了提及梁启明来到森林里的原因，有一段关于他个人悲惨境遇的简洁文字，几乎没有留下任何关于政治社会伤痕的文字。表达与安置个体创伤，治愈个体创伤的问题恰恰就是在这种风景构建的记忆场所里呈现出来。"风景引起的定位问题在当前的创伤话语中可以被认为是至关重要的，因为所有面对历史和回忆历史的努力，必须被对视点的考虑所超越，我们作为迟来的见证者正是从这一视点观看事件。"③ 不

---

① 未眠：《现代意识理解上的几个问题》，《文艺争鸣》1986 年第 6 期，第 40 页。

② Anne Whitehead，*Trauma Fiction*，Edinburgh University Press，2004，p. 48.

③ Ibid. .

管张洁在描写森林这片风景时是否具有自觉的现代意识，和谐自然的森林的确是一个颇具包容性的无名地，是一个与现实社会完全不同的容身处，在这里，人的价值、尊严、平等得以一一实现。和森林地点相对应的是伤痕累累的社会现实，和宁静平和的森林风景相对应的是血雨腥风的"文革"现状，森林不再是一处自然风景，而是作家现代意识下关于社会文化创伤的一种想象书写，关于创伤记忆场所的一种表达方式。

　　类似的还有稍后的王安忆的《雨，沙沙沙》这篇小说，尽管也提到了雯雯因户口、生计问题而脆弱的初恋，还有那位不知名的男青年在公社插队时招工名额被人顶替的伤心往事，但这些人们心灵上的伤痕，终究只是点缀在小说里一抹淡淡的背景，小说勾勒的是一个朦胧的、诗意盎然的雨夜风景。"雨蒙蒙的天地变作橙黄色了，橙黄色的光渗透了人的心。雯雯感到一片温暖的暖意，是不是在做梦？""前边，是一个蓝色的世界。那条马路上的路灯，全是天蓝色的。""前边那天蓝色的世界，真像披上了一层薄纱，显得十分纯洁而宁静。雯雯微笑着走进去了。"曾在"文革"中当过下乡知青的王安忆给出的抚慰创伤心灵的疗方就是：在精心编织的雯雯世界里，忘掉所有动乱时期的伤痕，远离动荡的社会，追求美好的爱情，从而营造出作品特有的温情与温暖，这样的青年一代追求未尝不是一种与"文革"创伤经历的对抗方式。无论是将"文革"创伤记忆安置在一片人与自然共同构建的"森林"风景中，还是将其沉浸在梦想中的"雯雯世界"里，其目的是为了在自然世界中抚平与治愈创伤，在打造的自我世界里回避与抗衡创伤的同时，期待一个充满信任与友爱的人设的现实世界。对大自然风景的描写、想象与传达，是新时期创伤文学中作家关于记忆之场的最初书写。

　　此后，一些着意民族风情描写又不失对现代社会生活反衬的叙事作品，倾向于在乡村发生剧烈变动的背景下，细致传神地传达出普通人们日常生活的心理情感。这些作品意在以了解、加强传统生活的方式来重视和重现人们的日常生活，在民族文化底蕴中寻找民族文化精神的探寻之路，包含了诸多复杂暧昧的生成因素。① 但不可否认的是，执着于记忆之场，是作家在现代意识下对新时期初期政治观念创伤叙事的一次有意识的反弹，也是将创伤叙事去政治化后转向苦难创伤叙事的初露端倪。对记忆之场的书写看似新时期文学发生的一次重大转向，实则是作家群体在现代意识冲击下对创伤叙事的另辟蹊径。

　　发表于1980年的《受戒》就是一篇较好地表达了创伤叙事中记忆之场的重要性小说。且不说明快简洁的语言，单是对如田园牧歌般的风景以及生活在这里的少男少女明子和小英子的天真情状的描写足以打动和抚平多少颗创伤心灵。这里人们的日常生活是原始本真的，"小和尚的日子清闲得很。一早起来，开山门，扫地。……然后，挑水，喂猪。然后，等当家和尚，即明子的舅舅起来，教他念经"。个性是自由舒展地发展的，明子受戒后，小英子"想了想，管他禁止不禁止喧哗，就大声喊了一声：'我走啦!'"，然后就"不管很多人都朝自己看，大摇大摆地走了"。没有清规戒律的束缚，没有人性丑陋的显露，一切是那么和谐自得。所以聪明能干的明子和活泼大方的小英子在这个诗意盈盈的理想世界里才能焕发出旺盛的生命力。但"虽然是表现理想境界，汪曾祺的笔调也不会失之甜俗，而是清雅之中隐隐有一点苦味"。②

　　一是在于小说结尾的这句话"一九八〇年八月十二日，写四十三年前的一个梦"的注解，勾起了多少作家与读者的创伤记忆。这里包

_____

① 洪子诚的《中国当代文学史》（第323页）里认为新时期文学"在经历了80年代前期政治社会层面的批判之后，产生了将'反思'深入到属于事物'本原'意义的趋向，探索历史失误与民族文化心理'积淀'之间的关系"。是"以'现代意识'来重新观照'传统'，将寻找自我和寻找民族文化精神联系起来，这种'本原'性（事物的'根'）的东西，将能为社会和民族精神和修复提供可靠的根基。"并将寻根和市井、乡土小说分而详细论之。而陈思和的《中国当代文学史教程》（第242—243页）里则认为作家的创作个性在20世纪80年代逐渐体现出来，一些作家试图从传统所圈定的所谓知识分子的使命感与责任感中游离出来，在民间的土地上寻找一个理想的寄托之地，也得以用来掩饰与现实关系的妥协，从而别开生面地提出"民族文化"的审美概念，用新的审美内涵来替代文学创作中愈演愈烈的政治意识形态，由此产生了市井、乡土小说。而另一些作家则表现出现代意识与民族文化相融合的愿望，形成了"寻根文学"潮流。

② 陈思和：《中国当代文学史教程》，复旦大学出版社1999年版，第249页。

含了对梦想执着不懈的追求和对过往历史太多的无奈。也正是因为在20世纪80年代的小说文本中最终实现了43年前的一个梦，才会感叹40多年匆匆历史给人们造成的无法言说的伤痛，这无疑是用记忆之场来反抗社会现实的有力佐证。"四十多年前的事，我是用一个八十年代的人的感情来写的。《受戒》的产生，是我这样一个八十年代的中国人的各种感情的一个总和。"① 记忆之场的空间位置不会有所变化，但人事物景早已经物是人非，流逝的是40多年的大好时光，记载的是铭刻心间的创伤记忆。

二是在于作者模糊处理人物形象和淡化历史背景的写法。明子为何出家、明子和小英子的爱情结局是否圆满、清规戒律何时开始束缚这里的和尚、以后屡次的社会运动怎样改变了这里人们的命运？一切都不得而知，却又留下了丰富的想象空间。在一个梦的世界里，记忆之场永远定格和保存在心灵深处，这样一个记忆之场中欢快的故事不受时空、环境的限制实在是令人愉悦的，但遗憾的是，现实中的地点与风景早已不复当年的样貌。汪曾祺在"文革"中曾被打成"右派"，也因此被关进"牛棚"，受到过不公平的对待，尽管他始终保持着豁达平和的心态，但梦境的美好与现实生活的遭遇形成的巨大反差，未尝不留下些许的创伤心理。或许更容易让读者理解这篇小说中的记忆之场已经不再是纯粹的自然现象，而成为被有意识塑造的历史场所。

对乡村记忆之场的成功描写显然远离并逐渐取代了风靡一时的政治社会创伤叙事，尤其将其和之前单纯作为创伤故事发生地点的乡村形成呼应，更能看出记忆之场中的乡村是一处被作家群体在不同历史阶段塑造出来的场所。当然，与乡村对立的是知识分子遭受暴力创伤的城市。作为创伤记忆的地点与风景，展现了"文革"混乱的社会生活景象，同样逃脱不了被塑造与被建构的命运。在执着于深究个人创伤的创伤叙事中，城市是现代人面对急遽变化的生存环境惶恐无措的游荡之地，城市是封闭的"山上的小屋"的精神枷锁，是"一九

---

① 汪曾祺：《晚翠文谈新编》，生活·读书·新知三联书店2002年版，第350页。

八六年"中的历史教师与妻女在铭刻与遗忘历史创伤的选择之中不期
而遇的记忆之场。事实上，无论是乡村还是城市，都是作家在现代意
识下通过记忆之场对新时期集体创伤叙事进行的创伤症候书写。

　　从创伤叙事的角度看，任何流派的作品如果对某方面的偏重必然
导致对另一些方面的失重，但如果据此对某方面拨乱反正，也必然导
致另一方面的反弹，呈现此消彼长的文学现象。新时期集体创伤叙事
中记忆之场的创伤书写，彰显出现代意识下的创伤症候特质，是作家
对政治社会创伤叙事的一次文学意义上的集体逃逸行为，也是对新时
期创伤叙事另一种建构形式的开拓。与此同时，新时期文学创伤叙事
开始在现代化进程中的现代社会里更精准地传达现代人的精神创伤，
呈现出意象化的创伤叙事形态。

二　意象化的创伤叙事形态

　　新时期集体创伤叙事不仅运用现代技巧嘲弄无着落的现代人空
虚、迷惘的心理状态，关注个体命运，而且更加关注个体生存的意义
与受创者的精神世界。但与家庭创伤叙事的同质化形态、社会创伤叙
事的异质化形态相比，集体创伤叙事更着重通过创伤故事与创伤症候
传达出创伤叙事的意象化形态。

　　一方面，意象化的创伤叙事形态体现在对创伤故事的言说方式
上。以《一九八六年》为例，历史教师在"文革"中的遭遇对广大
读者来说并不陌生，新时期已经有太多如此甚至更凄惨的人伦悲剧。
如果按照新时期家庭创伤叙事的模式，历史教师不可避免地对亲人形
成了伤害，"文革"结束后，受创者的精神创伤应该在历史教师平反
后得到康复。但《一九八六年》没有设计历史教师死去、亲人们获
得救赎或者家人大团圆的常规结局，反而让作为受创者的历史教师以
疯子的身份重现，他的"文革"创伤即使在10年后仍然延续着，并
对其亲人已经复原的精神造成了新的创伤。按照新时期社会创伤叙事
的模式，应该有对造成历史教师两种身份之间转换的社会因素作深刻
分析与溯源，或者至少会对受创者——历史教师——参与的某些社会
性创伤事件展开并剖析。但《一九八六年》却采用古代绘画中的留

白艺术给读者留下大量想象填补的空间，这就使对造成"文革"创伤的社会政治等外在因素的侧重转向对创伤自身症候的内在化描写上。《一九八六年》关于"文革"创伤言说上，创伤叙事开始将历史与想象结合起来。这里的历史不是主流意识形态界定的一段时期，而是更理智地多元化地考察的一段往事。这里的想象不是对创伤历史的杜撰与编造，而是在个体创伤记忆的基础上对创伤历史注入意象符号，使之显示出创伤的集体特质。"当创伤后压力失调首次被承认时，创伤的定义强调引起状况的特定类型的事件。但是在接下来的描述中，重点明显地转移到创伤的症状性反应。"①《一九八六年》里的历史教师在"文革"结束以疯子形象出现在现代化社会里，更是颠覆了常态社会里对正常人的精神世界的认识。历史教师也许最初只是为了逃避外在的迫害而采取了装疯卖傻的形式，但他在"文革"十年后的疯癫不仅不能保持形式上的意义，而且已经使自己完全成为精神分裂者，就作为意象化创伤故事而存在了。

另一方面，意象化的创伤叙事形态体现在对受创者各种创伤症状，如幻觉、梦境、闪回、癔症等的充分展示上。安妮·怀特海德在《创伤小说》里认为"出自后现代主义和后殖民主义小说的更多的实验形式，为当代小说家提供了一种传达创伤的非现实性，同时又忠实于历史事实的富有前途的手段"②。在后现代主义和后殖民主义思潮的冲击下，20世纪80年代中期的新时期小说以形式的实验开始表征创伤的非现实性特征。《山上的小屋》里的"我"在幻觉里看到父亲的狼眼，听到父亲在狼群里发出凄厉的嗥叫，臆想中听到家人们窃笑着她的病。《一九八六年》里历史教师的妻子在幻觉里一次次听到了令人胆战的脚步声，那是不曾忘记的逐渐消逝的历史的声音。历史教师的眼前一遍遍闪回着两只漂亮的红蝴蝶驮着两根乌黑发亮的辫子飞舞的场景，那是不曾忘记的曾经幸福的生活。《无主题变奏》《你别无选择》等现代小说用夸张的荒诞与变形手法讲述了青年一代的惶惑

---

① Anne Whitehead, *Trauma Fiction*, Edinburgh University Press, 2004, p. 162.

② Ibid., p. 87.

与痛苦。《山上的小屋》《黄泥街》等小说中勾勒出精神变异者的怪诞世界。《乘滑轮车远去》《伤心的舞蹈》《午后故事》等小说是从青春期少年的眼光很好地诠释了历史创伤与创伤记忆中的社会场景：少年之间的帮派之争与地盘之争，烙上了鲜明的对成人世界里武斗的模仿痕迹；被当作叛徒的少年遭到毒打的时候，又是革命呐喊的声音在耳边回荡；被打瞎眼睛的少年、被火车轧断腿的少年以及被父亲与兄弟毒打的少年心里都时刻想着复仇等。充斥着死亡、性、暴力、破坏、偷窥等描写的小说却又逃不脱那个特殊时代的生活气息。"叙事者的声音不再保持着那种由理性主体（即清醒的作者）建立起来的现实主义'客观性'。相反，叙事主体的理性面临着危机是因为历史暴力造成的精神创伤体验，这样的叙事声音所呈现出来的是遭到伤害的表现主体。"[1] 创伤人物成为真正被关注的个体人物，创伤话语成为真正的创伤言说，创伤故事也成为真正的意象书写。创伤的丰富性不仅仅源自创伤故事的隐喻性和创伤话语的合法性，而在于以多种多样的故事与话语形式体现出创伤的自身属性与特质。经过之前短暂的冷落时期，创伤再次以耳目一新的现代与先锋的形式闯进人们的视野中。集体创伤叙事不再是对创伤经历的完整叙述，而是撕裂为片断、符号与碎片化的场景与图像。

因此，《无主题变奏》与《你别无选择》中愤世嫉俗而又精神惶恐迷惘的个体就成为鲜明而陌生的意象化创伤人物形象。"每个人物都是主人公，因而并没有一个专门的主人公，人物都有一个被夸张了的特征因而你只记住了这个特征。"[2] 受创者形象之所以陌生，是因为既不同于担负着国家民族创伤的大而化之的如王晓华似的个体，也不同于对祖国、命运等宏大命题发出质疑但依然与自己的命运紧密相连的如肖凌般的个体。而是在没有"文革"话语与口号，看起来与创伤叙事完全无关的现代社会里，用充满现代化气息的文字，勾勒出

---

① 杨小滨：《中国后现代——先锋小说中的精神创伤与反讽》，上海三联书店 2013 年版，第 61 页。

② 黄子平：《沉思的老树的精灵》，华东师范大学出版社 2014 年版，第 167—168 页。

一个现代受创者形象。在现代社会中，保持与他人的距离、逃离学校、逃离爱情、逃离一切世俗，也逃离人生。但"它暗示了经过各种政治欺骗和社会动荡后，社会普通成员对'生活意义'的最切实的理解"。① 也表达了对现代社会中一切庸俗不堪的现象的冷漠、鄙视、愤慨的社会情绪。意象化的个体创伤症状在现代化进程加速的现代社会中越发触目惊心。

如果说《无主题变奏》与《你别无选择》是主人公对政治社会层面创伤的逃离，从而呈现出孤独、焦虑、无着的精神状态，幻化成一种社会情绪的爆发，那么在《黄泥街》《山上的小屋》《一九八六年》等小说中，个体创伤似乎又回到了历史创伤的记忆之中，再次剥离出现代元素，重新将个体放在历史大背景下开掘出个体创伤的精神状态。如果说《无主题变奏》与《你别无选择》是个体与现代（更侧重对现代的创伤表述）的相遇与冲突，那么《山上的小屋》《黄泥街》与《一九八六年》考量置于大历史背景下的个体，发现在逝去的历史与前行的现代纠葛的背景中，个体再次淹没在创伤记忆之中。历史始终存在于受创者个体的记忆深处，成为某种病态、习惯或畸形的外在病症。历史的记忆对于要遗忘历史创伤、奔向现代化进程的个体来说，也是一个巨大的新的创伤。因为遗忘、逃离都是一种新的创伤形式，现代化也抹不去个体创伤。至少在20世纪80年代中后期依然隐匿在"现代""先锋"等一些小说里，并在90年代新世纪文学创作中仍然不时地为人看重与重拾。

三 凸显的创伤事后性特质

在创伤后紧张应急综合征诊断标准里，创伤后遗症中有幻觉、梦境、闪回以及心理与生理的各种反常症状。这些症状可以在创伤事件后或短或长的时间里表征出来，即是受创者的创伤事后性特征。当然，对于作家来说，"对压力情境的立即反应通常被描述为震惊状态：

---

① 程光炜：《我与这个世界——徐星〈无主题变奏〉与当代社会转型的关系问题》，《南方文坛》2011年第3期，第22页。

一种身体和精神上的短路现象……在认知上通常需要花一些时间才能够掌握到新的现实并且让它的后果'刻骨铭心'"①。创伤的事后性对于作家建构新时期集体创伤叙事更是至为重要。家庭创伤叙事对"文革"创伤直接又鲜活的指控，社会创伤叙事对个体某个生命时段创伤记忆的重拾，女性创伤叙事对女性独特创伤经历和心理的书写，集体创伤叙事对现代化社会与历史创伤之间的理性思考，是新时期各种叙事话语与叙事模式在不同的社会政治氛围里，对创伤事件、创伤心理、创伤体验与创伤认知的感性或理性的创伤书写。凸显创伤事后性特征，并将创伤的各种症候纳入公共视野与创伤研究范畴，是新时期集体创伤叙事在创伤叙事建构过程中的新发展。

在《无主题变奏》《你别无选择》《一九八六年》《山上的小屋》等小说中，无论是生活在现代化进程中的社会现实，还是沉浸在虚构的荒谬孤独的自我世界，抑或是行走在一路背负历史负荷的成长道路上，不管是政治与社会的大背景，还是集体与个人的小时代，受创者始终不能逃离过去的创伤记忆的阴影。《无主题变奏》《你别无选择》中喧闹的现代城市景观，《山上的小屋》《一九八六年》等精神上幻化成的各种场景，无论是鲜明的现代意识还是厚重的历史片段，在集体创伤叙事中转为潜在的片段、场景、碎片化记忆的创伤书写，打破了新时期文学中长久以来对创伤主题化的直面书写。无论是癫狂状态下人物眼中变形的世界和人们，还是疯子眼中历史和现实的双重纠缠和打击；无论是奇形异状的迷惘一代的失落心理，还是亲人之间的相互猜忌、疑心和防备的心理状态，都是通过创伤人物的创伤事后性特征得以传达出来，也使集体创伤叙事具有了怪诞、寓言式的美学风格。"怪诞是对完美的一种追求。没有对理性的热爱，没有对真理的激情，就不会有怪诞。怪诞是对现实中不合理的事物的强烈谴责，是对生活中的陋习的大暴露与大批判，从而使人惊觉，发人深省。"②

---

① ［瑞典］凯勒曼等主编：《心理剧与创伤——伤痛的行动演出》，陈信昭等译，高等教育出版社2007年版，第3页。

② 高行健：《现代小说技巧初探》，花城出版社1981年版，第35页。

借助怪诞、寓言式的美学风格对创伤叙事内容进行拓展，对创伤叙事形式进行创新，是新时期集体创伤叙事在 20 世纪 80 年代的发展。

新时期集体创伤叙事关于历史叙述不再是宏大而既定的历史观，而是对历史进行个人化、碎片化的寓言化书写。这是因为对于大多数经历过"文革"创伤的作家来说，"'文革'那块巨大的历史幻象在记忆深处缓缓蠕动，就足以怂恿他们沉醉于无边无际的幻觉，没有终结的词语游戏，无法遏制的表达欲望，莫名其妙的暴力行径，失去家园而没有归宿的任意逃亡和随遇而安的死亡……是对他们所面临的现实的和所拥有的'文化记忆'进行的历史叙事"①。如果说作家群体在新时期之初总是要尽力紧跟时代潮流的步伐，感受时代文学的召唤，接受意识形态的规劝，压抑着对创伤个人性言说的欲望。可以说，在经过"文革"结束 10 年后的冷静期，作家群体对停留在生命中某些深刻的创伤经历、创伤体验和创伤性质，有了独特的认识和见解。将所有的历史记忆掩埋，并不意味着历史记忆不会给个体留下创伤的痕迹，用西方现代技巧，从现代意识看新时期创伤叙事必然对一些作品的价值有了新的发现。

林斤澜关于十年"文革"故事的《十年十癔》与《续十癔》就是具有如此丰富意蕴的独特的文本。丁帆认为对"文革"反思最为深刻的林斤澜的《十年十癔》对"现代"的反思甚至超越了"五四"。②《十年十癔》里每篇小说都有对身体与精神双重创伤的精准细微的描写。《五分》里戏谑地要用五错碑给姐姐的一生立墓，只因为姐姐"一九五〇年错定为地主家庭，一九五七年错划为右派，一九六〇年错捕入狱，一九六八年错判无期，一九七〇年错杀身亡"。而作为旁观者的"我"也因为姐姐悲惨的遭遇——被捕是礼拜五，妈妈要交的是五分钱的子弹费——而见不得"五"字，否则立刻有血管紧张、胃痉挛、心慌、头晕、眼花等各种生理反应。《哆嗦》里的麻副

---

① 陈晓明：《无边的挑战：中国先锋文学的后现代性》，时代文艺出版社 1993 年版，第 31 页。

② 丁帆：《方之的〈内奸〉和林斤澜的〈十年十癔〉等对"现代"的反思甚至超越了"五四"》，《辽宁日报》2010 年 1 月 15 日。

局长只因为"万寿无疆"被改成了"无寿无疆",脑子里就"嗡"的一下要懵没懵的,这全身的哆嗦怎么都控制不住。等到"文革"结束后被追问原因时,提到发生在司令身上的久远的一件事"忽然,有件事情跳了出来,这件事情搁在心里多年了,平常也想不出来,到这节骨眼上,跟鬼似的闪出来了"。《春节》里的男主人只要回顾过去,就会造成大便失禁的生理反应。《二分》里就因为老二一激动把两分钢镚也装进了信封里,导致他这个书呆子被冤枉了 12 年,最后也精神错乱。《十年十癔》的每一个故事都是往往抓住人物的一个动作或者外在的一个病症,在平平淡淡的叙述文字里,简洁又入木三分地刻画出创伤在生理、心理上的持续性与精神上的不可愈合性。历史可以宣告结束,但创伤却铭刻在人们的精神上,看似波澜不惊,读来却意味深长。这也正是集体创伤叙事的意义所在:批判与反思的力量,不止在于大声地控诉与呐喊,更在于敏锐捕捉创伤情绪与细腻表达创伤症候,以达到不动声色的痛感。

　　新时期文学中的创伤叙事从最初能否写创伤的政治需求,到怎么写创伤的文化溯源,再到关注创伤自身内涵的文字表达,是作家对"文革"创伤进行集体创伤叙事的必经历程。至此,新时期文学中的创伤叙事不再发出趋重于意识形态下的同声宣言,而是由宏伟的众声合奏转向低吟的个人倾诉,表达个体对创伤记忆的留痕与体悟;不再是家国同体化的创伤隐喻能指,而是借用文字游戏更加自由传达个体创伤体验。不同于家庭创伤叙事中创伤移情到国家民族话语上以使受创者迅速复原的模式,新时期集体创伤叙事移情于作家记忆之场的书写,在新旧、真假、现代与传统、文明与愚昧反复的纠缠与冲击下,表现出受创者迷惘、无助、焦灼等心理与精神的创伤症候,形成了意象化的创伤叙事形态,体现出"文革"创伤的事后性特征。

　　"如果成功地把'文革'当作集体创伤加以再现、陈述和传播,会使得那些没有直接承受'文革'灾难的人(包括今天的那些'80后''90后')也成为创伤宣称的受众,感到'文革'这个集体灾难并不是和自己无关的'他人的'创伤,并积极投身到对这个灾难和创伤的反思。"① 也许新时期集体创伤叙事并未能达到如一些学者或作家期望的反思高度，但至少推动了新时期创伤叙事的新发展。在20世纪90年代以后的现实境遇中，慵懒、浮躁、缺乏激情与想象、平庸的现实生活里，人们对创伤的感觉已经钝化，也日益浅薄化，将个人的小伤痛、挫折也美其名曰为"创伤"。创伤包容了太多具象化的社会众象时，就已经不再成为"创伤"，就走向了"创伤"的另一极端化。让创伤真正地拥有创伤的自得属性，回到被遮蔽的精神创伤世界，表达对创伤生命的关怀，才会达到人类理想中集体创伤叙事的反思高度。

第三节　《一九八六年》：创伤叙事的寓言化书写

余华的中篇小说《一九八六年》定稿于1986年12月31日，首刊于《收获》1987年第6期时，名为《一九八六》，后收入中国社会科学出版社1995年出版的《余华作品集》第一卷，易名为《一九八六年》。小说发表后，评论界从暴力、人性、"文革"创伤、语言形式等方面对其进行了讨论。

《一九八六年》之所以被选做新时期集体创伤叙事的代表文本进行分析，原因是多方面的。比如，逃离与回归的创伤故事、创伤人物的生存状态、创伤人物的精神世界、触目惊心的暴力书写、实验性质的话语形式等，在一定程度上超越了此前新时期文学中的创伤叙事文本。"'文革'话语的精神创伤的感受显示在今日的先锋文学中，这种感受不是由回忆的功能呈现的，而是通过延异的心理过程，组合成毁形的、瓦解性的叙述。在这个意义上，余华的杰出不在于他描绘了人类生活和社会生活的血腥性，而在于他掏空了，或扭曲了，对原初情景的呈现性，从而破坏了执行暴力的话语法规。"② 的确，无论是

---

① 陶东风等：《文化研究》第11辑，社会科学文献出版社2011年版，第9页。

② 谢琼：《从解构主义到创伤研究——杰弗里·哈特曼教授访谈》，《文艺争鸣》2011年第1期，第67页。

在集体创伤的呈现上，还是在历史与现实的隐喻书写上，抑或是从创伤叙事的文学史意义上看，作为先锋文学和余华本人的代表作，《一九八六年》都具有举足轻重的意义。

一 逃离与回归的创伤故事

《一九八六年》叙述了一个历史教师在"文革"中失踪又在"文革"后以疯子的形象出现，最终以自戕的方式悲惨死去的故事。疯子出现是在"文革"结束整整 10 年后的 1986 年，正是中国现实社会大步迈向现代化进程的时代。此时的人们都兴致勃勃地走着，大街小巷喧闹繁华，自行车和汽车的铃声、大喇叭传来的避孕与车祸危害的宣传声、咖啡厅里响着的流行歌曲、热闹的春季展销会等都标志着"文革"历史记忆在大众的现实生活中已经渐行渐远。但是，就在人们走向现代化的幸福生活时，小说的主人公，一位曾经的历史教师，现在的一个疯子形象，不合时宜地出现在大众的公共视野中。

> 他的头发像瀑布一样披落下来，发梢在腰际飘荡。他的胡须则披落在胸前，胡须遮去了他三分之二的脸。他的眼睛浮肿又混浊。他就这样一瘸一拐走进了小镇。那条裤子破旧不堪，膝盖以下只是飘荡着几根布条而已。上身赤裸，披着一块麻袋。那双赤裸的脚看上去如一张苍老的脸，那一道道长长的裂痕像是一条条深深的皱纹，裂痕里又嵌满了黑黑的污垢。脚很大，每一脚踩在地上的声音，都像是一巴掌拍在脸上。

一瘸一拐的疯子回归于生机勃勃的 1986 年的生活场景，如同历史教师无声无息地逃离"文革"灾难的现场一样。在这样一个跨越 20 年时空的不和谐的画面里，《一九八六年》讲述了一个关于逃离与回归的创伤故事，并以此发现历史、个人与他人的创伤真相。

"文革"中的历史教师看到了几个胸前挂着扫帚、马桶盖，剃着阴阳头的女人，看到了那些戴着各种高帽子、挂着各种牌牌游街的人，也看到了自杀的同事。如果说，这些不堪的场景使他陷入恐惧与紧张的精神状态，那么，旁观者的冷漠使历史教师陷入无助与绝望的精神世界。"他们朝那死人看了一眼，他们没有惊讶之色，他们的目光平静如水。仿佛他们是在早晨起床后从镜子中看到自己一样无动于衷。在他们中间，他开始看到一些同事的脸了。他想也许就要轮到他了。"当历史教师意识到自己不仅可能面临着同样的死亡命运，更可能遭遇旁观者同样的冷漠围观时，他选择了以失踪的方式逃离这个冰冷的创伤世界，逃离人性畸变的历史真相。

但在"文革"创伤的阴影笼罩下，即使历史教师背井离乡，不知所踪，仍然逃不脱成为疯子的宿命。"文革"结束后，已经成为疯子的历史教师同已经忘记创伤历史的大众一起走进了春天里，"和他们走在一起。他们都看到了他，但他们谁也没有注意他，他们在看到他的同时也在把他忘掉"。除了对疯子的无视，还有围观与嘲笑。"他们走出咖啡厅时刚好看到了疯子，疯子正挥舞着手一声声喊叫着'走来'。这情景使他们哈哈大笑。于是他们便跟在了后面，也装着一瘸一拐，也挥舞着手，也乱喊乱叫了。街上行走的人有些站下来看着他们，他们的叫唤便更起劲了。"回归后的历史教师成为一段被漠视、被围观、被嘲笑的历史过往的象征。历史教师回归于现代社会的悲剧在于，创伤记忆始终存在于他的精神世界里，使他以疯子的面目出现，但生活在现代社会中的人们已经遗忘或试图遗忘创伤历史。于是，个体创伤记忆的持久性与现代社会的飞速发展之间的巨大差异使历史教师成为一个没有身份、没有言说权利的众多失语者中的一员。《一九八六年》借助历史教师遭受了历史与现实双重创伤的逃离与回归的创伤故事，无情揭示了创伤个体无处栖身的精神状态与无处安身的生存状态。既暗示了个体与他者之间的疏离、冷漠又对立的畸形关系，也提出了如何处理创伤历史记忆的沉重话题。

在新时期创伤叙事中，宗璞的短篇小说《我是谁》曾涉及个体与他者的关系问题。当韦弥遭受肉体与精神的双重创伤时，他者用厌恶、害怕与逃离的方式决绝地表明与受创者割裂的态度。《一九八六年》除了有旁观者的漠视对受创者致命打击的描写外，还有一个深入的思考，即他者对个体造成的精神创伤，不可避免地也造成个体对他者的一种精神创伤。曾经最亲密的妻女，经历了历史教师失踪后惶恐痛苦的艰难生活后，终究归于平静。但在现代社会里发现疯子就是历史教师后，开始陷入恐慌、远离和悲伤之中。妻子在看到历史教师发黄的一页书稿后不省人事地摔倒在地，随后就进入了一个恍恍惚惚的精神状态。"十多年了，十多年来每个夜晚都是一样的漆黑。黑夜让她不胜恐惧。就这样，十多年来她精心埋葬掉的那个黑夜又重现了。"妻子和女儿看到他时只有恐惧，妻子"很久后才抬起头来，那双眼睛十分惊恐"。女儿则惊愕不已，"不禁惶恐起来。这另一个父亲让他觉得非常陌生，又非常讨厌。她心里拒绝他的来到，因为他会挤走现在的父亲"。无论是因为历史教师的出现勾起了妻女对"文革"创伤记忆的痛苦回忆，还是害怕历史教师的出现破坏了她们现在平静幸福的生活，十几年前的那场浩劫带给人们的心理创伤已经脆弱到不堪一击。

历史教师的精神创伤世界与妻女所代表的他人的现实世界之间，有着深深的、无法沟通的深壑。"幸存者永远也不可能加入到他现在所在的世界中。他的世界一直是双重的，不是分裂成另一个世界的复影，而是平行存在。他的叙述不是历时的，而是共时的，从一个世界到另一个世界。"[1] 这种无以言说的创伤经历对于历史教师来说是无时间性限制的，也可以说存在于历史教师的任何幻觉世界里。但是对他人来说，历史教师的创伤已经成为历时性的历史事件与记忆状态，是必须遗忘的创伤经历，所以当如影随形的历史教师以共时性的创伤状态出现在妻女和他人的现实生活中时，历史教师的创伤经历成为造成他者新的创伤的一种危险行为，他者才就会感受到十分地不自在与恐慌。"若要直接传达创伤（不管是个人的还是集体的）期间的经验，只有通过日后重新回顾过往的侵害。在一些极端的情况下，会再次受伤的，并不只是受害者，或是一个不愿被提醒的社会，还有我们

---

① 王欣：《文学中的创伤心理和创伤记忆研究》，《云南师范大学学报》2012 年第 6 期，第 149 页。

这个种属的形象，以及我们的人性概念本身。"① 历史教师无法消弭创伤记忆与精神创伤，妻女无法也不愿承担起抚平历史教师创伤的重任，他人无法理解暴力行为和历史记忆曾经带给受创者的精神创伤之深。他者对个体厌恶、逃离与无视的态度，在看似针对创伤个体的表面下掩藏着试图掩埋与忘却历史的实质。

将创伤书写作为终结一段历史，开创新的历史时期的文字工具，曾经是新时期文学中创伤叙事的一种故事形态，它寄托着人们走向现代社会的渴求与希冀。但《一九八六年》里对创伤历史记忆的忘却与不能忘却的处理方式，证明了这种梦想的一厢情愿与虚幻性。在某种程度上，《一九八六年》是对之前新时期文学中很快治愈与自愈的创伤故事的反拨，也是对存在于新时期文学中关于个体创伤记忆书写的某些异质因素的重启，更是对个体与他者、社会、政治问题的深化。历史教师的逃离与回归，直至变成疯子的故事隐含着丰富的意蕴。有新时期以来一直都不曾中断地对那场历史浩劫的指控，有对试图忘记精神创伤和历史记忆，决绝地走向现代生活的人们（以妻女为代表）的批判，还有对他人与他人造成创伤的探索与研究。小说中使用虚化历史与时代背景的片段化与场景化的现代技法，已经使《一九八六年》不同于之前新时期一贯的宏大历史叙事话语。当《一九八六年》再次触目惊心地将人们拉回到不能也不该遗忘的那段历史浩劫之中，再次深入伤痕累累的受创者的精神世界里时，显示了具有独立思想的作家关于创伤与创伤叙事的思考与见解。它使人们悚然警觉到：疯狂的政治时代制造出将正常人变为疯子的人生惨剧，更重要的是，在一个看似恢复了常态化的社会生活里，却仍然无法抚平与治愈疯子精神上的创伤，使他康复为一个正常人。也因此，《一九八六年》犹如在警示和提醒人们：如果不是将创伤作为叙事历史、重构历史的工具，那么创伤将从未走远，它深存于人们的心灵深处，使人们背负着历史的重荷无法前行。

---

① 谢琼：《从解构主义到创伤研究——杰弗里·哈特曼教授访谈》，《文艺争鸣》2011年第1期，第74页。

二　创伤内在化的极致呈现

"文革"中的历史教师在人们的传说中是懦弱卑怯地失踪了，"文革"后的历史教师在人们的眼里是一个没有过去和身份的疯子，这正是作为集体创伤代表者的历史教师的悲剧所在。没人走进以疯子为代表的受创者的精神世界，理解他们的精神伤痛，疯子只是他人眼中的悲剧形象。事实上，《一九八六年》对创伤的书写并不着眼于创伤的社会历史因素的剖析，而是力图通过呈现疯子的精神世界回到对创伤及创伤症候的内在化表述上。福柯曾说过"我们这个时代的人只有从疯子的不可思议中才能发现自己的真相"。那么就让我们走进《一九八六年》中疯子的精神世界，来发现余华是怎样将创伤从政治话语体系中剥离出来，走向创伤自身话语体系，走向创伤内在化的极致表达。

从历史教师的知识分子身份到疯子的无名形象的转换，受创者到底经历了多少难以言说的精神创伤？《一九八六年》用闪回、幻觉的手法展现了历史教师在"文革"期间遭受的极大的精神创伤：那段特殊的历史时期不但使人们遭受肉体上的创伤，而且使人们在饱受无法言说的创伤后，在精神与心理上都发生了严重的异化与怪诞。

第一，疯子自戕的、变态的血腥暴力描写。历史教师把他曾研究过的历史刑罚几乎都用在了自己的身上，对"劓""墨""宫"等刑罚的描写无不触目惊心。"他挥舞了一阵子后就向那些人的鼻子削去，于是他看到一个个鼻子从刀刃里飞了出来，飞向天空。而那些没有了鼻子的鼻孔仰起后喷射出一股股鲜血，在半空中飞舞的鼻子纷纷被击落下来。于是满街的鼻子乱哄哄地翻滚起来。""一只巨大的油锅此刻油气蒸腾。那些尚是完整的人被下雨般地扔了进去，油锅里响起了巨大的爆裂声，一些人体像鱼跃出水面一样被炸了起来，又纷纷掉落下去。……他伸出手开始在剥那些还在走来的人的皮了。就像撕下一张张贴在墙上的纸一样，发出了一声声撕裂绸布般美妙无比的声音。"把疯子幻觉中的血腥场面与身体在现实中肉碎骨裂的真实感杂糅在一起，动作的精准把握与声音的准确传达组成了画面感十足、震撼力超强的残忍景象。这种残忍景象通过疯子的幻觉世界表达出来，具有了创伤内在化书写的意味。余华曾说，"最重要的是作家应该关心真正的人，不管他是政治社会中的人还是大众消费中的人，只要他是一个真正的人就行。这是涉及了'自我意识'这个问题，或者说就是人的内心"①。正如此，余华常常将社会、历史、人物及人物关系等做虚化的处理，以凸显出个体生命内心深处的状态。

第二，《一九八六年》里悲剧事实的发生与冷静语言的描述之间所带来的震撼与陌生的审美感，给人们造成了巨大的心理冲击力，也生动、触目地展示了历史教师的精神创伤世界。"他们把他提了起来，他就赤脚穿着拖鞋来到街上。街上的西北风贴着地面吹来，像是手巾擦脚一样擦干了他的脚。""这时他看到了一块破了的玻璃，那破碎的模样十分凄惨。他不由站起来朝那块玻璃走去，那是一种凄惨向另一种凄惨走去。""一声一声清脆的破裂声在他听来如同心碎。""他听到屋外一片鬼哭狼嚎，仿佛有一群野兽正在将他包围。这声音使他异常兴奋。于是他在屋内手舞足蹈地跳来跳去，嘴里发出的吼声使他欣喜若狂。""尽管有各种各样大小不一的黑影阻挡了他的去路，但他都巧妙地绕过了它们。"

历史教师从被带走时的忐忑狼狈到写交代材料时的茫然无措，用"提""擦干""凄惨""心碎"这样的词语表述，接着甚至用"异常兴奋""手舞足蹈""欣喜若狂""巧妙"等词传递出因目睹了死亡造成的巨大的心理恐惧，打破了人们长久以来的审美习性，新颖而刺激，也颠覆了人们对于死亡与创伤的常规叙述。正是这种将创伤从一个简单的词汇转化为心理的奇妙感觉，敏锐捕捉到并用反常规的言语进行描写的方式，把创伤从惯常的概念指称上升到对创伤内在化属性的审视目的上。

第三，《一九八六年》用互文性的不同视角下的不同叙事语言完成了创伤叙事，呈现出创伤固有的潜在性。如疯子在实施"墨"的

---

① 叶立文等：《访谈：叙述的力量——余华访谈录》，《小说评论》2002 年第 4 期，第 36 页。

刑罚时，他在幻觉中看到的是："此刻那几个人正战战兢兢地走过来，于是他将铁棒在半空中拼命地挥舞了起来，他仿佛看到一阵阵闪烁的红光。那几个人仍在战战兢兢地走过来，他们没有逃跑是因为不敢逃跑。于是他停止了挥舞，而将铁棒刺向走来的他们。"这无疑是历史教师曾经的创伤性场面的再现。而围观疯子的他们，在现实中看到的却是："疯子的手臂如何在挥舞，挥舞之后又如何朝他们指指点点。他们还看到疯子弯下腰把手指浸入道旁一小滩积水中，伸出来后再次朝他们指指点点。最后他们听到了疯子那一声古怪的叫喊。所有一切他们都看到都听到，但他们没有工夫没有闲心去注意疯子，他们就这样走了过去。"按照安妮·怀特海德的"互文性有力地模仿和戏剧性地表现了政治过程"① 的观点，余华通过互文性表露了一段被隐匿的历史事实，暗示了疯子正在重复"文革"期间自身遭遇的故事：他看到了在他人身上遭受的各种惩罚，他也看到了自己有限的反抗如何被冷观、漠视与压制。他的自戕是对现实创伤与历史暴力创伤的不可避免的反映，死亡成为他必然的归宿。不可把握又不能企及的极端强烈的心理精神创伤只能用一种令人震惊又不可理解的方式表达，所以疯子的疯狂自戕、自残正是表现了不可表现的精神创伤世界，疯子用一场怪诞的、血腥的暴力表演无声地讲述了自己的创伤故事。

《一九八六年》已经不仅仅止于抄家、派系争斗、批斗会等暴力行为对受创者的冲击与伤害的表层描述，而是让人们感受到这种暴力创伤深入骨髓，隐匿在个体内心的隐秘之处，足以致使受创者的精神世界处于疯癫的状态。对于历史教师来说，他的精神困境一方面是"文革"时期的非常态的社会状况已经严重威胁到自己的个体生命，使其精神长期处于高度紧张的压力下，以至于产生了挥之不去的恐惧、卑微乃至癫狂的精神创伤症状。"话语的暴力攻击把崩溃的体验

---

① Anne Whitehead, *Trauma Fiction*, Edinburgh University Press, 2004, p. 89.

强加给心理现实，导致产生了'文化大革命'后那一代人的精神分裂。"① 虽然以失踪的方式来逃避灾难，但最终连个人的身份也寻找不到了，所以历史教师的悲剧不仅仅是个人悲剧，而是一代人悲剧的写照。另一方面是自己在"文革"结束后遭遇了现实社会的最顽强的抵制。"十多年前那场浩劫如今已成了过眼烟云，那些留在墙上的标语被一次次粉刷给彻底掩盖了。他们走在街上时再也看不到过去，他们只看到现在。"在他者眼里，疯子不过是"白天见到的奇观和白天听到的奇闻"。现实环境的变化、妻子女儿的恐惧和他人的嘲笑围观都加剧了历史教师在现实生活中的精神创伤，并最终导致他的直接死亡。对于以历史教师的妻女为代表的大众来说，他们正在努力遗忘创伤历史，不愿被人提及与唤醒曾经的创伤，只想在世俗生活中享受物质带来的娱乐性。

创伤常常被视为与社会政治、现代性、历史记忆有本质联系的概念，一旦进入叙事作品中，就必然权衡这些外在创伤源并进行取舍。"在'创伤记忆'的建构过程中，回忆者'选取了'部分'合适的'、相对'典型'的事件，通过这些事件的讲述和强调，使之成为构建'创伤记忆'的符号或者标志。"② 新时期伊始文学中的创伤叙事一直就在这样的取舍中有意无意、显在潜在地建构。但是，"文学中所描写和分析的创伤是文化意义上的。创伤由外在的伤害转成了文化意义上的伤害，这不仅意味着词语由一个知识领域向另一个知识领域的入侵，或者叫作被借用，它还暗示了创伤由外力变成内感的过程。医学上的创伤，是由外力引起的，获得了文化意义后，指的就是一种内在的感受。……而内感是作家体验创伤时发生的一种精神上的变化，如同肌体受到病毒侵害时会发生变化，会感到痛苦一样。"③《一九八六年》以疯子的骇人自戕、精神错乱的创伤症状，将以历史

---

① 杨小滨：《中国后现代——先锋小说中的精神创伤与反讽》，上海三联书店 2013 年版，第 117 页。

② 余华等：《文学：想象、记忆与经验》，复旦大学出版社 2011 年版，第 177 页。

③ 丁玫：《"为了灵魂的纯洁而含辛茹苦"——艾·巴·辛格与创伤书写》，浙江大学出版社 2014 年版，第 36—37 页。

教师为代表的受创者的深重创伤显示出来，也使创伤走向了对创伤内在化表述的追求。

余华在《一九八六年》中关于暴力和记忆的创伤叙事不是为了达到标新立异的细节描写，亦不是完全为了反抗政治与权力对人们的迫害，而是基于创作主体对精神创伤的顽强探究，以先锋话语形式寻找到创伤内在化的属性，探索一个纯粹的个体与集体相连的独特创伤空间。"只有强烈到一定程度的刺激，才能更有效地体验。只有强烈到一定程度的体验，才能更有效地记忆。为了让暴力记忆成为一种足可以震惊整个民族、从而足可以促使民族觉醒的深刻记忆，他必须制造一个具有震惊效果的暴力事件，以让这个民族在震惊中得到深刻的暴力体验。就他个人而言，为了让暴力体验成为他的确定性体验，成为他的稳定的心理内涵和性格内涵，他必须主动地体验暴力，通过主动的体验，满足他的暴力记忆的愿望和道德自救的愿望。"① 正是在个体与集体、历史与现在的冲突与交织中，新时期创伤叙事实现从社会政治、意识形态的概念化创伤图解到规避大历史、大政治一统化的意象化创伤景观，再回归到对受创者精神世界的密切关注，看似又回到起点，实则是螺旋式地不易前行。

三　寓言化创伤书写的意义

《一九八六年》发表后获得了学界的较高评价，也说明《一九八六年》在文学史上具有重要的意义。② 人们如此看重《一九八六年》的一个重要因素，在于"自'文革'结束以来，对历史做回顾、反思异质成为当代中国人思想生活的重要内容，二十多年来，很多理论争论，很多思想冲突，都是围绕着这些回顾和反思进行的，一直没有停过"③。从新时期伊始到 20 世纪 80 年代中后期对历史的回顾和反思，始终纠葛

---

① 摩罗：《破碎的自我：从暴力体验到体验暴力》，《小说评论》1998 年第 3 期，第 64 页。

② 如摩罗在《论余华的〈一九八六年〉》文中认为"《一九八六年》的诞生可以说是中国文学的重大事件，尤其是'文革'题材和知识分子题材的文学的重大事件"。而张清华在《文学的减法——论余华》中指出余华的意旨所在："一九八六，这个年份距一九六六这个特定的符号，整整二十年的时间，余华标定这个时间的点，是意在唤起人们对一个'历史单元'的关注。"

③ 李陀：《另一个八十年代》，《读书》2006 年第 10 期，第 107 页。

于国家意识形态与主体创伤意识、宏大话语与个体言语、集体记忆与个体记忆之间关系的权衡与取舍，并最终形成一条关于创伤发展的潜在叙事。对"文革"创伤的寓言化书写使《一九八六年》站在这样的节点上，成为新时期集体创伤叙事的另类反思。

新时期文学中的创伤叙事起始于对"文革"创伤记忆的叙述，取决于作家的人文立场与价值倾向。但特定的人文立场和价值倾向又囿于各个时段的社会政治环境与主体创伤意识的觉醒程度，也因之呈现出不同的主题侧重与话语形式。新时期之初的"伤痕文学"之所以具有重要的文学史意义，与其说是其揭露控诉"文革"创伤主题的振聋发聩，不如说主题所赋予的这种"伤痕"式创伤叙事的意义。与其说代表了宏大的国家民族创伤的能指，不如说暗指了个体创伤从最初的失声于集体创伤到发出真正的声音的艰难开始。新时期文学在最初的关注历史、社会、政治的叙述，或者说历史大于创伤的叙事，就使得创伤叙事成为一个含糊其词但又具有丰富阐释空间的叙述与话语的对象。新时期之初的"伤痕"式创伤叙事就是反创伤叙事的创伤叙事模式，其实质是在揭露"文革"创伤的表面下对历史的终结书写，在书写创伤时也在试图遗忘创伤。创伤之所以被许可进行书写，乃是被当作对"文革"历史终结的一种方式，也是被视作推动意识形态话语的一种动力。创伤叙事的认识论基础就是意识形态希望创伤能反映或者传达某种现实关注，这种创伤叙事使大众明白无误地接受了其中的创伤指向与意义。当然，部分作家也有意识的在这种范式的创伤叙事中传达某些政治观念，从而规约着受创者形象，也决定着作品的叙事声音。

到 20 世纪 80 年代中后期，合法的创伤书写在控诉"文革"灾难的基础上，以国家民族创伤话语的形式建立与完成。随着新时期文学与政治之间亲密的合谋合作阶段的结束和社会环境的明显宽松，更多作家的主体意识逐渐地觉醒与加强，这种合法的创伤书写模式也走向了终结。在 80 年代大规模的西学东渐的外来思潮的冲击下，在作为书写方式的创伤叙事因主体意识的自觉自省而发生潜在变化时，一些作家不仅重新审视逝去的那段历史，而且开始运用现代小说技巧对创伤叙事进行寓言化创伤书写。这正是《一九八六年》在创伤叙事上的意义所在。

在新时期文学的创伤叙事形式和意义上，既是对其的反拨，也是对其的承继。

一方面，由于作家主体意识的加强，创伤叙事开始在形式和意义上走向个人创伤记忆的真正书写之路。"文革"创伤记忆决定了余华的写作方向，而在"文革"中的成长经历决定了余华表达创伤记忆的选择。童年时的余华经常能看到当外科医生的父亲血淋淋的从手术室出来的场景，也有着与伙伴们追逐观看枪决犯人的经历。① 所以，《一九八六年》没有被余华放置在主流的宏大叙事框架里，以回归的大团圆而结尾，而是从历史教师的内心波动与疯癫的感觉出发，更注重把握受创者的精神创伤世界。如果说国家民族创伤的整齐划一书写将个体创伤的独特体验遮蔽或忽略，从而使个人创伤处于失语境地，《一九八六年》则剥开了政治社会创伤的外衣，成功地展示了受创者独一无二的内在属性，使人们惊叹于余华对个体精神创伤的深邃感知与精准描述，也使创伤叙事发出失语已久的个体声音，有了关于个体与集体创伤记忆的真正表达。同时，这种描述"不只是如何看待一个历史事件的态度问题，也不只是个人与历史的关系问题，它与我们如何认识自己的生存状态、具有怎样的文化理想和精神价值直接相关"②。正因此，余华在一个虚幻的疯子世界里将创伤内在化的症候表达得淋漓尽致，使我们为他深重的创伤意识而折服。

另一方面，《一九八六年》里塑造的疯子形象也是对新时期创伤叙事形式和意义上的承继和深化。历史教师变为疯子的故事跨越了从"文革"到1986年的一二十年的时间段。如果我们觉察到了这样一个历史时段所具有的隐喻内涵，就会洞悉历史教师悲剧的实质，即是直指"文革"期间那段非常态、非理性的政治生活的极度荒谬性。"可以说，

---

① 余华在《一个记忆回来了》文中曾说："我觉得是自己的成长经历，决定了我在1980年代写下那么多的血腥和暴力。'文化大革命'开始时，我念小学一年级；'文化大革命'结束时，我高中毕业。我的成长目睹了一次次的游行、一次次的批斗大会、一次次造反派之间的武斗，还有层出不穷的街头群架。在贴满了大字报的街道上见到几个鲜血淋淋的人迎面走来，是我成长里习以为常的事情。这是我小时候的大环境。"见余华等：《文学：想象、记忆与经验》，复旦大学出版社2011年版，第128页。

② 摩罗：《论余华的〈一九八六年〉》，《文艺理论研究》1997年第5期，第55页。

疯子的形象是作者有意识地把一个灾难疯狂的时代阴影推向人们的视线之中，来揭示民众对历史的健忘和浅薄的乐观"①的。在人们就要淡忘历史和历史创伤的烙印时，余华以片段化、意象化的语言创新形式，将"文革"时期对知识分子进行精神迫害的行为和政治运动场景再次拉回到人们的视线之中，成为重新打量与审视历史创伤的新的契机。"对余华来说，显示抵达精神创伤之源的不可能性就是述说这种精神创伤的唯一方式。或者说，精神创伤没有被当作客体呈现，而是被当作主体的一部分被内在化了，因为叙事的毁形和断裂显示了饱受精神创伤的记忆。"②《一九八六年》在创伤的内在化属性与创伤所具有的意义两方面上都超出了此前对创伤历史的意识形态叙事。如果放眼考察世界上任何一个民族的发展史，就会发现这样悲剧的历史时段在某个国家、某个时代都曾经存在过。国外对创伤历史的审视已经产生了如《最蓝的眼睛》《命运无常》《林中之湖》《敌人，一个爱情故事》等众多关于创伤叙事的佳作。从文学所共通的创伤因子来说，《一九八六年》的创伤叙事是新时期最具有接近创伤经典品质的可能性。

《一九八六年》对暴力行为和历史记忆的书写，再次打开了人们对"文革"时代的创伤记忆的闸门。拉开创伤事件与创伤历史的时间距离，才能够调动所有的创伤经验，也才能够将深隐于心的精神创伤在现实社会中的意义彰显出来。正因为历史从未走远，也因为历史从未被遗忘，所以《一九八六年》才执着于深入个体精神创伤的内症，并在深刻反思后提供了国家、社会与人性的重建之路的借鉴。因此，塑造了一个疯子主人公的《一九八六年》，在 20 世纪 80 年代中后期的发表本身就是对创伤叙事的寓言化书写。

总体来说，《一九八六年》是一个奇怪的混合体，它包含了太多丰富的内涵。借用安妮·怀特海德的话来说，《一九八六年》"为当代小说家提供了一种传达创伤的非现实性，同时又忠实于历史事实的富有前

---

① 张景兰：《先锋小说中的"文革"叙事——以〈黄泥街〉〈一九八六〉为例》，《东南大学学报》2006 年第 3 期，第 92 页。

② 杨小滨：《中国后现代——先锋小说中的精神创伤与反讽》，上海三联书店 2013 年版，第 75 页。

途的手段"①。虽然这种创伤话语模式很快淹没在 80 年代的现代化进程和 90 年代的市场经济大潮下，昙花一现地绽放，但对创伤内在化所进行的勇于探索，却散发出文学魅力，并影响着此后的文学创作。21 世纪王小妮的短篇小说集《1966 年》，在捕捉人物敏感、多疑、惊惧的心理创伤时，就颇有《一九八六年》的风范，只是多了一些诗意般的轻盈，少了一份历史的厚重感。《一九八六年》既是对新时期政治观念下的创伤叙事的终结与反拨，也是对新时期之初曾萌生的精神创伤的异质因素的发展与深化，更是使新世纪文学中的创伤叙事得以延续的重要源头，使新时期文学的创伤叙事达到了一个新的高度，从而在新时期文学史上占有重要的一席之地。

---

① Anne Whitehead, *Trauma Fiction*, Edinburgh University Press, 2004, p. 87.

第五章　性别意识下的女性创伤叙事

　　新时期文学中，不同年龄、经历与创作观念的女作家加入到对"文革"创伤书写的队伍之中，无论是在创作数量还是艺术质量上，都取得了令人瞩目的成绩，"被认为是继'五四'之后中国第二次女作家涌现的'高潮'"①，也形成了新时期文学中重要的女性创伤叙事类型。性别意识是指个体对男女两性之间在生理、心理、生存境遇及社会角色分工、权力分配等方面的差异性的认识。从对新时期大一统的主流话语的唱和到呼吁男女社会平等的自主呼声，再到对女性自身成长经历中主体意识的真切审视，新时期女性创伤叙事完成了从无性别意识到性别意识觉醒的建构过程。新时期女性创伤叙事作品主要有《我是谁》《从森林里来的孩子》《剪辑错了的故事》《黑旗》《爱的权利》《一个冬天的童话》《诗人之死》《人啊，人》《岗上的世纪》《玫瑰门》等。这些作品有以女性视角与笔触揭露"文革"给人们带来的种种创伤；有以自身经历为素材呼唤被禁锢的人性的复苏，继续书写着女性独特体悟的"文革"创伤；有在惊世骇俗的性描写的外衣下，对女性的爱情命运、生存方式、精神追求的反思；还有剖析女性人生道路和心路历程，颠覆传统慈母形象，大胆犀利地解构了母亲神话的书写。"她们中间，有的人首先从描写人与社会、人与自然的外部关系转向探讨人的内心世界；有的开始对精神变态、梦魇、潜意识产生兴趣；有的则对旧的价值标准

---

　　① 洪子诚：《中国当代文学史》，北京出版社 1999 年版，第 234 页。

产生疑问。"① 从创伤叙事的视域，结合文本产生的历史背景、女作家的性别意识、人生经历、创作观念及婚姻情感等方面，探讨女性背负的沉重历史负荷，女性所承担的家庭责任，女性所追求的平等自尊，女性所独有的创伤心理特质，发现新时期女性创伤叙事的深刻内涵，或许可以将女性书写视为重写历史的另一种方式。

第一节　同声与异调：新时期文学的女性创伤叙事

在"文革"结束后的新时期，无论是曾经的获利者、旁观者，还是受创者，整个社会掀起了控诉、揭露、反思"文革"创伤的浪潮，形成了一种相通的社会氛围。从生理学的角度看，无论个体有怎样的差别，创伤都是人生中不可避免的生命经验。但是，女性作为被特殊关注群体中的一类，既对女性在社会历史与家庭婚姻中的人生价值、生存困境与女性身份产生了困惑，还承受着来自男权社会的道德话语与权力支配的重压，形成了女性群体独特的创伤心理。"我是女人，我与起源、与亲近的关系发自内心地息息相关。我是母亲，是女儿，我无法不让自己做一名女人……这不是人能够逃避的事情。在一种忠诚与另一种忠诚之间，如同一种与另一种差异之间那样，存在着深切的共鸣，一如不同国籍的异乡人会聚集在一起，一如人甚至可以在异国语言中捕捉到对差别的相似感受。"② 无论是无性别意识下的同声唱和，还是特殊人生际遇的异调吟叹，女性创伤叙事最终回归的是女性共通的创伤情感世界。

一　无性别意识下的同声唱和

论及新时期文学的女性创伤叙事应该从张洁谈起，1978 年第 7 期的《北京文艺》发表了她的《从森林里来的孩子》，是新时期第一篇女性创伤叙事作品，开启了新时期女性创伤叙事大潮。《从森林里来的孩

---

① 李子云：《女作家在当代文学史所起的先锋作用》，《当代作家评论》1987 年第 6 期，第 10 页。

② 张京媛：《当代女性主义文学批评》，北京大学出版社 1992 年版，第 228 页。

子》的情节、结构、人物等都相当简单，讲述了生活在深山老林里的伐木工人的儿子孙长宁，偶遇被送到森林里进行劳动改造的"黑线人物"——音乐教授梁启明，并在其悉心教导下终于被音乐学院录取的故事。这篇小说之所以被当作"伤痕文学"，主要在于控诉"文革"的主题与塑造的梁启明这个受创者形象。尽管小说没有用过多笔墨刻画梁启明与直诉"文革"罪恶，但通过少年的视角与简洁的对话，在隐忍的字里行间，将"文革"受创者梁启明的悲剧人生展示出来。梁启明搞了17年的"文艺黑线专政"，得了不治之症的癌，因不愿认罪、投降、出卖、陷害别人，而最终病死在这遥远的森林。他在饱受摧残后，把痛苦转化为力量，将心血全部花费在培养下一代孙长宁身上，成为文化的启蒙者。对梁启明的精神创伤也是以曲笔传达出来的，小说里写梁启明在治病与良心之间面临的艰难抉择，承认自己陷害别人就能回家医病，但要在以后生活里承受精神上的拷问，要么忍受肉体上病痛的折磨，但问心无愧。梁启明最终将精神痛苦深藏起来，坚守着知识分子的信念和良知。由此，"文革"造成的知识分子精神和身体上的双重伤害展露无遗，形成了对新时期主流文学的同声唱和。

此外，《从森林里来的孩子》最令人瞩目的当属它的写景状物之处，带着女性细腻情感又富有诗情的景色描写使这篇小说在以揭露与控诉为主的新时期创伤叙事中增添了不少女性特有的诗意与抒情。"太阳还没有升起来以前，森林、一环一环的山峦以及群山环绕着的一片片小小的平川，全都隐没在浓滞的雾色里。只有森林的顶端浮现在浓雾的上面。随着太阳的升起，越来越淡的雾色游移着、流动着、消失得无影无踪。""森林啊，森林，它是孙长宁的乐园：他的嘴巴被野生的浆果染红了；口袋被各种野果塞满了；额发被汗水打湿了；心被森林里的音乐陶醉了。"草明认为"《从森林里来的孩子》从另一角度去揭露'四人帮'摧残艺术天才"。① 就是指《从森林里来的孩子》流露出的与当时直接控诉的主流话语大相径庭的女性独特的创伤书写，在森林的纯净美

---

① 草明：《给张洁同志的信——关于〈从森林里来的孩子〉》，《文艺报》1979年第4期，第7页。

景与平和的氛围里，清新明快地讲述着有着淡淡哀愁的创伤故事。

《从森林里来的孩子》在新时期女性创伤叙事中是一个奇特文本。从这篇小说对"文革"创伤主题的选择、呼唤话语模式的运用及光明结尾窠臼的处理等方面来看，它并没有逃脱新时期之初创伤叙事的意识形态烙印。"总有一天，春天会来，花会盛开，鸟会啼鸣。""他睁开惺忪的睡眼，一种温暖的感觉渗透了他的全身，他好像在这温暖中溶化了。""等待着他们的，是一个美丽而晴朗的早晨——一个让他们一生也不会忘记的早晨！"这样的创伤话语与此后茹志鹃、宗璞、谌容等女作家揭露"文革"给人们造成的创伤表述共同构成了新时期女性创伤叙事的同声。但其构筑的带有象征意味的风景意象对铁凝、王安忆等女作家显然也有一定的创作影响，如王安忆的"雯雯"系列小说里的一个自我世界，铁凝的《哦，香雪》里没有受到现代污染的朴素美好的乡村天地等，又共同构成了新时期女作家创伤叙事的异调。尽管此后她的《沉重的翅膀》《爱，是不能忘记的》到《方舟》等小说，题材拓宽到反映社会重大问题，关注维护女性尊严与实现女性价值，描写觉醒的女性对传统道德的反抗等方面，笔锋日益犀利，也越发走向反诗情的粗鄙化与世俗化。但因"对那个逝去的悲歌时代的嘲讽和鞭挞与对已经开始的'美丽而晴朗的早晨'的讴歌，成为方才步入文坛的张洁创作连续交响着的双音部"[①]。张洁在新时期女性创伤叙事中具有开拓意义。

与此同时，历经劫难的女作家宗璞也以吻合主流话语的创伤叙事加入到新时期的女性创伤叙事的同声书写中。宗璞曾因1957年发表的小说《红豆》而引人注目，但也遭致批判，"文革"期间中断写作。新时期复出后创作出了大量的小说：《弦上的梦》（1978年）、《我是谁》（1979年）、《三生石》《鲁鲁》（1980年）、《心祭》《米家山水》《熊掌》（1981年）、《核桃树的悲剧》（1982年）、《南渡记》（1988年）。这些小说在内容上有的是对知识分子在动乱年代里肉体和精神上遭受的双重创伤的揭露，有的是对知识分子在灾难接踵而至的绝境中显现的独

---

① 杨树茂：《新时期小说史稿》，花城出版社1989年版，第52页。

立人格与真挚的友谊爱情的赞美，有的是对知识分子在国难当头的危急处境中人格坚守和不辱使命精神的刻画。在艺术手法的运用上，有现实主义的批判，有超现实主义的荒诞与象征，还有西方意识流的运用，显示出宗璞对艺术追求的有意识的探索与创新。

新时期文学中的女性创伤叙事中，宗璞的《我是谁》是一篇颇为重要的作品。小说塑造了韦弥这样的在"文革"时期既遭受了肉体上的批斗、毒打，又承受着人格被侮辱、丈夫含冤自杀的精神痛苦的一个癫狂者形象。在一个人妖颠倒、是非不分的时代里，遭受多重磨难和打击的韦弥精神错乱，主体意识完全丧失。她不停地追问"我是谁"，发现自己是人们眼中的"牛鬼蛇神"，在自己眼中又幻化成毒虫，寻找不到"人"的自尊与人格，最终以投湖自尽结束了悲惨的一生。尽管质疑了一个荒诞不经的社会乱象，《我是谁》结尾处的"然而只要到了真正的春天，'人'总还会回到自己的土地。或者说，只有'人'回到了自己的土地，才会有真正的春天"的政治意识解读，依然没有跳出新时期之初否定"文革"的既定窠臼。但"宗璞七八十年代之交的作品，至为淋漓地描摹了'文革'初年，描述了彼时命名异类时的任意、放逐异己者的残忍与酷烈。事实上，在整个20世纪80年代文化语境中，它作为一个太切近的记忆，一个魔影式的威胁，一个不断被反思又不容反思的历史，超过了所谓'震惊'或'创伤'一类的字样，以至于成为无语"。① 韦弥是一个失语者，批判的人对她施以鞭打、手印、阴阳头等行为暴力，围众对她施以语言、冷漠观望的冷暴力，她只能以疯癫者对客观世界的幻觉和内心世界的独白来表现她的精神创伤。

戴锦华认为"事实上，书写'文革'中的校园惨剧，迄今尚没有人超过《我是谁》之中的惨烈与深度"②。就《我是谁》里的女性创伤之痛来说，的确如此。韦弥的女性创伤来源于集体暴力，当韦弥惨遭批斗倒地不起时，有人把她当作一个定时炸弹，不敢触碰，有人在观察后

---

① 戴锦华：《涉渡之舟——新时期中国女性写作与女性文化》，北京大学出版社2007年版，第100页。

② 同上书，第98页。

厌恶地逃离，还有人是雪上加霜地再踢上几脚。在政治运动中，做人的权利，人的意识、自由和尊严，人性的温情与美好，完全荡然无存。《我是谁》里的各种细节帮助读者重构历史和社会的面貌，创伤性历史、有形无形的暴力、心理折磨的苦痛等，都以韦弥这个疯癫的人物形象的意识流表现出来。小说在这个意义上见证了一个原本正常的知识分子非正常死亡的全过程，并引出由政治事件所诱发的历史、社会与个人创伤，潜在的、毁灭性的暴力创伤记忆。《我是谁》里对集体暴力和对集体暴力无意识的展示与探讨应该是新时期文学中女性创伤叙事的一个重要的面向，甚至可以以此开始对特定历史时期里由国家认可、有组织又无意识的一种暴力行为进行历史文化的深层剖析。

同时期的谌容是一位在对社会问题的关注与历史的思考中，具有现实主义精神和严肃的写作态度的女作家。她的《人到中年》《真真假假》《太子村的秘密》《关于猪仔过冬问题》等小说一直捕捉与揭示着社会热点问题和现象，显示了她对社会历史悲剧的根源力求探索所作出的努力。有学者认为"在七八十年代之交众多的造成'轰动效应'的作品中，《人到中年》是极为突出的一部"①。眼科医生陆文婷个人生活的困顿和事业与家庭的两难境地，引起了社会的极大关注，也促成了对相关社会问题的最终改善。《人到中年》揭示的动荡年代之后中年女知识分子的生存、待遇等现状问题，与《我是谁》直诉动荡时代的荒谬乱象形成了互补与顺承的关系，成为新时期文学中对来自于社会、事业、家庭重压之下的女性创伤书写的滥觞。

新时期宗璞、张洁、茹志鹃等女作家的女性创伤叙事，体现出与男作家相同的创伤叙事方式，以吻合主流话语的创伤叙事加入新时期文学的建构中，呈现出以创伤的隐喻指涉历史的文学现象。这种文学现象的生成既说明了在"文革"刚刚结束的新时期初期，女作家的创伤叙事与性别意识无关，尚受政治意识影响的一种事实存在，也说明了新时期创伤叙事作品存在的通病：把暴露创伤作为达到期许的社会效应的手

① 戴锦华：《涉渡之舟——新时期中国女性写作与女性文化》，北京大学出版社2007年版，第113页。

段，必然陷入一定程度上的创伤叙事窠臼。小说文本在某些方面就具有主流话语的痕迹，如"等待着他们的，是一个美丽而晴朗的早晨——一个让他们一生也不会忘记的早晨！"(《从森林里来的孩子》)"结尾于一九七九年元月，老寿老甘重逢之时，互诉衷肠之际。奋斗，寻求多少年的理想，多少年，多少代价啊！终于付于实现之年，中国人民大喜，大幸，大干之年"(《剪辑错了的故事》)等光明式结尾。但是，新时期女性创伤叙事在风景描写、故事结构与表现手法等艺术方面却独具匠心，如《我是谁》里的意识流手法、癫狂的人物形象；《从森林里来的孩子》里的清新、明朗的笔调、优美如画的风景世界；《剪辑错了的故事》里的截取生活横切面的结构安排等。如果说同声创伤书写是新时期伊始女作家在无性别意识下的自觉写作，那么可以说在艺术形式上的创新是新时期伊始女作家的自觉探索，尽管这种探索在新时期之初被"文革"创伤主题所隐匿所遮盖，但至少是一种有意无意的初步觉醒，也使新时期初期女性创伤叙事在艺术上具有犀利与温情并存的多样化风格。

二 特殊人生际遇的异调吟叹

新时期有几位女作家有着较为特殊的人生际遇，作品引起较大争鸣的是具有"跨界"身份的女作家张抗抗和在"文革"中被称为文坛"小钢炮"的戴厚英。张抗抗在"文革"期间开始写作、在文坛崭露头角。1975年，她以黑龙江农场知识青年生活为素材的长篇小说《分界线》出版。她的创作初衷是想依靠自己的才能和努力，拯救自己、拯救自己的灵魂。事实如她所愿，《分界线》的发表使张抗抗成为当时知名的青年女作家，得以进入黑龙江艺术学校学习，后调入黑龙江作家协会，成为专业作家。张抗抗的这种人生经历甚至影响了当代著名作家阎连科的人生道路。阎连科曾回忆到，《分界线》这部小说封底内容提要介绍的张抗抗从杭州下乡到北大荒当知青，因为写了这部小说得以离开北大荒，留在省会哈尔滨的经历给自己以巨大的触动。"原来，写出这样一部书来，就可以让一个人逃离土地，可以让一个人到城里去。也就是那个时候，1975年前后，我萌生了写作的念头；种下了写一部长篇小说，到城里出版并调进城里的一种狂妄而野念的种子。"阎连科认为："对我影响最大的作家是张抗抗；影响我一生的作品，是张抗抗的《分界线》。"① 其实，新时期很多文学作品如《分界线》一样，对读者的最大影响，或许不在于文本内容的意义，而在于文本自身所产生的意义。

张抗抗称得上是一位幸运的作家，她在"文革"后期因创作出《分界线》而知名于文坛，改变了自己的人生轨迹。在"文革"结束后的新时期又陆续发表了《爱的权利》《淡淡的晨雾》《北极光》《白罂粟》等重要作品，她与她的一系列小说都成为新时期文学中的"典型"人物，也引起了很大的争论。对其"文革"前后的文学作品进行详尽研读，发现一个不容置疑的事实，那就是张抗抗总是立足于社会时代，执着于自己的文学理想，固执地发出自己独特的文学声音。正如梁晓声一语中的的评价："如非说她信仰着一种什么'主义'，我看她首先是一个人性主义者。认为是人权主义者也未尝不可。"② 她总是将自己置于变动的社会之中，不断地回顾与反省自己的文学创作。她在《找到"我"》《峨眉山启示录》里反思自己在"文革"中的创作，认为这些作品最大的缺陷就是丧失了"我"，缺失"心"。认为"'文革'的教条一直不同程度的影响着我，我现在写作，在语言和叙述上还感到有一种压力，我尽量克服这种影响"。③ 这是很富有意味的一种女性反思。因为从张抗抗每个时期的作品都能获得一定的成功来看，紧跟主流政治话语和社会形势显然使她的作品烙上了鲜明的意识形态性。她在"文革"结束后，在一定程度上否定了自己的成名作："《分界线》严格地说并不是文学，而是某种概念的诠释：是一种意识形态的工具和传声筒。"④ 这让笔者不禁联想到另一位在 20 世纪 80 年代中期否定自己作品的女作家张洁："我现在很不喜欢我的第一篇短篇小说《从森林里来

---

① 北岛等：《七十年代》，生活·读书·新知三联书店 2009 年版，第 401—402 页。

② 徐连源等：《当代作家面面观》，春风文艺出版社 2003 年版，第 376 页。

③ 梁丽芳：《从红卫兵到作家：觉醒一代的声音》，台湾万象图书公司 1993 年版，第 174 页。

④ 张抗抗：《谁敢问问自己：我的人生笔记》，时代文艺出版社 2007 年版，第 188 页。

的孩子》，但它 1978 年却获得最佳短篇小说奖。"①

无论是张抗抗还是张洁，否定自己作品的实质一方面是对自己在"文革"结束之初的特定历史时期被主流话语所淹没的失声现象的不满。在新时期这个特定的历史阶段，主流意识形态话语强化了"文革"创伤特征，将"文革"创伤归罪林彪、"四人帮"等少数坏人的奸臣当道，强调大多数民众的被蒙蔽欺骗的现象，这是一种被延迟、被认同的家国创伤。创伤成为一种隐喻，它指向一个非常时期的创伤社会，也指向一个非常时期的创伤群体。创伤的隐喻可以指认和归罪创伤的罪魁祸首，可以发现和揭示现实生活中的各种问题，也可以反思和揭露历史上曾经的某些错误政策，但最终怀揣家国重建的美好向往，力求抚平人们心灵上和肉体上的双重创伤，形成了新时期一种宏大的主流创伤叙事。它阻止了包括作家在内的个体意识的复苏，否定了人们在创伤中已经重复品尝到的痛苦，而流于某些浅层的指责与发泄，将创伤在小说文本中高度一致化，它的目的是将创伤更快地遗忘掉，而不是更好地记忆。

另一方面显示了女作家对多样化书写，特别是女性创伤书写的肯定与向往。当政治意识与文学创作的合谋开始逐渐解构时，当浓厚的政治氛围在要求尊重文学内在发展的呼吁中逐渐开始消弭时，作为不同个体的女作家们不再将她们的女性创伤囿于统一的政治需求中，而是开始关于女性自身成长道路上的创伤书写。因此，张洁的文学创作日益走向反诗情的粗鄙化与世俗化，但却开始彰显出她作为女性个体的独立思想。张抗抗从人性出发，开始在人的尊严、权利、个性等人道主义道路上探索，力图对女性的深层自我进行思考与反省。《爱的权利》是张抗抗在"文革"结束后的新时期里创作的第一篇小说，主要讲述了"文革"期间，女青年舒贝由于父母惨死而留下了难以愈合的心理创伤。她不仅自己不敢去爱，放弃爱的权利，成为一个苟且偷生的人，也极力阻止弟弟舒莫爱的权利。小说不仅描写了"文革"悲剧对舒贝心灵上的极大摧残，而且将舒贝从一个暴力的受创者逐渐走向暴力的共谋者这样的事实展现出来。不囿于创伤主题的揭示，而注重创伤给人们造成的精神负

---

① 何火任：《张洁研究专集》，贵州人民出版社 1991 年版，第 109 页。

担，是这篇小说更为重要的文学价值与社会意义，同时也表明张抗抗对于女性创伤的写作已经从非自主的应时功利性，转向自觉地对女性性别意识的探索。

在作品的轰动效应上，张辛欣和张抗抗理应放在一起论及。张辛欣的《在同一地平线上》《我们这个年纪的梦》《我在哪儿错过了你》《疯狂君子兰》等作品都在一片毁誉参半的喧哗声中引起了激烈的论争。她以更加敏锐的个人化视点将现代女性的现实遭遇展示出来，使女性形象从社会政治的公共空间重返婚恋家庭的私密天地，而且将女性痛楚的内心创伤不再局限于对历史灾难与时代束缚的书写中，表达了男女之间通过对话形成平等和谐关系的迫切渴望。

戴厚英的《人啊，人》这部长篇小说不仅是对自己在"文革"中批判"人道主义"行为的深刻自省，更是为新时期"人道主义"的宣示摇旗呐喊。这样巨大的反差，加上她在"文革"中所扮演的"打手"角色，都使她在新时期招致各种非难、怀疑与争议。如果说戴厚英的《人啊，人》以对新时期"人道主义"的积极倡导发出新时期女性创伤叙事的同声，可以说她的另一部长篇小说《诗人之死》从自身创伤经历出发，以发出女性独特真切的异调走进了新时期女性创伤叙事的视野。《诗人之死》是戴厚英在1978—1979年以自己的情感与生活经历为素材写出的处女作，原定于上海文艺出版社出版，但因种种原因，一直到1982年，由福建人民出版社出版。《诗人之死》写的是"文革"期间专案组组长女青年向南爱上了被看管的对象"修正主义诗人"余子期，两人的爱情在各种压力下以余子期自杀身亡，而向南也在反思与忏悔之中得以新生收尾的爱情悲剧。与其说《人啊，人》与《诗人之死》是以知识分子的身份，加入新时期之初血泪控诉"文革"暴行的行列，承继着新时期文学的创伤叙事，毋宁说两部小说都是以个体女性的身份，续写着女性个体在社会生活与情感经历的创伤体验，打开了女性反思、忏悔、倾诉与自省的闸门，拓展了新时期创伤叙事女性书写的视野。

以自传式加入新时期女性创伤叙事行列的还有女作家遇罗锦，她以斗士的姿态，以喷薄的激愤在新时期文坛上昙花一现地书写着女性创伤。在遇罗锦的写作中，创伤不断成为她个人进行创作的资源，并且在反复地改写与重述中，被塑造成关于"文革"的女性、家庭以及集体的创伤。而遇罗锦就是在这样的写作中无意识地进行着自我治疗与自我修复。因为她的创伤经历以及创伤叙事就是为了某种情绪上的宣泄——她失去哥哥的悲痛及由此株连带给家人的灾难，她为灾难的家庭所牺牲掉的爱情与婚姻等等——以尝试达到走出创伤的目的。但遇罗锦因为小说里更加鲜明的女性性别意识而招致批评，直至最后远走异国。她备受争议也是她的成名之作的小说《一个冬天的童话》有着明显的作者生活经历的影子，但我们不应庸俗狭隘地将《一个冬天的童话》仅仅当作遇罗锦个人情感史的讲述，这里有作者自传式的创伤记忆，但更充满了一种渴望倾诉与被人理解的心理寄托。"从创伤中恢复取决于将创伤公开讲述出来，亦即能够将创伤实实在在地向某位/些值得信赖的听众讲述出来，然后，这一/些听众又能够真实地将这一事件向他人再次讲述。"① 法维尔曾在《创伤后文化》一书中指出："人们不仅仅受到创伤，而且他们还利用它，这其中的目的不一，有出自善意的也有出自恶意的。"② 遗憾的是，遇罗锦此后因《春天的童话》甚至被攻击为"一个道德堕落的女人"，她作为女性的个人创伤并没有引起人们的共鸣和关注，反而因女性个体的婚姻情感而招致人们用伦理道德的标尺来对她进行宣判。《诗人之死》与《一个冬天的童话》既想完成刚刚过去的历史创伤，但又着重传达出在历史创伤中的女性个体创伤；既想以自传或实话文学的形式来达到真实坦率的女性自我剖析，但又以文学的形式进行了一定的组合、拼接与重构；既表达了女性个体在特殊历史时期所遭受的极大牺牲的创伤记忆，又传达了女性不甘命运捉弄、敢于追求幸福生活的一种渴望。在某种意义上，这种因女作家的特殊个人际遇而进行的创伤叙事，成为新时期文学中女性创伤叙事异调的吟叹。

此外，杨绛、茹志鹃、竹林、黄宗英、张辛欣、铁凝、残雪、芳

---

① 田鸣：《日本女作家大庭美奈子的创伤叙事》，《黑龙江社会科学》2014 年第 5 期，第 131 页。

② 柳晓：《创伤与叙事：越战老兵奥布莱恩 20 世纪 90 年代后作品研究》，中国社会科学出版社 2013 年版，第 118 页。

芳、蒋子丹、徐小斌、迟子建等诸多女作家也参与到新时期文学的女性创伤叙事建构中。无论是对国家民族灾难的主流叙写，还是具有性别意识的另类女性反思，无论是因"人道主义"的复苏而欢呼，还是对女性生存与价值的疑惑，新时期女性创伤叙事整体上与新时期创伤叙事的发展轨迹保持一致。对女性的生存困境、人生价值、精神创伤与悲剧遭遇等多重探索，使新时期女性创伤叙事中的女性形象幻化成各式各样的美好生命个体，也建构了新时期女作家同声与异调的创伤叙事书写。

第二节　疾病与精神家园：女性创伤叙事特征

女性由于其自身特殊的生理特点，一旦经历创伤，"女性创伤受害者比男性拥有更消极的对自身和世界的认知图式，女性更容易为创伤事件自责，对自身持消极的看法，也更容易认为世界是危险的"[①]。新时期女性创伤叙事源自对"文革"重大历史事件造成的巨大精神痛苦。在面对一段历史暴力、一个非常态社会以及一种无法表述的痛苦时，女性往往可能体验到更内在或更消极的心理创伤体验，如惊惧、羞耻、忧伤、焦虑、无助、负罪等种种情绪。新时期女性创伤叙事在关注与描写女性各种精神疾病的意象时，呈现出多样化的创伤叙事形态，见证了女性寻找精神栖息家园的艰难成长历程。

一　性别意识下的精神疾病

近年来，国内外学者对疾病的研究取得了很大的成果，福柯的《疯癫与文明：理性时代的疯癫史》一书认为疾病可以指代日常生活中的各种疾病，更多的则体现在精神创伤、心理病态和人格疾患等方面。维拉·波兰特的《文学与疾病》进一步指出"疾病在文学中的功用往往作为比喻（象征），用以说明一个人和他周围世界的关系变得特殊了"或"揭示社会和个人的失灵"。精神科医生托马斯·萨斯曾认为："精神疾病是一个荒诞的说法，因为只有我们的身体才能患疾病，而我

---

① 施琪嘉：《创伤心理学》，人民卫生出版社 2013 年版，第 150 页。

们的心灵生病只是比喻性的。"① 新时期文学中女性创伤叙事的一个最
显著特征就是通过对身体外在疾病的描写深入受创者的心理创伤世界。

《我是谁》中的女主人公韦弥始终处于一种极端疯癫的精神创伤状
态，表达了在一个非常态的社会里孤独无助、痛苦绝望的存在境况。这
种疯癫形式的疾病在新时期文学伊始，更多是用来直接控诉造成疯癫的
悲剧历史，并不指向疯癫与历史、创伤之间更深层的意蕴。但"疯癫
不是一种自然现象，而是一种文明产物，没有把这种现象说成疯癫并加
以迫害的各种文化的历史，就不会有疯癫的历史"②。因此，疯癫是受
到现实社会的打击排挤呈现出的最纯粹、最完全的精神外在症候，是个
体由于持续一定时间的精神创伤而引起的身体或语言上的病症，这种在
他人眼里的病症却是受创伤者对创伤的强烈真实的某种感觉。

及至残雪的小说《山上的小屋》，已经摒弃了疯癫的政治意义，开
始关注疯癫的精神虚幻世界。《山上的小屋》在将现实与历史完全虚化
的基础上，建构了一个更加非常态人际关系的疯癫世界。小说刻画出了
众多个体人物怪异行为中流露出的疏离、麻木的心理状态，探索的是精
神创伤中人性的弱点。人与人之间连最亲密的父女、母女、姐妹、夫妻
关系都已经难以维持，这还只涉及一家亲人之间的关系。偷窥、怨恨、
疑心、恐惧等是《山上的小屋》里所有人物的通病。身心疲惫、孤独
痛苦是每个人物的生存心理。《山上的小屋》在后现代文学的外衣下，
从内容到形式都充满了创伤意味。我与母亲之间的关系如此的畸形，母
亲先是小心翼翼地盯着我，到恶狠狠地盯着我的后脑勺，再到打定主意
要弄断我的胳膊。我被母亲盯着的后脑勺发麻、肿起来。反之亦然，我
到母亲房间找东西也把母亲吓得直哆嗦，以至于她得了重伤风。两人之
间完全没有母女之情。在我的眼里，亲人都有最隐秘的兽性，所以小妹
的一只眼发出狼的绿色，父亲的一只眼是我很熟悉的狼眼。所有的人都
是处于疯癫状态的病人，我认为"所有的人的耳朵都出了毛病"时，

---

① 邓寒梅：《中国现当代文学中的疾病叙事研究》，江西人民出版社 2012 年版，第 146
页。

② ［法］米歇尔·福柯：《疯癫与文明：理性时代的疯癫史》，刘北成等译，生活·读
书·新知三联书店 1999 年版，第 2 页。

家人们在黑咕隆咚的地方窃笑着，并反观我的所作所为，认为"这是一种病"。我在井边挖麻石，父母亲就簌簌发抖，被悬到了半空。这是因为他们既共同处于一个病态的社会，然后每个人又各自把内心蜷缩在自己的内心世界，充满敌意地看待他人。每个个体、每种关系都是病态的存在，这种病态的存在其实是一种为了使自己处于安全境地的安全行为。

病症在残雪的小说里似乎成为一种表达创伤的必要路经。在《雾》里，同样也是一群病态的人们，父亲认为母亲得了 20 多年的狂想症，而父亲在母亲眼里只是一件外套，两个哥哥得的是软骨病。《山上的小屋》开篇写道："在我家屋后的荒山上，有一座木板搭起来的小屋。"小说最后写道："我爬上山，满眼都是白石子的火焰，没有山葡萄，也没有小屋。"且不论梦幻中的小屋到底象征着什么，小屋的存在与小屋的消失，反映的是人们处于非常时期的一种精神错乱下的内心病症。"她的现实中所叙述的场景常常使我们想到'文革'期间人人都可能被窥视与告密，人与人之间互不信任，为了保存自己而不惜出卖别人，就是家庭亲人之间也互相设防，自私、无情。""残雪的小说是'文革'后文学创作中非常独特的存在。她用变异的感觉展示了一个荒诞、变形、梦魇般的世界，阴郁、晦涩、恐惧、焦虑、窥探和变态的人物心理及人性丑恶的相互仇视与倾轧，在她的作品中纠缠在一起，不仅写出了人类生存的悲剧，而且写出了人的本质性的丑陋特点。"[①] 如果说，疯癫最初是作家以隐喻形式与现实世界联结的一种形式，那么到残雪，疯癫不仅具有连接现实与历史的功用，而且已经将历史化为某种场景、片段烙印在人们心灵深处，成为精神上不可愈合的创伤，也使作家揭示出女体生存状态、精神世界以及人性弱点的内在属性。

新时期女性创伤书写中还有一些文本涉及对女性无名疾病的描写。《永远是春天》里的师丽华是一个性格温和、年轻娇美、积极上进的女大学生，但在与"我"这个老革命结婚后，竟然在苦闷与自卑中生病了。这种病在小说里被笼统冠之以"身体不好，长期在家养病"来含

① 陈思和：《中国当代文学史教程》，复旦大学出版社 1999 年版，第 272 页。

混指代。这里的疾病是一种无法言说的心理疾病，它暗示了新时期家庭主妇的创伤来自对自身女性身份的质疑与心理重负的不堪，其实质就是女性自身价值的无法实现与认可。这是可悲的逃避行为，也是可怜的弱者象征。《爱的权利》里的舒贝也是一个病人，她的病症是经常头疼和眩晕，她"格外盼望她的住院日期无限地延长下去，似乎只有在病房里才能避免那一次无法回避的谈话"。舒贝用生病来逃避与社会、他人的交流，不是因为她担心自己不敢爱的心理隐秘被曝光，而是因为她太在乎自己被剥夺的爱的权利。"从叙事的角度看来，一件事能成为创伤，必然因为是它触到了内心的痛处。痛处之所以疼，往往是因为在那里安放着人们所在乎的东西。"① 父亲临终前的"不要爱"的遗言，使她在巨大的心理创伤中封闭了自己的内心。《诗人之死》里的春笋，因为"文革"中父亲被打倒的缘故，不但被分配到农村劳动锻炼，而且当音乐家的爱好也无法得以实现，长期郁郁不乐，"不到一年，便忧闷成病了。据说是神经方面的毛病。贾羡竹不得不把女儿接回家里治疗。可是哪里治得好？二十来岁的姑娘智力迅速地衰退"。"一对眼睛总是忧郁而呆滞地望着窗外。好像一朵鲜花突然被掐断了根茎，在渐渐枯萎下去。""而且从这以后，她就反反复复唱着一支歌：《歌唱祖国》。但是，她眼里闪耀的再不是兴奋的光芒，而是深沉的忧伤了。"精神疾病显然更是一种象征，父辈政治问题株连到下一代人的健康成长，创伤的代际性在悄然传递，春笋的创伤更是一种难以抚平的心理创伤。

肉体上的病症可以用医学疗法使之康复，但一个人精神心灵上的各种病症：迷惘、孤独、焦虑、仇视、幻觉、逃避等，却需要社会、群体与个人共同的努力才能治愈。如张抗抗所说："很长一段时间里，我认为女性问题是不能够单独成立的，它一定是和整个社会制度、意识形态以及社会发展水平相关联，我作品中所写的女性人物，都是以'人'为出发点的。"② 20 世纪 80 年代末铁凝的《玫瑰门》里的主人公司猗

---

① ［澳］大卫·登伯勒：《集体叙事实践——以叙事的方式回应创伤》，冰舒译，机械工业出版社 2015 年版，推荐序第Ⅴ页。

② 张清华：《中国新时期女性文学研究资料》，山东文艺出版社 2006 年版，第 268 页。

纹也是一个病人，司猗纹的一生经历了中国几个重要历史阶段，小说详尽地叙述了司猗纹从心理正常走上人性畸变的病态一生。有评论道："铁凝在司猗纹形象身上，不仅汇聚了五四以后中国现代史上某些历史风涛的剪影，而且几乎是汇聚了'文革'这一特殊的历史阶段的极为真实的市民生态景观。小说最有艺术说服力和震撼力的部分，无疑是对'文革'时期市民心理的真实的、冷静的、毫不讳饰的描写。这种描写的功力在揭示司猗纹生存中的矛盾方面达到了令人惊叹的程度。"[①] 司猗纹虽然在特定的历史时代遭受了政治意识与社会秩序的双重创伤，但至少她还能用过人的胆识摆脱生存困境以自保。而在情感婚姻里，初恋华志远的抛弃、丈夫庄绍俭的羞辱，使她遭受了无以言说的精神创伤，最终以乱伦的恶作剧报复在公公身上。在历史与政治、社会与道德、爱与性的重重负荷下，司猗纹的创伤记忆终究使她走上了一条毫无生气的不归路，使她成为一个无法治愈的病人。由此可见，新时期文学中的疾病意象是女性创伤的隐喻，是女性创伤个人化的外在症候，是"女性对生命的承担以某种负价值的方式展现来自身体和精神状态——'病'作为一种精神意象，弥漫在故事的讲述中"[②]。它来自女性对自身生存状况陷入困境的清醒认识，正是因为无力、无法挣脱来自政治、社会、家庭与情感等方面的压力，所以才以各种各样的疾病状态示以外人。

　　"记忆不能改变过去，但记忆使我们知道人类曾经发生过非人的行径。而且，迄今为止，人类还没有能力走出自己创造历史也创造灾难的不幸阴影，因而对罪恶的体验与反省和对幸福的渴望与向往总是不可分割地根植于人的动机结构中。"[③] 所以说，女性的种种病症是社会的、意识形态的、个人的各种因素的综合介入下发生的，因为女性的病症根源于她们所遭受到的巨大的心理创伤。当无法、无力、无权理解和应对创伤时，不管是逃避还是面对，不管是沉默还是倾诉，都被具化为各种

---

① 曾镇南：《曾镇南文学论集》，花山文艺出版社2001年版，第152页。

② 崔颖：《无为的边界——张洁、张抗抗小说侧论》，《东方论坛》2007年第1期，第46页。

③ 张志扬：《创伤记忆——中国现代哲学的门槛》，上海三联书店1999年版，第137页。

外在古怪的、不可思议的行为。新时期女性创伤叙事在性别意识下对精神疾病的表述使之呈现出独特的创伤特质。

二 多样化的创伤叙事形态

新时期女性创伤叙事塑造了众多女性受创者形象：留学归来却遭批斗致疯癫的韦弥，本是造反青年却爱上看管对象的向南，为生活漂泊而尝尽人世冷暖的遇罗锦，失去爱的权利的舒贝等等。从女性创伤视角切入，对女性精神疾病与创伤心理的表达，对女性灵与肉的吁求与冲突等多方面进行女性创伤建构的同时，形成了其多样化的创伤叙事形态。

新时期初期，历经劫难的女作家经历了"文革"特定历史时期后，作为社会主体重新感受到一个崭新时代的呼唤，也抱着极大的热情开始全新的创作阶段。的确，"一如中国妇女的命运如此紧密地与中国的历史命运、与中国社会的变迁胶着在一起，新时期的女性话语亦相当繁复地与主流（男性）话语呈现出彼此合谋又深刻冲突的格局"①。在女性创伤叙事之初，宗璞、茹志鹃、张洁、谌容等女作家与男性一起作为历史浩劫的蒙难者、受创者的形象，完成对"文革"创伤记忆的控诉与重叙、对创伤历史的质疑与反思、对现代化追求的渴望与呼唤。女作家以积极、合作的共建者姿态开始走上新时期文学的圣地，她们与男作家共同担负起质疑历史与批判现实的主题。

从20世纪80年代初期到80年代末，新时期女作家的性别意识觉醒后，各种各样的生命体验使她们认识到女性与男性在生理和心理上的差异性。女性创伤书写经过了与国家民族创伤的相谋后，转向了与男权社会相对抗的女性受创者的心理书写。女性受创者遭受创伤后更容易出现负性思维，"他们可能会感到极度内疚，因为他们没能阻止创伤性事件的发生，或者没有应对的更好，或者别人死了，自己却活了下来"②。这种负性思维常常使女性受创者有愤怒的情绪和强烈的羞愧感，在女性

---

① 戴锦华：《涉渡之舟——新时期中国女性写作与女性文化》，北京大学出版社2007年版，第24页。
② 王庆松等：《创伤后应激障碍》，人民卫生出版社2015年版，第155页。

创伤叙事文本中呈现出激愤的反抗与忏悔的倾诉。

《一个冬天的童话》里的"我"不断地在社会、家庭与爱情的种种纠缠徘徊中选择。因为家庭的经济拮据，"我"决定结婚以减轻父母的负担，又因为北京宣传战时疏散的文件，"我"跑到北大荒叫卖自己以使父母弟弟能有个安身之处。与赵志国结婚后完成了安顿家人的目标，却又不满足于这种无爱的婚姻，憧憬着美好爱情的到来，与维盈的婚外恋以失败而告终，遭受着社会上的非议。女性主体寻找精神上的寄托，是如哥哥般虚幻的背影；寻找情感上的慰藉，是如维盈似的无情落空；寻找心灵的安宁，却是自我的否定。"我"代表了不断在选择中寻找女性的自我价值与主体意识的更多女性形象。无趣的婚姻、苦闷的情感、生存的困境集成一个矛盾性格的"我"。但是，大多数女作家对此选择沉默或逃避，遇罗锦也曾"以为自己的故事是见不得人的，总为自己的经历感到羞耻。……怕什么呢？怕别人指责和鄙视我吗？"遇罗锦将最真实的女性生命体验、最坦白的女性内心世界、最秘密的女性隐私在创伤主题的书写中暴露出来，意味着对传统文化、政治社会、男权观念等各种等级的挑战，也屡遭社会舆论的谴责与发难。这是许多创伤女性共同的感知或体验，也正是新时期文学中女性创伤叙事的独到叙事形态。

此外，还有从女性欲望、本体觉醒与女性命运的发展历史的角度来书写女性创伤体验的，最具有代表性的是王安忆与铁凝在20世纪80年代创作的女性创伤叙事作品。王安忆的《荒山之恋》《小城之恋》《锦绣谷之恋》《岗上的世纪》等作品"仍然是'灵与肉'，却不再是'人与兽'；仍然是个人难于逃脱的'宿命'，却不再关乎社会和历史"[1]。这种女性创伤叙事既逃离了新时期之初关于"文革"创伤对时代社会、政治历史等不满的隐喻书写，也寻找到触摸女性内心深处的情感世界，理解、舐舐、修复女性创伤的最佳途径。在性爱的外衣下，王安忆讲述的是女性自我的系列悲剧故事。在这些悲剧故事中，男性是被弱化的被

---

① 戴锦华：《涉渡之舟——新时期中国女性写作与女性文化》，北京大学出版社2007年版，第201页。

动形象，甚至是可有可无的角色。如《岗上的世纪》中下乡女知青李小琴与小队长杨绪国之间完全颠覆了传统文化中男女秩序，女性以主动的引领姿态扫荡一切愚昧的制约，焕发出女性生命本体的欲望、活力与生命力。这些作品的叙事视角、对事件与情感的衡量态度与立场始终保持女性的视角。王安忆在鲜明的性别意识下完成了对女性本体价值的肯定与对女性欲望的彰显与揭示，也完成了自己创作道路上的一次超越。

　　同样是"文革"题材作品，铁凝的《玫瑰门》除了浓墨重彩地对"文革"灾难给普通人们造成的心理创伤进行渲染之外，更是成功地聚焦于"文革"中暴露出的可怕又具有无形破坏力量的人性恶，从而使人们对历史、政治、社会、女性的反思不再局限于某个单一的面向。"与以往'文革'叙事中迫害者往往是政治的投机者和爪牙不同，《玫瑰门》展示的是普通人在特殊政治背景下的残忍与暴行，正是在普通人、身边人乃至亲人们的身上，从而与伤痕、反思文学中人民的天然正义和道德良善的乐观设定形成对照。"①《玫瑰门》塑造了一位从大家闺秀衍变成一位心理畸变的"恶"母司猗纹的形象。司猗纹也曾有过对爱情与革命的美好向往，但在屈从传统、遵从媒妁之言嫁到庄家后，新婚之夜遭受丈夫的凌辱，女性尊严被一次次践踏，使司绮纹的心理极度扭曲畸变。所以司绮纹主动用自己的肉体与公公乱伦作为对来自婆家屈辱的报复，而后成为施暴者的司绮纹又将自己曾经遭受的创伤转加给身边亲人，妹妹司绮频、儿子庄坦、儿媳竹西、外孙女苏眉、姑爸等都直接或间接地成为受害者。这部描写几代女性命运与情感世界的小说试图超越历史与男权的束缚，揭示出真正奴役女性的是来自女性自身的人性弱点：懦弱、卑怯、嫉妒、自私、虚荣与窥探。铁凝不动声色地从儿童视角展现出"文革"时期极端荒谬的社会状态，审视着在苟且偷生生存境况里被激发出来的人性恶。"作者冷冷地审视着司猗纹，洞悉着我们民族的心态。理解了司猗纹就有可能理解'文革'中为什么有那么

---

　　① 张景兰：《被遮蔽的"文革"叙事 ——从〈玫瑰门〉评论小史谈起》，《郑州大学学报》2005 年第 2 期，第 53 页。

多人狂热地陷入运动的漩涡了。"① 鲜明的女性意识使女作家开始挣脱政治意识与历史意志，自觉构建起女性的历史。

通过对新时期女性创伤叙事作品进行梳理、分析与阐释，考察女作家个体在"文革"前后现实生活中的不同境遇，发现其遭受着影响更深刻的创伤心理，也承受着更苛刻的社会舆论的指责。在创伤叙事形态上，研读女作家笔下的女性受创者的心理创伤描写，可以发现女性对创伤体验的表达与应对方式的多样性。《我是谁》里韦弥的自杀是女作家宗璞对"文革"创伤的直接控诉。《从森林里来的孩子》营造了特有的诗情与温情。《人啊，人》《诗人之死》表达了女作家戴厚英带着忏悔之心对被禁锢的人性复苏的呼唤。残雪的《山上的小屋》《苍老的浮云》等小说则以怪诞诡异的笔法、在荒谬变形的文学世界里展示了精神失常的人的心理状态。《一个冬天的童话》对新婚之夜的性描写是出于女性受创者的自发意识。"三恋"中惊世骇俗的性描写源自女作家对两性关系与女性本体的严肃思考。《岗上的世纪》在惊世骇俗的性描写外衣下，表达了对女性的爱情命运、生存方式、精神追求的真正思考。《玫瑰门》在洞悉人性之幽暗后，通过剖析三代女性的人生道路和心路历程，展示了女作家铁凝对传统慈母形象的颠覆与对母亲神话的大胆犀利的解构。无论是从性别意识探讨政治社会中女性首先作为人的生存处境，还是立足于社会两性分工与家庭角色来思考女性的价值所在，抑或是从畸形人性与精神裂变来揭示女性的成长与解放之艰难，新时期女性创伤叙事在展示受创者遭受更多方面的心理压力时，反映出丰富多彩的应对创伤方式，形成了多样化的创伤叙事形态。

在关于创伤后应激障碍特殊人群的研究中，女性是与儿童、老人并列的被关注群体。这是因为研究表明，女性在经历创伤性事件后，表现出心理创伤症状的可能性是男性的两倍，并且趋向于慢性化。因此，即使是经历同样的"文革"创伤，女性受创者或许遭受着更大的精神压力与心理波折，她们的人生命运也许就此改变，这或许是同为女性的笔

---

① 李杨：《文化与心理：〈玫瑰门〉的世界》，《当代作家评论》1989 年第 4 期，第 10 页。

者极为关注新时期女性创伤叙事类型的内在情愫。

三 寻找栖息家园的成长历程

新时期女性创伤叙事在书写"文革"创伤时精妙传神地表达出女性受创者的精神疾病与心理状态，虽然女性受创者受制于政治、男权与身体等因素，遭受着来自不同层面的精神创伤，但伴随着无助、焦虑、伤痛、恐惧、自责等心理创伤体验，女性终究寻找到可以栖息的精神家园。可以说，新时期女性创伤叙事也是关于女性不断寻找精神家园的成长叙事。

在新时期女性创伤叙事讲述女性受创者的成长故事时，创伤历史必定成为一个不可回避的文学叙事背景。《一个冬天的童话》里的女主人公罗锦首先遭受的创伤就是来自"文革"中哥哥因反动言论被批斗乃至处决的痛苦。因为哥哥，家庭处于被批斗被改造的政治境遇，进而造成自己判刑坐牢、下乡劳动，家庭陷入生存危机的境况。《人啊，人》里的女主人公孙悦在"文革"政治运动开始后被冠以"铁杆老保""党委书记的姘头"而遭致批斗，进一步导致孙悦被丈夫抛弃、婚姻解体的惨剧。《淡淡的晨雾》中的女主人公梅枚在"文革"政治运动中，从单纯地不自明"文革"毒害到逐渐意识到丈夫是深受"文革"极左倾向影响的畸形者的思想转变，使她在特殊的政治环境中逐渐成熟起来，也寻找到精神依靠。《玫瑰门》里的司猗纹是一位经历了几个重大历史阶段而心理发生严重畸变的女性形象，她在新思想启蒙的革命时代追求恋爱自由，但囿于门第观念最终妥协于媒妁之言的婚姻，开始苦难创伤的一生。在人人自保的"文革"运动中，她为了有一个合法可靠的政治身份，费尽心思的主动给红卫兵写信上交家具，做过糊纸盒、锁扣眼、当保姆等苦力活，这种性格嬗变与人性恶的迸发在特定的历史环境中是意料之中的创伤结果。更可悲的是，司猗纹同时还遭受着来自父权与夫权的压制，司老先生给女儿现代思想教育，出于父爱的本意用封建家长的意愿和威严包办女儿的婚姻，这种父权专制下的爱却毁掉了女儿一生的婚姻幸福。当司猗纹嫁给庄绍俭后，因失去贞洁承受着丈夫对她的轻侮与玩弄，因失去儿子遭受着公公的辱骂与憎恨。社会政治、父权夫权的实质是将女性看作父权夫权的从属物，最终剥夺了女性作为独立个体的尊严，也使女性成为最悲惨的受创者。政治环境，男权社会与性别桎梏等多重制约因素，注定了女性寻找精神家园之路的艰难与单一。

新时期女性创伤叙事作品常常通过设定一女三男的情节模式，展现女性受创者获得女性人格、尊严、权利与价值的精神探寻历程。《爱的权利》里的舒贝深受父亲不能有"爱"的临终遗言的思想禁锢，丧失了对爱的念想与追求权利。在弟弟舒莫与恋人李欣的帮助下，最终恢复了爱千千万万事物的权利。《一个冬天的童话》里罗锦在因哥哥的反动言论株连而痛苦时，与疼爱自己但具有大男子主义的粗鲁男人赵志国结合，组成了一个暂时安定的家庭，但并未获得精神上的满足。因此宁可放弃无爱的婚姻遭受世俗的非议，去追求自认为精神上相通、志同道合的爱人。但白净文雅的维盈却是一个内心懦弱胆怯的人，在"我"最渴望得到慰藉时，自私地离开了我。只有已经死去的哥哥，才是"我"心中最完美的男性形象，也是最终的心灵依靠，结尾更是直呼"哥哥，春天会来的，你是最可爱的，哥哥"。在《一个冬天的童话》里，罗锦与三个男性之间构成了不同层面的对话。哥哥遇罗克自始至终是罗锦的精神导师，无论是在婚姻与爱情的抉择上犹豫不决时，还是遇到事情内心胆怯、无助与孤寂时，哥哥始终是她心目中一个理想的男性启蒙者。

戴厚英的《人啊，人》中，同样写了女主人公孙悦在婚恋感情上与赵振环、许恒忠与何荆夫三个男人的故事。赵振环与孙悦青梅竹马，后结为夫妇，但在"文革"时期背叛了孙悦。许恒忠是一个世俗的功利主义者，他追求选择孙悦作为妻子，目标只是能得到生活中的最大实惠，这也是作为中庸之辈的许恒忠的可悲之处。何荆夫是戴厚英塑造的一个理想中的男性形象，遭受蒙难时不改初心，有着宽厚与坚韧的品德，也痴心不改地苦恋着孙悦。他爱祖国、爱人民、爱自己的事业，是一个文化英雄，也是女性创伤的抚慰者。无独有偶，张抗抗的《淡淡的晨雾》也是以女性成长的方式讲述女性对自己身份的困惑与疑问。梅枚的丈夫郭立枢在政治上是一个只看重权利的两面派，善于观察政治风向，"文革"时期"评法批儒"，"文革"结束后立刻转向。在情感上郭立枢也是个卑鄙的伪君子，他能言善辩，使梅枚很快顺从、崇拜乃至倾心于他。但他追求梅枚却是由于梅枚父亲具有一定权势可以更好地帮助他仕途发展的私心作祟。在"文革"结束，党的十一届三中全会召开的新的历史时刻，梅枚受到思想解放潮流的冲击，与卑劣顽固的丈夫的感情逐渐破裂。郭立枢的弟弟郭立楠是一个敢于质疑旧思想、追求真理的新一代青年，唤醒了梅枚重新开始新生活的希望，但真正让梅枚在精神上找到栖息地的还是她的那位正直的知识分子父亲荆原。小说中的荆原同样被塑造成女性成长道路上的思想解放者与引路人的形象。在创伤叙事视域里，女性受创者无论是在政治社会中还是在婚恋情感中，也不管经历了怎样的创伤心理，总是在逐渐觉醒的女性意识作用下，认识到作为女性个体存在的尊严与价值，走向被救赎或自我救赎之路，并最终寻找到精神家园。

新时期文学中的此类小说往往被看成是新时期的《青春之歌》的不同版本，是女性创伤叙事，也是女性政治成长小说。"人的成长带有另一种性质。这已不是他的私事。他与世界一同成长，他自身反映着世界本身的历史成长。他已不在一个时代的内部，而处在两个时代的交叉处，处在一个时代向另一个时代的转折点上。"① 在宏大的政治话语框架下，这些女性受创者的精神归宿与精神寄托似乎早已命定。孙悦选择何荆夫、梅枚最后寻找到父亲荆原、罗锦心目中的哥哥，都是必然的选择结果。因为女性创伤叙事作品中的男性形象往往象征着不同的生活道路、不同的价值理想与不同的精神文化，启蒙者与领路人才是女性受创者最终的精神栖息之地。也就是说，在女性成长道路上，必然最终会寻找到一个理想的男性启蒙者，不管是已经死去的还是仍然活着的曾经的受难者，就是女性受创者可以栖息的精神家园。尽管在讲述新时期女性受创者的成长历程时，常常设定的男性启蒙者人物形象流露出政治社会的某些拘囿，但也是某种程度上的僭越与颠覆。

但是，抛开时代背景与政治因素，就女性话语来说，小说里的罗锦、孙悦、梅枚等女性，她们除了为作为人的自由与权力而抗争外，更是为了作为女人的自由和权利而进行抗争。小说里涉及女性自我的最真

---

① 钱中文：《巴赫金全集》第三卷，河北教育出版社 1998 年版，第 232—233 页。

切的女性体验、最无奈的女性创伤话语或许被掩盖在与政治密切相关的女性成长主题文本里。但一旦凸显女性性别身份，对女性自我体验或女性创伤的涉及与书写，都必然会引起最大的争论与批评之声，甚至用伦理道德的标准来判断是非。《诗人之死》的面世之艰难，《人啊，人》与《一个冬天的童话》所受到的批判与非议，《北极光》《在同一地平线上》《我在哪错过了你》所引起的激烈论争，无一不说明"在女作家的笔下，女性角色的性别自我不仅朦胧暧昧，必须覆之以'人性'、'灵魂'等超越性的光环，而且对女性自我的追问，或对女性境况的书写则不断被指认为'可悲'的出轨、偏离与误区"的写作困境。① 追问女性自我和书写女性创伤的独特话语就成为女性创伤叙事的另一种途径。只不过它需要剥除小说文本中社会时代、政治历史的外衣，在隐匿的小说文本之中，在引发的一次次疾风暴雨般的论争与批判之中才能逐渐被发掘。

如果能用多样化的创伤叙事形态表达出最深切的女性创伤体验，能够对女性的生存状态、精神疾病乃至成长历程等多方面进行探索，让人们感受到创伤自身所拥有的精神内涵，不仅使女性创伤叙事成为新时期创伤叙事的一个不可或缺的女声部，也是其意义所在。

第三节 《一个冬天的童话》：创伤叙事的女性书写

在新时期文学中，有一部曾经引起强烈的社会轰动效应和招致褒贬不一的小说，那就是《一个冬天的童话》。有一位曾经因为不为世俗所容纳的婚姻状况而招致道德指责与非议，并最终远走他国的女作家，那就是遇罗锦。从因《一个冬天的童话》登上文坛到因离婚案件而被谴责为"一个堕落的女人"，遇罗锦本人和其小说总是杂糅成一体，以轰轰烈烈的方式出现在人们的视野焦点之中。选取《一个冬天的童话》这部小说作为新时期女性创伤叙事的代表文本，是因为小说文本除了将

---

① 戴锦华：《涉渡之舟——新时期中国女性写作与女性文化》，北京大学出版社 2007 年版，第 27 页。

女性在社会政治、婚姻家庭中所遭受的精神创伤的共通性展示出来以外，还具有更复杂、更丰富的意蕴和意味。如《一个冬天的童话》里看似并行的两条线索，遇罗克的故事与罗锦的故事，但实际上是紧密相关的纪实与虚构的创伤书写方式，由此引起了对这部小说较大的争鸣。遇罗锦以哥哥遇罗克献身的名义进行女性创伤书写获得成功的同时，却将个人的婚姻情感经历置于"被看"的境地，再次证明了女性"他者"的从属地位与女作家尴尬的写作处境。

在当代文学史著述中，洪子诚的《中国当代文学史》将《一个冬天的童话》作为揭露"文革"历史创伤的影响较大的代表作之一。顾彬的《二十世纪中国文学史》在论述当代女性文学时，以遇罗锦的两部自传体小说（即《一个冬天的童话》和《春天的童话》）为例，认为女性文学更看重主题，而非文学质量。[①] 而麦克法夸尔的《剑桥中华人民共和国史》认为"从遇罗锦的《一个冬天的童话》，到张辛欣《我们这个年纪的梦》（1982），……它们常常实质上或样式上是自传性的，重新肯定了个人的价值，特别是妇女的价值，它们需要关怀、需要爱"[②]。可以看到，《一个冬天的童话》在"文革"创伤书写上，在对女性生活生存的主题表述上，在洋溢着怀疑与激愤的情绪之中，始终充满着对历史的反思与疑惑，对人性的洞察与怀疑。但遗憾的是，在新时期特定的历史语境中，"女性写作者的文化身份与主体位置围绕着她的性别身份的隐现，在边缘与写作间呈现出滑动与漂移"[③]。正因此，在对遇罗锦的道德伦理方面进行强烈谴责的呼声中，遇罗锦的《一个冬天的童话》在女性创伤叙事上的文学价值，一定程度上被遮蔽，甚至失之偏颇了。

---

① ［德］顾彬：《二十世纪中国文学史》，范劲等译，华东师范大学出版社 2008 年版，第 139 页。

② ［美］R. 麦克法夸尔等编：《剑桥中华人民共和国史》下卷，俞金尧等译，中国社会科学出版社 1992 年版，第 817 页。

③ 戴锦华：《涉渡之舟——新时期中国女性写作与女性文化》，北京大学出版社 2007 年版，第 27 页。

一　纪实与虚构：关于《一个冬天的童话》的争鸣

1980 年第 3 期的《当代》发表了遇罗锦的《一个冬天的童话》后，立即引起了社会上强烈的反响与文学界很大的争鸣。《新观察》在同年的第 6、7、8、9、10、11 期上均刊登了一系列相关的争鸣文章，1981 年《作品与争鸣》创刊的头条对《一个冬天的童话》和相关论争文章也进行了转载。此外，《当代》于 1981 年第 1 期发表的《评〈一个冬天的童话〉》刊载了几篇持不同观点和见解的读者来信。既是争鸣，必然有赞赏肯定的声音，也有批评否定的声音。

持赞赏肯定的认为，"罗锦不爱赵志国，但在她的笔下依然写出了他许多的优点和长处；维盈由于自己的软弱最后失去了罗锦，但作者依然把他写得令人同情和可爱。这就使我们更加感到作品的真实、可信，更加感到罗锦的纯洁、善良、诚实。"还有一位读者写道："罗锦那向红卫兵求生下跪的情景、教养所里偷藏的日记、飞快列车上的扒手、为退一条裤子那乞求的眼泪、新婚之夜闪亮的剪刀、毫无爱情的生活、她父母的忧虑面貌和那婴孩的畸形头颅以及维盈退回日记回返的身影……都一幕幕地、非常逼真而清晰地展现在我的眼前。"而批评之声几乎都来自对遇罗锦的道德品德的质疑："作者很注重自己的内心世界，把客观强调得很重（虽然的确很重），而主观几乎没有，没有对个人品德的要求。""我看到罗锦同志的思想是不健康的。本人是有夫之妇，还看上别的小伙子，甚至是种诱惑，背着男人那样做，我认为是不道德的。"[1] 可以看到，无论是肯定还是否定之声音，都是将作家遇罗锦本人与《一个冬天的童话》里的罗锦当作一个女性来进行评判的。

文学界对其的评价最初是相当中肯的："以其干预社会和生活的尖锐性、形式的独创性和自我剖白中显示的震撼人心的艺术力量，赢得了广大读者。""遇罗锦与她的《一个冬天的童话》，无疑在思想解放者的

---

[1]　编者：《评〈一个冬天的童话〉》，《当代》1981 年第 1 期，第 252—254 页。

行列中和文坛上都有着相应的地位。"① 即使是在 20 年后，还有论者认为"遇罗锦率先把个人际遇导入伤痕文学，把表达国家和人民劫难的宏大寓言变为宣泄个人情绪的私小说"②。但是，这篇小说发表当年的 9 月，五届全国人大三次会议通过了新的《中华人民共和国婚姻法》，故这篇小说也引发了社会上关于爱情婚姻的道德论战，并波及这篇小说此后的一系列评奖活动。《一个冬天的童话》参加作协 1981 年的报告文学评奖而落选，同年又参与《当代》期刊的评奖，最初被评为"当代文学奖"。但此时，新华社的《内参》以《一个堕落的女人》为题，谴责遇罗锦的私人生活，随后，又有来电质问"《花城》要发《春天的童话》，《当代》要给奖，是不是一个有组织的行动?"③ 评委们紧急开会，决定取消获奖，并写信通知了遇罗锦。此后，遇罗锦本人一直被冠以"一个道德堕落了的女人"，而她的《一个冬天的童话》及其后的《春天的童话》被斥为"隐私文学""私小说"，遭到评论界的抨击和文学史的冷落。

关于《一个冬天的童话》的争鸣实质上涉及纪实与虚构的关系问题。在创伤叙事中，纪实的灾难见证叙事是创伤叙事的一种很重要的写作方式，也是建立作者与读者之间关系的一种有效方式。由于往往是亲身经历者才有叙述灾难的资格，所以纪实叙事能得到更多寻找历史真相的读者的信任。遇罗锦的《一个冬天的童话》在创作之初确实有纪实的初衷，这可以从她的创作动力和创作后的一些访谈得到印证。1979年 11 月 21 日，北京市中级人民法院作出再审判决，宣告遇罗克无罪。1980 年，《光明日报》以长篇通讯的形式连续两天报道遇罗克生平，遇罗克不畏强权政治、要求平等的事迹由此广为传颂。遇罗锦听朋友说在为哥哥平反一事后，立即开始提笔创作，以示呼应。作品发表时有"我写出这篇实话文学，献给我的哥哥遇罗克"的作者题记，也的确是

---

① 《遇罗锦与〈一个冬天的童话〉——访遇罗锦同志》，《安徽日报》1980 年 12 月 26 日。

② 王又平：《顺应·冲突·分野——论新女性小说的背景与传统》，《荆州师范学院学报》2000 年第 3 期，第 19 页。

③ 本刊记者：《关于一个冬天的童话》，《当代》1999 年第 3 期，第 186 页。

作为报告文学刊发的，而实话文学、报告文学都具有纪实叙事的要素。编者题记里则说："十年浩劫期间，遇罗克为了捍卫真理被捕以至于被残酷杀害前后，她和她的家庭也经历了种种磨难。据作者说，此文基本上是根据她个人的亲身经历写成的。"① 在《遇罗锦与〈一个冬天的童话〉——访遇罗锦同志》一文中也提到遇罗锦曾说"《一个冬天的童话》写的确实是发生过的真实故事。……她终于下决心，以自己亲身的经历为主题写一本书"②。遇罗锦从创作《一个冬天的童话》伊始就有明确的交流目的，为哥哥遇罗克平反，以控诉那个特殊时期对自己及家人所造成的沉痛创伤，也为开始自己的艺术之路争取到更好的条件。

但是，在纪实与虚构的说法上也有互为矛盾的资料。一是在《一个冬天的童话》参与评奖时，"原来是列入报告文学组的。报告文学组觉得难以对付，在评与不评之间不好把握。而且作品中所描写的志国和维盈等人，与真实情况出入很大，不符合报告文学的要求"。于是有人建议："既然对志国等人的有关事实真假有争论，不如把它作为一部小说来看。如果它是一部小说，主人公与事实上的某人某事有无出入，就不成其问题了。而曾经看过《冬天的童话》原稿的严文井同志出来证明说，遇罗锦交稿时声明是部小说，发表时标题下面括上'报告文学'四字，是编辑部加上去的。"③ 二是遇罗锦还曾说："觉得自己以小说的形式来写经历，作品中不敢用真实的名字，这主要是不敢暴露自己。"④"开始，我是用写小说的形式去写，但总跳不出真实生活的圈子。⑤ 从这两个方面来说，《一个冬天的童话》似乎从开始即是以文学的手法进行创作的，但又跳不出遇罗锦自身的生活经历。所以，纪实与虚构的问

---

① 遇罗锦：《一个冬天的童话》，《当代》1980 年第 3 期，第 58 页。

② 《遇罗锦与〈一个冬天的童话〉——访遇罗锦同志》，《安徽日报》1980 年 12 月 26 日。

③ 邓加荣等：《童话里的冬天：一个结过三次婚的女人——遇罗锦生活纪实》，春秋出版社 1988 年版，第 198 页。

④ 《遇罗锦与〈一个冬天的童话〉——访遇罗锦同志》，《安徽日报》1980 年 12 月 26 日。

⑤ 遇罗锦：《关于〈一个冬天的童话——给全国各地读者的回信〉》，《青春》1981 年第 1 期，第 60 页。

题一直交织在对这部作品的争鸣之中。

《一个冬天的童话》发表后，由于其中的遇罗克和遇罗克的故事是真人真事，因此大多数读者和评论者也是有意无意将其当作纪实叙述作品。纪实的灾难见证叙事本身具有较高的可信度和可信性，它的目的是真实地记录与保存灾难的记忆，达到某种震撼人心的力量，具有文献史料的价值。同时，对灾难的叙述、对受创者的同情，能够唤起人们对真善美人性的吁求。《一个冬天的童话》里遇罗克的故事是符合纪实叙事的特点的，追寻作为正义化身的遇罗克故事，正是体现出了新时期人们对在"文革"中已经丧失的人性的真诚、善良、美好的呼唤。但与此同时，以"我"的口吻讲述的罗锦故事，就读者而言，往往更认同为作者本人，也更愿意把文本里的故事当作作者本人的真实经历。何况遇罗锦在《一个冬天的童话》里为了突出大胆展示与剖析内心世界的勇气，也为了用更直抒胸臆的书写方式来表达过于强烈的情感，特意用罗锦来命名女主人公，因此，第一人称"我"毫无疑义地被直接指向了作者本人。但《一个冬天的童话》最大的问题即是小说文本中的罗锦文学形象与现实生活中的遇罗锦本人两者之间有着很大的出入，而"大众传媒向普通读者介绍一部作品，总是捎带着一些作者的故事。作者故事与作品故事越能相互印证（或者甚至是同一故事），作品就越能因为它的'真实感'而具有报道价值"。① 遗憾的是，《一个冬天的童话》不仅不能相互印证，反而成为互为矛盾的文本，这也进一步引发了对遇罗锦本人的批评。小说文本有意将哥哥和"我"的创伤故事设计为交叉的文体形式。同时，在创伤内容上，凸显出哥哥的精神和我个人的不幸，摒弃许多不利于自身形象以及性格缺陷的细节，使其处于纪实叙事和小说两种文体之间，也因之使《一个冬天的童话》本身就存在纪实与虚构的悖论性。或许在以后关于创伤叙事的文体中，纪实小说的出现并不是一件遥远的事情。如果用纪实小说来表述《一个冬天里的童话》，那么包括读者与评论者的大众，关注更多的是灾难发生时人们所受到的精神或心理创伤，而不是对现实生活中的某个个体进行舆论的道

---

① 陶东风等：《文化研究》第 11 辑，社会科学文献出版社 2011 年版，第 130 页。

德批判。

《一个冬天的童话》在新时期文学中所引起的广泛争鸣，是"男性话语规范与女性话语的冲突，实际上，女性写作真正的差异和特质正深藏在这些批判和论争之下"①。当男性作家通过个体创伤讲述历史创伤时，人们感受到的是普遍意义上的时代与历史创伤，但女性作家如遇罗锦通过个人创伤讲述对历史的反思时，人们的焦点发生了变化，将女性的个人创伤作为"看"的对象。女性的婚姻生活与道德观念，偏激的思想与执拗的个性，都成为被议论的话题，反而遮蔽了女性创伤言说的意义。把《一个冬天的童话》当作小说文本，从创伤叙事的角度解读，与同期的创伤文学作品相比较，我们看到的不仅仅是现实生活中的遇罗克妹妹或女作家遇罗锦，更是一个遭受"文革"创伤、家庭创伤与情感创伤的女性受创者形象，她在倾诉各种创伤感悟中不断对女性受创者进行自我审视，以寻找其位置与价值。但同时也将遇罗锦这位女作家陷入了"被看"的处境，成为新时期女性的尴尬写作困境。

二　"被看"的境地：遇罗锦的写作困境

不管是在作品中还是在生活中，遇罗锦不断宣称要追随哥哥坚持真理、敢于斗争的精神与思想。《一个冬天的童话》的题记中"我写出这篇实话文学，献给我的哥哥"、编辑题记里的"这部作品的作者遇罗锦是遇罗克烈士的妹妹"与结尾的"只有你是最可爱的，哥哥"的首尾呼应也印证了遇罗锦正是怀着深沉浓郁的情感，来表达对哥哥的敬仰之情。同时，出现在文坛和大众的视线里的遇罗锦首先被打上了烈士妹妹身份的标签。无论有意还是无意为之，《一个冬天的童话》发表后获得的礼遇多少与遇罗锦聪明地将自己与哥哥绑定在一起密切相关。正如编辑何净所说："因为，您和您的家庭遭遇，特别是您哥哥在'文革'中的遭遇，本身即是现实的，又是典型的，现实

---

① 王又平：《顺应·冲突·分野——论新女性小说的背景与传统》，《荆州师范学院学报》2000年第3期，第19页。

性与典型性结合为一了。因之，您的《冬天的童话》才会有现在这样好的效果。"① 无论是褒扬还是批评的评论者、读者也在不断强调着遇罗锦烈士妹妹的公开身份。因此，"被看"境地即是两重含义：一旦以烈士遇罗克妹妹的身份出现在大众的公共视野中，就成为被看的对象；以哥哥的名义、借助文学创伤叙事，在公共空间讲述个人遭遇，表达女性的话语权，同样处于被看的境地。

现实生活中的遇罗锦之所以走进人们的视野，是因为她在"文革"中的不幸遭遇。从她的相貌变化到她的婚姻，甚至她在某些方面的要强个性都成为人们审视的对象。遇罗锦这一代女性在"文革"中失去的太多，青春、爱情、家庭、知识以及理想，所以在新时期，她们努力抓住已经走远的这些东西，想要从外界各方面对自己进行弥补。她们是如此顽固地追求美好的理想，为追求理想而不惜违背伦理道德，不顾世人鄙夷的目光也要如此地执着于追求理想。遇罗锦尤甚，所以她执着于用文笔满怀激愤的来为自己追求理想而辩护。只是在为《一个冬天的童话》发表奔波的过程中，现实生活中的遇罗锦先成为被看的对象。遇罗锦从一个"十分聪明伶俐，天真可爱；鼻子小巧端正，眉毛细长，眼睛不大但秀气好看，而且非常明亮，很像她的哥哥"的小姑娘被生活磨砺为一个"身材几乎与我同高，体型比我粗壮不少，使我暗吃了一惊，一张颇大的圆脸，挂着几丝轻快的微笑，正对着我"② 的青年妇女，她的人生轨迹，因为在"文革"十年中遭受了重大的历史与精神创伤而发生了巨大改变。此后，遇罗锦在为人处世方面的圆滑世故，过于留恋名利的个人追求，善变敏感的个性都使她逐渐为人所熟知，也为人所鄙视。而她的婚姻状况因为沸沸扬扬的离婚案件也成为大众的闲谈笑资，最后被批评为"一个堕落的女人"。表面上看，遇罗锦是因为其品德的败坏而沦落到被鄙视的下场。但是，我以为，如果深究原因，它真实地表明，即使是在新时

---

① 邓加荣等：《童话里的冬天：一个结过三次婚的女人——遇罗锦生活纪实》，春秋出版社 1988 年版，第 173 页。

② 丁谷：《我所认识的遇罗锦》，《电影创作》1994 年第 3 期，第 57—58 页。

期，仍然是男权话语统治的社会环境与社会舆论，也依然在用社会道德伦理来评判女性。为遇罗锦的离婚案辩护过的李春光曾说："那样的，而且是有地位、有身份、有权力的男人有没有呢？我可以指名道姓、有根有据地举出一连串的例子。为什么从来没有人写一篇文章来指责这些'堕落的男人'？道理很简单，他们有地位，不可得罪；而遇罗锦既无地位，又无权势，也没有什么可以依靠的'后台'。"① 同一社会环境下，因为男权思想的作祟，女性往往比男性遭到更苛刻更严厉的谴责，即使这种出格行为源自她少女时代在"文革"中遭受了太多的创伤经历，以至于改变了她原有的对人生、婚姻、事业的看法，改变了她个人的命运。

既然遇罗锦不满足于仅仅以烈士妹妹的身份出现在公共领域里，以第一人称讲述"我"在"文革"中的创伤故事，那么，女作家遇罗锦必然也成为被看的对象。《一个冬天的童话》是由遇罗克的事迹和"我"的故事两部分组成，将遇罗克的事迹与"我"的故事并列为两条密切相关的线索，使遇罗锦在文坛上获得成功的同时，也再次证明了女性"他者"的地位。遇罗克由于写作《出身论》而惨遭杀害，在平反后，成为后人学习的榜样。也许读者更多期待的是一部关于"文革"英雄的纪实作品，但遇罗锦在满足读者的阅读别人故事的期待时，也有要发出倾诉自己独特经历与情感的声音的潜在愿望。正因为遇罗克在"文革"中坚持真理，遇罗锦及其家人经历了种种的磨难，才有了"我"的故事。遗憾的是，这部具有丰富复杂内涵的小说文本讲述"我"的故事的同时，让女作家遇罗锦受到了人们更多的道德谴责与批判，也将女作家遇罗锦对创伤书写的方式推到了被看的位置。

将女作家推向被看的境地主要体现在小说中对罗锦新婚之夜的场景和为追求爱情而发生的一段婚外恋的两处描写上。小说文本里有关新婚之夜的描写被编辑部简称为"一分钟占有"，"他坐下来脱裤子，

---

① 邓加荣等：《童话里的冬天：一个结过三次婚的女人——遇罗锦生活纪实》，春秋出版社1988年版，第199页。

一面望着我，一面脱得赤条精光"，"她的四只手脚一齐迅速地动作"，"而下身的意外疼痛，又使我仿佛挨了猛然的一击"。虽然在最后，被秦兆阳要求删得虚一些美一些，但依然成了当时最富有争议的文字。至于对婚外恋的描写，"《一个冬天的童话》之前和以后，以小说形式张扬婚外恋的作家，不是没有。但以报告文学描写并歌颂自己的婚外恋和第三者，遇罗锦是第一人"①。对罗锦新婚之夜场景和为人所诟病的婚外恋的描写如果放到在私人化写作盛行的 90 年代，或者现在来看都不足为奇，也不会达到惊世骇俗的效果。但在 80 年代初的语境下，在有着"献给我的哥哥"题记的小说里，其实质居然是关于女性个体在"文革"中所遭受的情感创伤的文学书写，尤其是对性爱和两性之间关系赤裸裸的涉及，难免超出了大众的想象与期待范畴。在勇于解剖、暴露自己的同时，也使自己处于"被看"的公开境地，这或许不在女作家遇罗锦的预料之中。在遇罗锦的人生成长与情感生活中，社会与家庭（包括哥哥惨死）的创伤严重影响到她的性格生成、自我认同与婚恋观念，催发了她的强烈的反抗欲望。但"在一个男性中心遗毒深厚的社会环境里，女性的经验，尤其是身心的感受，要么被遮蔽、被隐抑，要么成为被看和欲望的对象，这几乎是无可避免的"②。而遇罗锦渴望自身的不公遭遇与情感诉求得到关注的强烈需求，使她勇敢地选择了展示个人情感与剖析内心世界的女性书写方式。

　　当女作家遇罗锦视哥哥为依靠的力量和精神上的寄托，将这些创伤经历当作控诉的工具对社会历史进行反思与批判时，《一个冬天的童话》就明显暗合了当时新时期主流的"文革"创伤书写，并最终以"哥哥"故事的名义走向了主流创伤叙事模式。但是，新时期文学从伊始就在文学批评与主流话语的规范与制约下前行，尽管 20 世纪 80 年代初的政治环境与文学语境给予文学创作一定的书写"文革"历史创伤，包括干预社会政治与表露个人情感的自由，但新时期文学

---

① 本刊记者：《关于一个冬天的童话》，《当代》1999 年第 3 期，第 185 页。

② 陈厚诚：《西方当代文学批评在中国》，百花文艺出版社 2000 年版，第 453 页。

要求的是公共领域与私人生活之间的有分寸的把握与平衡，是在社会道德的限度与规范之内的个人控诉与情绪宣泄。遇罗锦宣称她的写作是以她的真实经历为基础的，这样，女作家遇罗锦与《一个冬天的童话》里的罗锦就很容易被混淆在一起。公开化的文本里对个人化的生活经历与情感生活的书写存在着自我审视与"被看"之间的悖论，使《一个冬天的童话》逃脱不了一种不可见的命运。所以，在烈士妹妹与女作家的身份上，在女性创伤与个人化私语的主题上，在社会历史现象与个人悲惨经历的叙事上，遇罗锦现实生活里不堪的婚恋情感（此时遇罗锦正与第二任丈夫闹离婚）与《一个冬天的童话》里的女性写作一同被置于公开的"被看"境地。

在20世纪80年代的时代背景中，《一个冬天的童话》的作者，无论是生活中烈士的妹妹，还是女作家遇罗锦都成为"被看"的对象。而《一个冬天的童话》文本中重塑的一个被改造的新的罗锦形象，一方面是小说虚构的必然要求，另一个方面也说明女性创伤之深，需要用另一个虚构的自我形象来掩饰这种自我创伤，以至于不能直面那个遭受创伤之苦的自我。审视《一个冬天的童话》小说文本，既以个人记忆的言说方式表露出女性历史创伤，又以讲述"哥哥"故事的方式参与到合法的主流创伤书写之中；既有女作家的自省与体悟，又有女作家不自觉的怀疑与依附意识，如此具有丰富的文学言说可能性的小说文本，真实地反映了遇罗锦的写作困境。

三　独白与记忆：女性创伤书写的意义

《一个冬天的童话》里大量运用的独白，是女性对创伤记忆进行书写的重要方式。作为一种艺术技巧，独白可以表现于两人的对话之中，也可以表现于内心独白中的对话，对话中的独白通过话语间的互动与相互影响反映出女性受创者意识上的波动与发展，独白中的对话反映的则是女性受创者意识上的内在思想冲突。单独把《一个冬天的童话》里的独白部分拿出来，就是一个女性受创者与精神寄托哥哥、与情感恋人维盈之间倾诉创伤体悟、不断质疑自我的对话文本。

在与哥哥的对话中，罗锦表现出女性受创者的忏悔意识。从不小心将哥哥托付的日记弄丢，到抄家中因软弱违心的下跪，再到怀疑自己婚姻的选择时臆想中与哥哥的辩论，哥哥始终是"我"的精神领袖，也是我倾诉心声的对象。"可爱可敬的哥哥""一个何等敢于解剖自己的人""他并不高大，但却须得仰视"等话语足以传达出哥哥在"我"内心世界中的至高无上的位置，也正是哥哥坚持真理的高尚人格的体现。哥哥越神圣，"我"就越卑微与自责。"我辜负了他的重托""哥哥，我对不起你呵""我配做他的妹妹吗""我仿佛听见了哥哥那愤怒的责难"。在与维盈的对话中，展现出女性受创者的情感需求。从初见维盈被他的与哥哥相近的相貌与气质所吸引，到认为找到知己的感动与欣喜，再到沉浸于爱情幸福之中，直至最后痛苦的分手。《一个冬天的童话》里包含着诸多类似的与哥哥、维盈、父母的对话，更多的则是自己的内心独白。在大段的与自己或他人的独白中，一个矛盾、孤独而又具有丰富情感的创伤受创者呼之欲出。她时时被践踏的女性尊严、被生活所逼迫的女性生存困境、被自卑意识打击的惶恐心态，使她尽管奋力抗争与逃脱，终究挣扎在寻找女性主体自我价值与女性意识的路上。

《一个冬天的童话》成功塑造了"我"这个自卑、忏悔、不安、敏感、多疑的女性受创者形象。在追求情感或感受幸福时，"我"不停地怀疑着自己与他人，始终存有自卑与不安的心理。"别忘了我已是孩子的妈妈了，我怎么配有这样的想法呢？""我想过和他一起生活吗？……但我从没认为能成为真的，因为我不配。"并且"我"对社会、恋人及他人（包括父母和弟弟）都持有一种强烈地不安、怀疑的情感。《一个冬天的童话》在书写"我"的创伤记忆时，用激愤而直白的文字书写了女性受创者所承受的种种创伤事件，可以看到来自不同层面的伤害如何在"我"的创伤经历中烙上印痕，或者说对创伤之源进行了多方面的揭示。

首先，就社会创伤而言，在抹不去的"文革"记忆里，母亲被扣于工厂，哥哥最终被捕，弟弟有家不能回而栖息于学校，父亲日益衰老无助，原本想避难的二姨家也难逃厄运，"我"敏锐地感受到身边亲人所遭受的"文革"劫难，虽质疑"记日记又有什么罪呢？一个人的日记除了自己，外人没有任何权利看"，也倍感侮辱，但求生的本能还是使"我"在抄家时跪下了。在面临种种生存困境时，女性要比男性更勇敢地面对并付诸行动，也更深刻地感受到作为一个人应该得到的尊重，因此，《一个冬天的童话》让人感受到更加真实质感的女性情绪与女性意识。

其次，就情感创伤而言，对于自视清高的"我"来说，当"婚姻"这个词汇第一次降到我头上时，我只感到屈辱。因为本该是相濡以沫的婚姻却只是一桩可笑的买卖，而本该是琴瑟相和的新婚之夜却成为最深刻的情感创伤记忆。之所以形成创伤记忆，还是因为在女性内心深处，依然有各种欲望的存在与追求自由的渴望，所以，后来"我"宁愿抛夫弃子，也要勇敢追求发自内心的情感需求，宁愿受到来自众多声音的唾弃，也要肯定女性存在的意义，只为在诚实与勇敢中求得心灵的安宁。倘若"我"仅仅满足于牺牲自己成全亲人而委曲求全，那么"我"只是新时期文学中遭受"文革"创伤的其中一个，而不是独一无二的这一个，女性主体的创伤记忆淹没在众口一词的主流话语里，也就意味着存在价值的丧失。所幸，《一个冬天的童话》里本属于众多"文革"受害者其中之一的罗锦偏偏是一个有着强烈个性的"我"的形象，跨越了新时期文学中无形的桎梏。

最后，就女性创伤而言，《一个冬天的童话》传达出一种女性不信任与怀疑的独特精神状态。对恩人赵志国，在"我"迫于无奈求助志国假结婚以便落户到北大荒，志国对"我"产生了好感，希望两人能真结婚时，"我"的感激之情不仅变淡了，叹息"谁也不能白帮谁"的世道，而且揣测如果拒绝志国，他可能会报复。对恋人维盈，"我"怀疑他更爱的不是"我"，而是他自己，也因此怀疑自己的爱是否真实，"我在他身上寻求的是爱情吗？"当父亲出于家庭的长远全面利益希望女儿嫁到富裕的地方，晚上和"我"追忆起自己的历史时，我却认为父亲无非是想表白他的心地是善良的罢了。甚至对母亲，为筹盘缠到北大荒，不得已让"我"将家里的两条棉被褥拿去当掉时说："你没看你姥姥活不了两天啦"时，那种不耐烦的口气都被"我"敏锐地捕捉到。"我"对家人、亲人及任何人的一种怀疑意识的疏离感，说到底还是女性受创者孤独、不安全感的心理创伤症候。

《一个冬天的童话》一览无遗地将女性受创者的创伤心理表露无遗，对女性创伤不是各种外在因素的归罪式的终结，而是女作家内在式的情绪宣泄与自我撕裂的文学书写，从而在创伤记忆的文学书写方式中，使女性个体丰富却又永远触及不到的精神创伤恰恰得到最深入的表述。"我"不断地在社会、家庭与爱情的种种纠缠徘徊中选择。因为家庭的经济拮据，"我"决定结婚以减轻父母的负担，又因为北京宣传战时疏散的文件，"我"跑到北大荒叫卖自己以使父母弟弟能有个安身之处。与赵志国结婚后完成了安顿家人的目标，却又不满足于这种无爱的婚姻，憧憬着美好爱情的到来。与维盈的婚外恋以失败而告终，遭受着社会上的非议。"可是我的痛苦是自己找来的呀！……难道真是我找来的吗？难道为了活命就非受这样的苦不可吗？"女性受创者寻找精神上的寄托，是如哥哥般虚幻的背影，寻找情感上的慰藉，是如维盈似的无情落空，寻找心灵的安宁，却是自我的否定。"我"代表了不断在选择中寻找女性自我价值的女性形象。无趣的婚姻、苦闷的情感、生存的困境集成一个矛盾性格的"我"，这是许多创伤女性共同的感知或体验。但是，大多数女性对此选择沉默或逃避，而《一个冬天的童话》运用独白的方式对女性个体的创伤记忆完成了女性创伤书写，这正是《一个冬天的童话》的魅力所在。

如果说《一个冬天的童话》用控诉"文革"的主流话语讲述哥哥的事迹，再现"文革"暴力场景，控诉、批判与质疑特殊历史时期的某些政治举措，以讲述"文革"创伤的方式支持了主流意识形态与话语的重新确立，那么将极具私密性的女性婚恋情感公开化，可以说是一次大胆坦诚的自我剖析与撕裂。《一个冬天的童话》里既有新时期之初创伤叙事的某些共性，如创伤的公共性与被合法化；又有女性文学的某些特性，如个人情感的私密性与被看性。但其异质性在于它不具有新时期之初创伤叙事终结创伤、展望未来的乐观特性，但又延伸了新时期创伤叙事中对心理创伤的细节描写。分析《一个冬天的童话》引起争鸣的纪实与虚构的文体，发现隐藏于其中的女性

"被看"境地与女性写作的尴尬处境，才能惊诧于遇罗锦在运用独白的方法，将女性受创者的孤独、悲哀、忏悔、疏离等种种心理创伤表征出来时，对女性创伤记忆进行的复杂而又独特的创伤记忆的文学书写方式，也使之具有新时期文学中女性创伤书写的独特文本。

　　女作家遇罗锦的个人生活境遇与创伤书写虽然并不能当作女性创伤书写的共案，但却为研究者提供了切入这个问题的有力佐证。这个在新时期文坛上昙花一现的女作家，引起人们关注的原因有两点：一是作为"文革"中为坚持真理而献身的英雄遇罗克的妹妹而引人注目；二是因为在20世纪80年代初的沸沸扬扬的离婚案而招致严厉的抨击。遇罗锦个人的写作才华与她特殊身份的结合，使她发表《一个冬天的童话》后走进人们的公共视野。小说大胆地描写婚外恋以及大胆地暴露个人隐私引起的争议，本身是属于文艺范畴的话题。但遗憾的是，包括评论家、读者的众多围观者将她的离婚案、个人品质与文学作品同置于被看的境地，打败了女性遇罗锦。审视遇罗锦的《一个冬天的童话》这部作品，可以发现这无疑是遇罗锦对自己创伤的一种掩饰与昭示的书写方式。笔者仔细读完，却不禁悲从中来，可以想象到遇罗锦的心理创伤之深。她把自己的创伤痛苦发泄到社会、男性、家人以及包括自己在内的所有人身上，使自己成为被批判被谴责的对象，最终被迫远走异国。遇罗锦的命运背后起到决定作用的还是她在"文革"中所遭受的沉重创伤，这种不能弥合的心理创伤使她偏激、固执地走向她自以为正确的道路，这或许是人们所忽略的重要一点。但遇罗锦本人连同她的《一个冬天的童话》的遭遇，将社会、政治、历史、男权、人性等所有方面都纳入被审视的范畴，却是新时期女性创伤叙事中的意想不到的收获。

第六章 新时期创伤叙事的悖论与承续

凯西·卡露丝曾客观谈到文学领域对于创伤的关注："我们可能总是间接地去获得认识，因此我们无法直接置身于他人，甚至我们自己的历史。与此类似，对于我们无缘接触的文化，我们不能以任何方式去做政治的或者道德的判断。所以，我们无法在更广的历史或者政治的范围内去理解独特而且具有悖论性的创伤体验。"① 从大历史环境来说，作家群体的创伤意识与主流意识的社会规范总是在各种文艺争鸣中处于纠结交错、此起彼伏的状态。从作家个体创作来说，个体的创伤记忆又总是在国家集体的创伤记忆的笼罩下，被纳入、被规训、被排斥或者被异化。从创伤叙事文本来说，作为形式的创伤与作为内容的创伤叙事凸显了创伤主题化与创伤症候化之间的不协调性。

第一节 新时期创伤叙事的三重悖论

新时期文学为我们提供了解读历史记忆与创伤叙事的可靠文本。新时期创伤叙事文本自带悖论性，因为创伤是一种无法言说的痛苦，而创伤叙事则是对创伤的回忆、再现与呈现。本节拟探讨新时期文学中创伤叙事的创伤意识与社会规范、个体记忆与集体记忆、创伤主题与创伤形式三方面的悖论性，以更好地把握新时期文学中创伤叙事的文化建构过程。

---

① Cathy Caruth, *Unclaimed Experience: Tranma, Narrative and History*, Johns Hopkins University Press, 1996, p. 11.

一 创伤意识与社会规范的悖论

新时期作家群体在十年"文革"的特殊时期经历了巨大的精神和肉体的双重创伤，其创伤意识在新时期之初呈现出高度统一化的态势。尽管在某个时段内创伤意识有所增强和分化，但在主流意识的各种社会规范中，"这些作家所做的自我批判，都面临着一个难以解决的矛盾。这就是社会对他们的要求和他们的自我意识之间存在的'悖论'"①。由于个体的政治思想、人生经历、历史意识与文学观念等方面的差异，创伤对个体造成的创伤意识不尽相同。作家群体的创伤意识与主流意识的社会规范必然发生多次的冲击与对撞，走向趋同性或者走向异质化、走向被规训或者被压抑。

新时期主流意识对创伤意识的规范主要表现为以各种大型期刊为阵地开展的对一些文学作品的讨论和争鸣，也包括对各种兴起的思潮的批判和新时期开始建立的各种评奖制度。新时期主流意识的社会规范与作家群体的创伤意识从契始就处于复杂交错、此消彼长的发展态势，或包容宽松，或规训冲击，或严厉批判。如新时期复刊后的《文艺报》，作为迅速反映和报道当代中国文艺运动的主要刊物，从1978年月刊到1981年改版为半月刊的近3年时间里，以召开座谈会、刊发文艺领导人讲话、开办"群言堂"与"读者中来"栏目、发表本刊评论员文章等各种各样的形式，对由"伤痕文学"论争所涉及的文艺问题进行了全方位的展示和探讨。当经历过"文革"浩劫的作家群体迫不及待地进行创伤叙事以表明对"文革"批判的态度，引发"伤痕文学"论争时，《文艺报》恰到好处的主导并提供了一个言论相对自由和较为宽松的舆论环境，与作家们默契地将文学创作规范在主流意识形态范畴内，以论争的方式体现了对新时期文学的支撑和建构。

但是，1979年出现的电影剧本《苦恋》《在社会的档案里》《女贼》，话剧剧本《假如我是真的》，小说《飞天》《调动》等一批更

---

① 洪子诚：《作家姿态与自我意识》，北京大学出版社2010年版，第84页。

加大胆尖锐的批判性叙事文本，不仅是新时期作家群体创伤意识的深度发展与爆发，也是主流意识形态对作家创伤意识的一次严厉的社会规范，二者之间的悖论性也因此得以鲜明地呈现出来。以对《苦恋》的批判为例，《解放军报》最先于 1981 年 4 月 18 日发表部队读者批评《苦恋》的三封来信，接着又在 4 月 20 日以"本报特约评论员"的署名发表了《四项基本原则不容违反——评电影文学剧本〈苦恋〉》一文，随后《时代的报告》《文学报》《湖北日报》等也纷纷发表批判文章，开始了对《苦恋》的批判运动。徐庆全曾评价对《苦恋》的批判在社会上产生的影响："那时，'文化大革命'这场浩劫刚刚过去，人们对'文革'的创痛仍记忆犹新。面对《解放军报》上纲上线的批判，人们不用太怎么打开记忆的闸门，江青借助于林彪这个'尊神'从军队获得支持的种种就会浮现在眼前。"① 这场风波于 1981 年 9 月正式平息，但主流意识的社会规范对作家群体的创伤意识强烈的冲击力已然明了。1980 年《文艺报》在受到周扬和贺敬之的批评后，着手改版事宜。主编冯牧提到《文艺报》改版后的工作任务："要研究当前的文艺形势，特别是四次文代会后中央确立的文艺方针，提出系统的选题。……现在再写'伤痕'，就不深刻了，作家必须与国家大事结合起来，写出能鼓舞人、有助于人们解决新矛盾的作品来。"② 可以发现，随着各大主流期刊在政治意识形态指导下对新时期文学建设的转向，作家群体的创伤意识受到一定的压制。

作家群体的创伤意识虽然受到一定程度的遏制，但并非就此隐遁而不再显现，而是一直在遏制中萌生与发展。新时期伊始盛行的"人道主义"思潮和异化问题就是人们在"文革"结束后对这场浩劫的痛定反思。从 1979 年张洁的《爱，是不能忘记的》、高晓声的《李顺大造屋》到 1980 年发表的张贤亮的《邢老汉和狗的故事》、戴厚英的《人啊，人》、遇罗锦的《一个冬天的童话》和张弦的《被爱情

---

① 徐庆全：《〈苦恋〉风波始末》，《南方文坛》2005 年第 5 期，第 44 页。
② 刘锡诚：《在文坛边缘上——编辑手记》，河南大学出版社 2004 年版，第 449—450页。

遗忘的角落》，再到 1981 年张辛欣的《在同一地平线上》、1982 年张洁的《方舟》等一批大力倡导人道主义的文学作品，在生存、爱情、人性、价值等多方面力图突破以往一元化文学观念的束缚，表达作家群体对此的感悟和呼应，也是经历了历史灾难的作家群体在遭受精神创伤之后的一种抗争。这可以说是人们在创伤之后对历史文化的最深切的思考和追问，也是创伤意识的自觉体现。但 1983 年的"清除精神污染"运动再次中断了新时期文学中创伤意识的自由发展。这场源自周扬的《关于马克思主义的几个问题的探讨》一文的运动是改革开放后的第一场文艺运动。尽管这场运动很快结束，但新时期作家群体的创伤叙事的丰富性在主流意识的规范中再次被压抑以至于失声。

　　1985 年以后，美术界兴起一场追求风格多样化、艺术现代化的变革思潮。这股思潮很快渗透到希冀文学创作摆脱政治意识、社会规范等深层诉求的文学界，开始出现一批对现代小说各种技巧进行美学追求的作品。刘索拉的《你别无选择》、徐星的《无主题变奏》和残雪的《山上的小屋》等小说既是对这种在艺术上新的美学追求的呼应，也是作家"'文革'中被狂热的信仰鼓动而又被突然抛弃的特殊经历，造就了他们虚无、孤独的反抗意识"① 的真切表达，更是作家在现实生活中无处安放的精神创伤意识的体现。这称得上是作家创伤意识对主流社会规范在文学创作上的不断反弹。

　　新时期 20 世纪 70 年代末开始设立的各种文学奖项也是制约作家创伤意识发展方向的重要元素。全国性的文学评奖活动是从 1978 年的全国优秀短篇小说奖开始的，后来又增设了全国优秀中篇小说奖、全国优秀报告文学奖、全国优秀新诗奖等。这些奖项主要由中国作家协会或中国作家协会授权的《人民文学》《诗刊》等期刊主办。1978 年《人民文学》（第 10 期）刊登了《举办一九七八年全国优秀短篇小说评选启事》，声明评奖标准是"群众推荐与专家评议相结合"。可以看到，新时期文学评奖初期较为看重读者大众与社会反响，但这些获奖作品仍然是主流意识把握新时期文学创作走向以及文学界各种

---

　　① 陈思和：《中国当代文学史教程》，复旦大学出版社 1999 年版，第 266 页。

观点、力量相互妥协的产物。以遇罗锦的《一个冬天的童话》参与文学评奖的遭遇为例，《一个冬天的童话》最初参加了1981年优秀报告文学评选活动，最后落选。另一位获奖女作家黄宗英要将自己的奖品一支笔送给遇罗锦，以示对遇罗锦的支持。黄宗英说："三十年代，人们尚且能够支持上官云珠，到了八十年代，我们为什么还容不下一个遇罗锦呢？"同年《一个冬天的童话》又参与《当代》期刊的评奖活动，由于当时遇罗锦的私人生活与个人品德遭到舆论谴责和道德抨击，本来要获得的"当代文学奖"也因一个电话最终被取消。如果说《一个冬天的童话》因隐私性和大胆的性描写而成为一个个案，那么当时以《在同一地平线上》《我们这个年纪的梦》《疯狂的君子兰》等小说而蜚声新时期文坛的女作家张辛欣，从未获得过国内奖项却是不争的事实。

新时期文学中的创伤意识与社会规范的悖论性并非完全归咎于主流意识的强势与介入，作为创作主体的作家群体也存在自身的悖论性。"每一个人都有自己的人格面具，作家亦然，人本来就不可能完全祖露自己，亦即人类本不能澄清自己。但文学又要求人对自身的不加掩饰，要求作家的绝对真诚，于是，作家与文学就又陷入了一个二律背反的两难境地而难于自拔。"① 相反地，当文学要求人对自身进行粉饰，要求人听命于政治意识形态时，作家同样无法听从内心的召唤，而陷入与文学的二律背反的两难境地，"不存在只能在个体记忆内部加以保存的记忆，一旦一个回忆再现了一个集体知觉，它本身就只可能是集体性的了"②。并由此引起了个体记忆与集体记忆的悖论性问题。

二 个体记忆与集体记忆的悖论

新时期的创伤叙事中的个人记忆与集体记忆其实是纠缠不清，界

---

① 王春林：《人世的倾斜与畸变——评铁凝的〈玫瑰门〉》，《当代作家评论》1989年第6期，第57页。

② ［法］莫里斯·哈布瓦赫：《论集体记忆》，毕然等译，上海人民出版社2002年版，第284页。

限不甚清晰。"区分这两种记忆模式的是，个人记忆的发出首先受无意识法则的支配，而公共记忆——不管无意识的兴衰变迁如何——则是就一些社会群体或就权利分配而言，证明了一种选择和组织历史表述的意愿或需要，因此这些内容将被个人当作他们自己的记忆来接受。"① 这里的公共记忆与集体记忆可以等换使用。

　　文学中的创伤叙事首先是个体应对创伤的一种方式，因为从创伤的本源上说，创伤最初是发生在个体身体上的伤害，引申为由此造成的精神或心理上的失常表征。由于"每个个体对创伤的体验和感受不同，也就会用不同的方式来表达它。有的人选择沉默，希望新的现实生活可以覆盖创伤经历、让自己完全康复；有的人选择不停地诉说，借助一遍遍地向他人复述自己的故事来缓解伤痛，寻求外在的帮助；有的人选择文字，在文字编织的世界里与过去再次相遇，通过语言来释放恐惧、找寻慰藉；有的人选择材料，通过收藏、设馆、旅行等实际的方式来平衡过去与现实的关系；有的人选择放弃信仰，因为无法再把上帝之爱与残酷的人世磨难联结起来"②。文字就是经历过创伤和苦难的人们关于个体记忆的书写，只有在创伤叙事中，创伤才能成为个体记忆。但是，"创伤回忆以显著的悖论为特征，……对有意识的回忆和控制来说，他们却仍然大部分是无法利用的。虽然在创伤的噩梦或闪回中，事件以一种生动和精确的形式重返，但它也同时伴随着失忆症"③。换而言之，创伤实质上是一种难以言说的伤痛，所以在创伤叙事中即使书写创伤，也是经过了一定的心理过滤，并反复考量社会政治、道德伦理以及人性价值等方面，选择可以利用的创伤回忆以试图达到疗治创伤心理的目的。正如莫里斯·哈布瓦赫认为："要到发生在我们身上的事情当中，去体会各种事实的特殊含义，而社会思想无时无刻不在向我们提示着这些事实对之具有的意义和产生的影响。就是这样，集体记忆的框架把我们最私密的记忆都给彼此限

---

① Anne Whitehead, *Trauma Fiction*, Edinburgh University Press, 2004, p. 43.

② 赵静蓉：《文化记忆与身份认同》，生活·读书·新知三联书店 2015 年版，第 103 页。

③ Anne Whitehead, *Trauma Fiction*, Edinburgh University Press, 2004, p. 140.

定并约束住了。这个群体不必熟悉这些记忆。我们只有从外部，也就是说，把我们置于他人的位置，才能对这些记忆进行思考。为了恢复这些记忆，我们必须沿着他人假如处于我们的位置也会沿循的相同道路前行。"① 每一个关于创伤的个体记忆都是独特的，而众多的个体记忆之间就形成了互文性，不经意间就记录了关于某段历史记忆的影像。当关于个体记忆的创伤叙事得到社会某类集体、团体或群体的认同时，就转化为关于集体记忆的创伤叙事，从而受缚于意识形态并为其代言，但同时个体记忆必然逐渐遭遇被取代，甚至招致失声的境地。因此，被安置在集体记忆的框架中展开创伤叙事并体现出一定意义，又溢出未被抹去的个体创伤记忆的叙事文本就成为考察个体记忆与集体记忆之间悖论性的最好实证。

新时期家庭创伤叙事与女性创伤叙事大多是从创伤的个体记忆着手，但又显著地被烙上了鲜明的政治与性别话语印记，从而呈现出一定程度上创伤叙事话语的同质性。同质性并非否定曾经发出的异质性的个人呼声，只是这些叙事文本被凸显的是配合新时期政治文学新举措的创伤叙事话语和隐喻意蕴，被遮蔽的是淹没在集体记忆的强大包围中的个体创伤意识与创伤话语。也就是说，为时代政治所需的个体记忆被人为地迅速转化为集体记忆后，占有文学史的一席。反而是那些曾经有过争鸣或受到批评而长期受到文学史冷落的作品，如《波动》《晚霞消失的时候》《苦恋》《假如我是真的》《诗人之死》《一个冬天的童话》等，在研究个体记忆与集体记忆的悖论性上更有价值。从文学史研究的角度来看，这些具有个体记忆特征的作品很少被学者作为研究对象，呈现出被遗忘的文学现象。以《波动》为例，在学术期刊网里输入主题词《波动》，只有不超过十篇相关的评论文章。除《晚霞消失的时候》外，其他几部小说都有类似的检索结果。而《晚霞消失的时候》虽然曾经成为个案研究热点，但仍然逃不掉在文学史上的尴尬地位。《晚霞消失的时候》一般被看作是手抄本小

---

① ［法］莫里斯·哈布瓦赫：《论集体记忆》，毕然等译，上海人民出版社 2002 年版，第 94 页。

说，也有将之看作是前伤痕小说，但作者礼平却极力否认。20 世纪
80 年代初对《公开的情书》的冷落，对《波动》的遗忘，对《晚霞
消失的时候》的批判，很大程度上是因为它们与新时期所需求的集体
创伤记忆的话语实在大相径庭，又与 80 年代的现代话语相距甚远。
而对《诗人之死》《一个冬天的童话》的冷落一方面来自女作家的性
别身份和私人化的创伤话语，另一方面则源自文本中自传式的创伤经
历对"文革"政治历史的冲击力和震撼感。

　　以《一个冬天的童话》为例，创伤之于记忆的影响最大限度地体
现在遇罗锦的这部小说创作上。现实生活中的遇罗锦与《一个冬天的
童话》里的罗锦表现出创伤之于记忆的选择性的巨大分歧与差异。不
由自主地流露出来的这种悖论性，显然是女作家的精神创伤在现实世
界与艺术世界的分裂性体现。在《一个冬天的童话》中，无论是作
者有意还是无意为之，人物身份设定为遇罗克的妹妹——遇罗锦的定
位，就已经将这部小说置于创伤的集体记忆框架之下。小说中的罗锦
在少女时代并没有与哥哥有太多思想上的交流，但随后因弄丢哥哥的
日记导致哥哥被捕并被杀害，继而自己也遭到劳教流离，陷入生活甚
至生存的困境的多舛命运使她深深了解到"文革"运动的残酷性。
显然，《一个冬天的童话》将一个饱受"文革"创伤的女性个体形象
推到读者面前并居于主体位置，能够引起广大民众同情的泪水，是与
哥哥不幸的政治遭遇有着密切的关联。曾于 1979 年在中宣部召开的
理论务虚会上作《是复辟资本主义，还是复辟封建主义》发言的
《时报》副总编辑何净，在和遇罗锦讨论实话文学时说："因为，您
和您的家庭遭遇，特别是您的哥哥遇罗克在'文革'中的遭遇，本
身既是现实的，又是典型的，现实性与典型性结合为一起了。因之，
您的《冬天的童话》才有现在这样好的社会效果。"① 实际上，遇罗
锦对哥哥的记忆也只是停留在哥哥在"文革"中的叛逆与反抗，甚
至是音容笑貌的回忆而已。遇罗锦显然不满足于对政治历史的揭露和

_____

　　① 邓加荣等：《童话里的冬天：一个结过三次婚的女人——遇罗锦生活纪实》，春秋
出版社 1988 年版，第 173 页。

控诉，她利用了新时期这种已达共识的集体创伤记忆进一步激愤地为自己鸣冤不平，她要抗争，也一直在抗争。利用对哥哥的个人记忆来抗争"文革"造成的个体精神创伤，并试图利用哥哥的反叛意识探究"文革"对一代人的意义，尤其是"文革"对个体女性的意义，很好地诠释了关于女性个体创伤的书写，更是血淋淋地揭示了她的精神创伤之痛。这个记忆无论是对小说文本之中还是文本之外的遇罗锦，仅仅是创伤记忆的开始，在与生活、社会的对抗中，遇罗锦的遭遇映射出她作为个体女性的创伤记忆。"她身上的两重性格比任何人都更为突出，更为典型，更为复杂！一方面是那样强烈的追求，另一方面又是苟且偷生；一方面有着高雅的情趣和对美的感受，另一方面又是那样粗俗、鄙陋、自私、市俗习气甚浓。……她的这种反复无常的性格，主要是出自她心理上的反常，具体来说，出自她的心理上的多虑、多疑、多忌、多变。""她的这种变态心理的产生，一半归之于她自己，一半归之于社会。"① 于是，作家遇罗锦的精神创伤之深使她有时对自己的精神痛苦讳莫如深，有时又会夸大其词，这就造成了个人记忆与集体记忆之间的悖论，也成为备受指责的口实，以至于新华社内参以《一个道德堕落的女人》公开抨击她的人格道德。戴锦华曾认为"在新时期的女性文化的图景中，女性写作者的文化身份与主体位置围绕着她的性别身份的隐现，在边缘与写作间呈现出滑动与漂移。"②

如果说遇罗锦因纠缠于时代社会带给她的精神创伤与痛苦体验而创作出独特体悟的《一个冬天的童话》，那么又因深陷于这种个人痛苦不能自拔而使后来的《春天的童话》没能再超越此前的成就。尽管遇罗锦有意识地摒弃掉某些历史记忆，然而记忆并不是个人所能抹掉的。遇罗锦的精神创伤一方面极其鲜明地烙上私人记忆的色彩；另一方面又试图积极地参与到公共话语里，遗憾的是这两者之间的悖论

① 邓加荣等：《童话里的冬天：一个结过三次婚的女人——遇罗锦生活纪实》，春秋出版社 1988 年版，第 189 页。
② 戴锦华：《涉渡之舟——新时期中国女性写作与女性文化》，北京大学出版社 2007 年版，第 27 页。

性使遇罗锦的创伤叙事在当时未能获得主流意识的完全认可。《一个冬天的童话》最终被取消获奖，《春天的童话》发表之后受到的抨击，已经意味着遇罗锦的个体创伤记忆最终消弭在集体创伤记忆中的结果。但仍然有人断言："我相信，再过多少年，当那些流言蜚语早已云消雾散之后，而《冬天的童话》则仍然留在读者的记忆中，我们如果摄于某些不负责任的流言蜚语而不肯承认这部作品的价值，那么，总有一天，作品本身的生命力会回过头来嘲笑我们的怯懦。对于这一点，我是深信不疑的。"①

曾被称为"第一个敢于撕破千百年来裹在女性身上那层虚伪的牛皮而泄露自己隐私的女性"② 的遇罗锦尽管已经逐渐被历史遗忘，但她的《一个冬天的童话》来源于女性个体真实的创伤经历与记忆，而又将历史事实与文学虚构融合在一起的文学书写方式不仅在新时期80 年代的文坛上具有独特的影响与地位，更重要的是彰显出个体记忆与集体记忆之间的悖论性，使我们发现了深入研究新时期文学中创伤叙事的一个新视角。

三　创伤主题与创伤形式的悖论

谈及这个问题，首先要清楚认识到新时期文学中的创伤叙事所涉及的"文革"历史的性质问题。官方的权威说法是："文革"是一场给中华民族带来严重灾难的政治运动。人们在日常生活中也习惯把"文革"称为"十年动乱""十年浩劫""文化浩劫"。新时期文学的创伤叙事就是基于这样的历史事实在文学艺术上对此的记忆、叙述与反思。"对历史灾难的认知模式有两种：一种是'客观发生'模式；另一种是'文化构建'模式。前者认为，灾难对个人所造成的伤害是一种客观发生的事情，它本身具有清晰可辨的反道德性质，这个本质的意义不允许作任何的道德粉饰。'构建模式'认为，历史事件是

---

①　邓加荣等：《童话里的冬天：一个结过三次婚的女人——遇罗锦生活纪实》，春秋出版社 1988 年版，第 200 页。
②　郭小东：《白杨林的倒塌——论赵枚的小说》，《上海文论》1989 年第 2 期，第 60 页。

一种本身没有本质意义的过去发生，灾难的'邪恶'是一种由阐释者共同体所构建的意义。不同的阐释者群体出于不同的动机和需要，可能对同一历史事件作出不同的阐释，构建出不同的事件意义。"①这里的"文化构建"模式类似于杰弗里·C. 亚历山大提出的文化创伤理论。新时期文学中创伤主题与创伤形式之间的悖论就是在创伤的建构模式中清晰地呈现出来。

1977 年 8 月召开的党的第十一次全国代表大会，华国锋宣告"文革"结束，此后复苏的新时期文学开始了对"文革"历史灾难的叙述，对在历史灾难中受创者的关注，新时期文学的创伤叙事也随即开始其建构模式。在创伤叙事的建构过程中，首要涉及的问题即是承担"文革"历史灾难的责任问题。当新时期文学高度默契地配合党的十一大决议，将创伤责任限定于"四人帮"及少数坏人时，就启动了"文革"创伤的模式化建构。"四人帮"及少数坏人的归罪不仅将"文革"灾难中大多数人从可疑的致伤源中解脱出来，而且将"四人帮"及少数坏人以外的人以"我们"的名义团结了起来。"我们"可以包容创伤过程中的旁观者、逃避者和背叛者等各色人物，因为旁观者、逃避者和背叛者都可以声称是受到了"四人帮"的蒙蔽、指使或逼迫。新时期之初的"伤痕文学""反思文学"正是在此思路上建构起了"我们"的"文革"创伤，却忽略了"我们"所包含的旁观者、逃避者和背叛者等在创伤的形成过程中所起到的推进作用，更无视创伤叙事中本应具有的丰富性和多义性。"我们"所建构的国家民族的创伤是政治意识观念下的创伤，也是把创伤主题化的建构过程。可以说，创伤主题化就是文学作品叙述创伤时有意忽视创伤中的个体情感体验，并把作为叙事内容的创伤进行概念化的传达。读者接收到的就是关于"文革"创伤简单归罪或者宣告浩劫历史结束的信息，而作为主题的创伤是为了抚平、治愈与遗忘创伤，走向光明的未来。

---

① 徐贲：《五十年后的"反右"创伤记忆》上，见徐贲的新浪博客，网址：http://blog. sina. com. cn/s/blog_4cacf1f301000bhw. html.

　　当然，忽视创伤中的个体情感体验的创伤主题化写作，并不是要否定新时期文学存在对创伤中的个体情感体验的流露与描写的事实。《波动》里的肖凌、《晚霞消失的时候》的南珊，《诗人之死》里的向南和《一个冬天的童话》里的罗锦等都以质疑、辨析与抗议的声音表达了创伤个体最深切的痛苦。这些作品被置于国家民族创伤的框架之内，导致个体创伤情感话语被覆盖在国家民族创伤话语之下，但至少表明了新时期文学的创伤叙事在被主题化的构建过程中，仍然有自身属性的文学需求。至于《无主题变奏》《山上的小屋》《一九八六年》等集体创伤叙事，已经开始了由叙述创伤转为对创伤记忆的描写了。对创伤记忆的描写要求作家在自由精神、创伤意识与反思深度等方面有了超越之前的新认识。所以，《一九八六年》里的历史教师"以满身伤痕和丧心病狂的攻击欲，出现在这个虚假的春天里，与沉默的、满足的、懒散的、虚怯的大众形成了鲜明的对比。它的存在方式乃是对大众精神状态的抗议。他以沉重的脚步敲打着沉默的大地，实际上这是拍在愚顽大众脸上的激愤的耳光"。[①] 这是一个令人震惊的受创者形象，他以疯子的面目呈现在大众面前，是因为作家余华深刻地认识到个体的精神创伤感觉并非轻易的抚平与治愈。"精神创伤标志着过去无法确认的震惊的痛苦折磨，冷酷无情的危险和残暴悄悄地从原来的不明骚扰转化为现实。"[②] 创伤最终还是回归于创伤本身，创伤后遗症的各种症状终于在"文革"结束的十年里，摆脱了政治意识、社会环境与文学主题等各种外在因素的束缚，以震撼人心的疯子形式出现在公共空间与公众视野里。它可以使我们再度感受到历史的残酷景象，"通过疯子的记忆和印象过滤，我们能真切地感受到'文革'时期的场景与氛围：受害者对生命消失的冷漠和平静表明鲜血和死亡是那个时代的日出时间，这一刻的死亡事实随时可能在下一

---

　　① 摩罗等：《虚妄的献祭：启蒙情结与英雄原型——〈一九八六年〉的文化心理分析》，《文艺争鸣》1998 年第 5 期，第 60 页。

　　② 杨小滨：《中国后现代——先锋小说中的精神创伤与反讽》，上海三联书店 2013 年版，第 78 页。

刻降临到另一个人的身上"①。也可以如《山上的小屋》里的"我"一直生活在自己的幻觉世界，还可以如《无主题变奏》里的"我"因为历史的创伤记忆而与现实生活发生摩擦与抵牾。这是创伤形式化的构建过程。创伤形式化就是通过描摹创伤的各种症状抵达心理深处，造成震撼人们心灵冲击的效果。读者接收到的不再仅仅是创伤的主题，而是震惊于创伤对个体造成的巨大精神伤害的影响。作为形式的创伤是为了让人们铭记创伤，理解创伤之深的不可愈合性，以避免今后的创伤。

但是，"如果创伤小说是令人印象深刻的，它就不能避免在形式方面显现出它的主题的令人震惊和不可吸收的本性"②。这就是创伤的主题与创伤的形式之间的悖论。传统现实主义的创伤主题化就是为了让读者相信创伤事件与创伤过程的发生是客观的历史事实，而创伤的形式化则是运用各种现代技巧，传达出创伤事件和创伤过程的破坏性。"带领读者，使他完全沉浸在一种'状态'之中，既不意识到他正在阅读，也不意识到作者的身份，这样最后他会说——并且也相信：'我去过（那里）。我确已去过了。'"③ 曾经一度被压抑、遗忘的创伤记忆以极限的实验形式被释放出来，或许已经成为另一种创伤构建模式。那么，这种形式的创伤能否达到令人信服的客观历史事实就很可疑了。正是创伤主题与创伤形式的悖论性，使得新时期文学的创伤叙事始终在叙述创伤与描写记忆创伤之间游走徘徊。

新时期文学的创伤叙事正是一个从叙述创伤、将创伤主题化到描写创伤、将创伤形式化的转换过程。这既表明了新时期之初的确存在某种政治意义上的话语禁忌，也表明了"文革"创伤记忆对国人的精神创伤之深远。但正如拉卡普拉所认为的："将极力抑制的创伤记

---

① 张景兰：《先锋小说中的"文革"叙事——以〈黄泥街〉〈一九八六〉为例》，《东南大学学报》2006年第3期，第90页。

② Anne Whitehead, *Trauma Fiction*, Edinburgh University Press, 2004, p. 83.

③ ［美］W. C 布斯：《小说修辞学》，华明等译，北京大学出版社1987年版，第34页。

忆用语言表述出来是从创伤中康复的必要途径。"① 不管怎样的创伤表现形式，新时期文学的创伤叙事都是对创伤历史的应对方式。

第二节　新时期创伤话语的合法性与充分性

"人们不愿面对创伤的因素有很多。归纳起来可以分为三种：一种来自别人；一种来自自己；一种来自关系。"② 新时期文学中的创伤叙事正是围绕着这样三种创伤源所进行的多种多样的阐释，在阐释中使新时期文学中的创伤话语在一定的语境中获得了合法性与有效性，但合法性与有效性不等同于创伤话语表达的充分性。创伤本身所蕴含的丰富性又必然促使创伤叙事走向最充分最自由的表达。结合新时期创伤文学作品，勾勒一个具有普遍性的新时期文学创伤叙事的概念框架，以更好地对创伤叙事的反思与承续有整体的把握和理解。

研究新时期文学的创伤叙事，从文学与政治的博弈关系来衡量是一个不容忽视的角度。因为文学作品一旦发表，就成为一种不容置疑的客观事实存在，也必然成为评论和考察的对象。也许在某个时期看重它的是主题内容的社会学意义，也许在某个时段侧重于它的是文学属性，也许在某个年代偏重它的是审美品格。从如何建立有效合法的创伤话语过程来进一步考察叙事作品，显然更具有历史厚重感。如果说《班主任》《伤痕》《神圣的使命》等被意识形态认可的创伤话语在经过多次的讨论与争鸣中获得了合法有效性，占据了文学史的一席之地，那么《晚霞消失的时候》《波动》《飞天》等则因其过于锋芒毕露的批判性创伤话语而遭遇冷落，失去了应有的文学史关注。同样的，与其说《受戒》《美食家》《棋王》等因其别具一格的美学风格受到评论界的好评，《山上的小屋》《一九八六年》《无主题变奏》等因其现代小说技巧或先锋形式的探索得到评论界的称赞，不如说是新

---

①　Dominick Lacapra, *Writng History*, *Writing Trauma*, Johns Hopkins University Press, 2001, p. 18.

②　［澳］大卫·登伯勒：《集体叙事实践——以叙事的方式回应创伤》，冰舒译，机械工业出版社 2015 年版，第 1 页。

时期创伤话语在失去合法有效性后、另辟蹊径地寻找到了充分自由的表达创伤的新的话语形式。从创伤叙事上看，人们往往表达或隐藏的都是自己最在乎的东西。"每一种在乎，都是有故事的。倘若不去了解这些故事，而急于消灭创伤，我们就会错过一些机会。创伤原本是在告诉我们很多东西，我们岂可充耳不闻？"① 因此，考察新时期创伤话语的建构过程，对于真正理解创伤一词并对创伤进行文学意义上的书写具有非同寻常的意义。

一 创伤话语的合法性与有效性

新时期文学中涉及的创伤，其实质就是指向被称为"十年浩劫"的"文化大革命"历史给人们造成的身体和精神上的巨大创伤，"文化大革命"的性质在中共十一届六中全会于 1981 年 6 月 27 日一致通过的《关于建国以来党的若干历史问题的决议》中被正式表述为："'文化大革命'是一场由领导者错误发动被反革命集团利用给党、国家和各族人民带来严重灾难的内乱。"而新时期文学中最初的创伤叙事就是从 1976 年 10 月"文革"政治事件结束到得出这个结论的五年时间里，建构起创伤话语的合法性与有效性的过程。

以《班主任》和《伤痕》为代表的"伤痕文学"被认为是"思想解放运动的伟大潮流的产物"② 新时期文学的发生与复苏从开始就与对"文革"的叙述（更多的是揭露和控诉）紧密联系在一起，并以"精神的内伤"和"创伤"来指称"文革"对人们造成的身体与精神的双重伤害。《班主任》《伤痕》等小说小心翼翼地提及人们遭受的创伤时，暂且笼统地将人们的创伤归罪于十年"文革"中林彪、"四人帮"的残暴横行。当时"伤痕"文学引起较大争论的有两方面：

---

① ［澳］大卫·登伯勒：《集体叙事实践——以叙事的方式回应创伤》，冰舒译，机械工业出版社 2015 年版，第 1 页。

② 朱寨认为，《班主任》揭露了"文革""把相当数量的青少年的灵魂扭曲成'畸形'，这灵魂的'畸形'，是一种精神的内伤"。见朱寨《对生活的思考》，《文艺报》1978 年第 3 期，第 4 页。洪子诚认为《伤痕》"也在'反映人们思想内伤的严重性'和'呼吁疗治创伤'的意义上，得到当时推动文学新变的人们的首肯"。见洪子诚《中国当代文学史》，北京大学出版社 1999 年版，第 256—257 页。

一是对"文革"暴露的主题。此时，林彪叛逃与"四人帮"倒台已
经是既定事实，在经过反复的能否"暴露"等文学议题的争鸣之后，
这种揭露性的主题最终得到了默认。于是"伤痕"式的这种简单归罪
式的创伤话语经过争论后，逐渐得到了意识形态的认可，既不用承担
不可预知的政治风险，也确立了新时期最初创伤话语的合法性表达。
二是伤感、灰色的悲剧情感基调。因为强调新时期文学应发挥积极的
社会功用方面，所以大多数公开发表的"伤痕文学"虽然写了"文
革"的某些悲剧人物与事件，在经过编辑与作者的多次讨论与协商之
后，最终都安上了一条"光明的尾巴"，形成了新时期文学创伤故事
的隐喻模式。这是新时期文学创伤叙事的话语形态与最初形成的故事
模式。几乎同时，1978 年的 11 月 15 日，北京市委为"四·五天安
门事件"正式平反，12 月 18 日，中共十一届三中全会召开，思想解
放路线始被确立。"很显然，以'伤痕文学'为发端的'文革'后文
学，在开始阶段里从时间上极其巧合地配合了政治上改革派对'凡是
派'的斗争。"① 刘心武、卢新华等作家之所以在小说发表之后仍然
如履薄冰、寝食难安的原因，就在于作品中的创伤故事的归罪表述，
是否定某些政策路线还是单纯地批判林彪、"四人帮"，对这些作家
来说就至关重要了。新时期文学的创伤话语仅仅限于对"文革"、林
彪、"四人帮"及少数坏人给人们造成创伤的表层指控，"如果创伤
后压力失调必须被理解为一种病理学上的症状，那么它与其说是一种
无意识的症状，不如说是一种历史的症状。我们可能会说，受创伤者
在自身中携带着一种不可能的历史，或者说他们自身成为一种他们不
能完全控制的历史症状"② 。换而言之，不管是由于"叛徒"母亲而
遭遇的突降灾难，还是由于母亲平反后的急切归家，王晓华的悲喜剧
的命运反转都和她个人的隐忍、奋斗、情感与性格等无关。当然，由
于受创者王晓华的成功，新时期初期开始了类似的单一模式的受创者

---

① 陈思和：《中国当代文学史教程》，复旦大学出版社 1999 年版，第 190 页。

② Cathy Caruth，*Trauma*：*Expolorations in Memory*，Johns Hopkins University Press，1995，p. 5.

形象塑造，而这正是新时期文学创伤话语的最初特质：创伤话语被合法化地上升为国家民族的创伤言说，在与政治权力、身份认同等联系起来的同时也丧失了个体对创伤自身的言说权利。

随之而来的是 1979 年的一批更加尖锐大胆的作品，如电影剧本《苦恋》《在社会的档案里》《女贼》，小说《飞天》《调动》，话剧剧本《假如我是真的》等，将笔锋犀利地指向了现实社会中存在的封建特权和官僚主义现象，引起了极大的社会反响。这些作品虽然有的设置了"文革"的背景，但创伤话语不再局限于"文革"创伤，已经拓展涉及一些政治文化上的政策和路线以及关于写"真实"等的文艺探讨范畴。"'伤痕文学'巧妙地把现存制度与'四人帮'和'文革'前的极'左'路线区别开来，以批判极'左'路线来配合，促进政治体制的改革与完善，这是作家的主观意愿和客观努力，但文学有其内在的叙事逻辑，极'左'路线与现存制度的形成和运作也有千丝万缕的联系，以至于在一些文艺作品中出现了对现存制度的质疑。"[①] 文学作品中出现这种更具多面性和深入化的思想意向的现象既超出了政治对文学的预期规范，也不完全契合政治上的需求，所以这些作品的结果必然就是遭到批判与否定。从这些作品发表之初的评论来看，不乏肯定与赞美的声音，如曲六乙的《艺术是真善美的结晶——对〈假如我是真的〉、〈在社会的档案里〉等作品的感想》（1980 年第 4 期的《文艺报》），艺军的《在社会的档案里》（1980 年第 5 期的《文艺报》）等文章认为这些作品揭示了"文革"后留下的精神上的严重后遗症，是一种社会思潮的产物，支持作家有权将自己的思想，甚至是不成熟的思想用文字表达出来。但随后的一系列批评文章里强调的是文艺作品对青少年的社会影响以及产生的社会效果。这与当时的历史语境十分契合，在提出"现代化"的总任务下，要求"解放思想"与"四个坚持"能有效统一起来。在经过几次讨论会、座谈会的激烈争论后，"经由对于'青少年犯罪'题材的社会效果的讨论，推衍到题材内容的真实性与典型性，上升到作家的写作立

---

① 雷达：《近三十年中国文学思潮》，兰州大学出版社 2009 年版，第 47 页。

场，最终归于'文学'与'时代'的关系。……这是主流对《苦恋》《在社会的档案里》等作品的阐释框架，将文学的冲击力转化为四个现代化建设这个时代总任务的动力"①。由此可以看到，新时期文学中的创伤话语在获得主流的合法性地位之后，作家个体的自我意识受到了极大的鼓舞，朝着多元化与主体化的话语方向发展，但一旦遭遇了主流势力的调节与干预后，有了"好像又回到了50年代或'文化大革命'前夕"的感觉，刚刚萌芽的作家的自我意识又被压制。而其后果不仅仅是创伤叙事呈现出单一的"伤痕"话语与故事模式，作家个体的自我意识也由屈从于外部力量的强力规范转向内部心理的自我认可与调节，"外部力量所实行的调节、制约，在实施过程中，逐渐转化为那些想继续写作的作家的心理意识，而成为作家的'自我调节''自我控制'"②。客观来说，上述被批判的作品与"伤痕""反思"文学的诸多代表作一样，在本质上并未脱离主流意识形态的支配与控制，但之所以引起较大的反响与较多争议，是因为这些作品所涉及的社会背景、社会事件，并不是仅仅针对已有定论或者说已经结束的"文革"背景与"文革"事件，恰恰是"文革"背景中过去、现在，甚至是在将来都有可能一直延续的体制内问题。如果这些作品放在当下社会，一如余华的《第七日》里涉及强拆、贫富分化等社会问题，或如再早的莫言的《天堂蒜薹之歌》里涉及的山东某地农民暴动，那么其反响与争议会同这两部作品一样的了，不会匆忙间对其下定论，至少不会受到批判。或者再如更早的老舍的《西望长安》一样，将笔墨用在戏剧的要素，如人物形象、矛盾冲突上花大功夫着墨，可能其艺术价值会大大提升。然而，文学契机，包括创作时间、时代背景等众多要素决定了作品的不同意义。

二　创伤话语的充分性与自由性

这些曾经被批判的作品在某些程度上改变了新时期文学创伤叙事

① 黄平：《重温1980年围绕〈在社会的档案里〉的论争》，《中国现代文学研究丛刊》2016年第2期，第79页。
② 贾植芳等：《解冻时节》，长江文艺出版社2000年版，第350页。

的发展轨迹①，创伤话语向创伤内部的特质与症候进一步拓展的努力虽然在某种程度上被压抑住了，但其最初建立起的合法有效的创伤话语却受到一定的冲击与质疑。那些原本在"文革"期间流行的手抄本小说《波动》《晚霞消失的时候》《公开的情书》等，在20世纪80年代初公开发表后，虽然既没有如"伤痕文学"那样被认可为国家民族的创伤话语，也已经不能撼动与打破新时期"伤痕"式创伤话语的合法地位了，更无法将自身文本所包含的多重创伤话语展示与合法化，从而处于文学史的尴尬地位，但这些作品在创伤内涵的拓展与丰富性上，却引起评论家的广泛关注。事实上，《波动》《晚霞消失的时候》《公开的情书》等在对创伤的追根溯源的反思深度上与《苦恋》《在社会的档案里》《女贼》《假如我是真的》等如出一辙，只是在深度和广度上有一些差异。但在创伤叙事上，都印上了作家创伤意识的一定烙印，以质疑、激愤或嘲弄代替了认同或归罪的单一的创伤话语形式。肖凌的"这个祖国不是我的！我没有祖国"的悲愤，真正的"我是个人，我应该有人的尊严，我应该有和别人一样的权利。特权的被剥夺，只能使我清醒"的呼吁，星星的"您爱这个国家，苦苦地恋着这个国家，……可这个国家爱您吗"的疑问，李小璋的"你们不是在演戏吗？我也给你们演了一场戏。现在我的戏演完了，你们继续演你们的戏吧"等诸多嘲讽，都是作家创伤意识在这些创伤人物身上的投射，表达的是对所遭受的个体创伤的独特感受以及对创伤记忆的一种自觉理解。新时期的创伤叙事直指"文革"的创伤历史与记忆，从政治观念下的创伤叙事到主体自觉性的创伤叙事，从宏大统一的国家民族话语到表达独特体悟的个人创伤话语，不仅尖锐地抨击社会体制内的弊病与问题，而且体现了主体意识对创伤记忆的不同书写方式的实质。

---

① "七十年代末八十年代初，政府与知识分子（作家）及大众读者曾有一段短暂联盟。这个联盟形成于1978年，到胡耀邦1980年'在剧本创作座谈会上的讲话'已有破裂迹象。""这个讲话在各种当代文学史中没有得到足够的重视，同时期《飞天》《调动》《假如我是真的》等'文革'后首批被批判作品也少有人提及。"见许子东《当代文学史的结构问题》，《复旦学报》2010年第2期，第38页。

从外在因素上说，创伤叙事的发展及发展轨迹与创伤话语策略密切相关。当创伤话语将创伤概念大而化之为国家民族的创伤，避而不谈国家民族到底受到了什么创伤和如何致伤时，作家不必追究和担当关于创伤或他人创伤的缘由、责任等重负，也不再探寻和认同他人的创伤能否确认为共同的创伤，更不用叙述和描绘创伤带来的精神之深的各种症候。作家不但尽力配合这些外在因素的要求，而且陷入了集体创伤意识中的同声叙事，无法发挥其创作上的个体性，失去个人主体性的同声创伤话语就建构起其合法性了。在这样的历史语境时代背景下，个人的创伤叙事无疑要与群体的国家的社会的创伤叙事融合在一起，或者至少是密切相连，也就是说，个人的创伤叙事话语尚未言说就已经被家国的群体话语遮蔽了。被忘却与遮蔽的不是国家民族的创伤，而是个体的精神创伤，其根本目的是疗救与抚慰集体的创伤心理，更好地推进与配合现有的政治文化举措。值得庆幸的是，《苦恋》《在社会的档案里》《女贼》《假如我是真的》《波动》《晚霞消失的时候》《公开的情书》等一大批被批判与被争议作品的出现，在使刚刚建立的合法性与有效性的创伤话语受到诘问与挑战的同时，也使创伤话语有了走向充分性与自由性的无限展开的可能性。

20世纪80年代初的"寻根""乡土""市井"等小说在表面文字上似乎与曾经的创伤历史与创伤记忆拉开了距离，作家们似乎开始遗忘了那段言之不尽的历史①，文学创作上的这种转向与"清除精神污染"运动息息相关。邓小平在1983年10月11日至12日召开的中国共产党第十二届中央委员会第二次全体会议上，发表了题为《党在组织战线和思想战线的迫切任务》的讲话，内容涉及了全面整党和"清除精神污染"的问题。虽然只限于在理论层面上进行探讨的这场

---

① 一方面，由于"'问题意识'成为伤痕文学'干预'与'服务'于现实的主要基点，成为其引起轰动效应的一个原因，然而，当上述社会'问题'得到解决，作家的创作便会出现意料之中的障碍和困难"。见程光炜《"伤痕文学"的历史局限性》，《文艺研究》2005年第1期，第19—21页。另一方面，"随着80年代文学创作的繁荣发展，作家的创作个性逐渐体现出来，于是，文学的审美精神也愈显多样化"。见陈思和《中国当代文学史教程》，复旦大学出版社1999年版，第243页。

运动只维持了 28 天，最终没有酝酿成一场政治运动，但这场运动使作家们纷纷另辟蹊径，开始了创作题材方向上的转型。如曾发表了《高女人和她的矮丈夫》《啊!》《铺花的歧路》等"伤痕文学"的冯骥才宣布要"另辟一条新路走走"（《神鞭》附记），于是有了《神鞭》《三寸金莲》等系列"津味小说"。刘心武发表了《班主任》《爱情的位置》《醒来吧，弟弟》等"伤痕文学"名篇之后，转向描写北京风情的市民社会，创作了《立体交叉桥》《钟鼓楼》《四牌楼》等系列"京味都市小说"。还有老作家林斤澜，既有以浙江温州为背景的《矮凳桥风情》系列小说，也有以"文革"为背景的《十年十癔》小说集。如果说新时期最初的创伤话语侧重于以现实主义的手法真实记录创伤事件与创伤人物，以引起社会集体的共鸣。那么，到80 年代初期出现的这些多样化的写作面向可以说是归于个体想象的体验创伤话语阶段。杰弗里·C.亚历山大认为创伤在表达、想象与书写的过程中，必然经过一个从感性激愤到冷静下来的时期。而涌现诸多小说流派的 80 年代初期就是新时期文学创伤叙事的"冷静下来"的时期，在拉开自身与"文革"创伤的距离时，也为此后更加客观审视与书写"文革"创伤进行了一定审美意义上的提升以及历史文化积淀意义上的反思。

到 20 世纪 80 年代中期的"现代""先锋"小说等，以创伤形式的实验探索开始代替对创伤主题的注重表达，既是对创伤叙事表达方式与故事模式的发展，也是对"伤痕"式的合法创伤话语的一种巨大反驳。"创伤情景作为一种强烈刺激，需要人作出极大的努力去适应，当它的强烈程度超出个体所能负担的适应能力时，便造成个体持久而难以摆脱的痛苦。"① 而"伤痕"式的创伤叙事中，受创者将历史记忆作为前行的负担最终抛弃，也摆脱了创伤痛苦，这是将个体创伤进行遮蔽的创伤言说。到了现代与先锋小说，"个体面对创伤情景不得不动员自己的潜能，为重新适应变化了的环境而斗争，由此造成了个体的包括认知、情感、意志在内的整个心理结构的改变。这种改变有

---

① 唐晓敏：《精神创伤与艺术创作》，百花文艺出版社 1991 年版，第 14 页。

着积极和消极的两个方面：它可能因激发个体的各种潜能，唤起个体坚强的迎战反应，使人的精神上升到新的水平；也可能使人失去心理上的平衡，造成某些病态的情绪反应，甚至导致精神崩溃"①。当然，现代与先锋的形式不足以容纳这时期创伤叙事的新特质，它只是吸引了更多的评论家关注现代化的进程，而忽略了正以眼花缭乱的个人话语形式铺展开的创伤叙事。无独有偶，这些作家在1985年后的新时期写作里，抛掉曾经的概念化创伤与诗意化创伤写作的模式，开始用略显粗鄙的俚语打开创伤记忆的大门，走向了暴力化创伤书写之路。幻觉、梦境、闪回、癔症等创伤的症状性反应开始得到最充分的展示，现代与先锋小说运用现代小说技巧展示了人们创伤形成后创伤的各种症状，进而通过对碎片化、意象化的创伤记忆书写再现了创伤事件，其实质就是对创伤本质的揭示过程。在对创伤症候的深入描写中，不仅有对包括施虐者、受创者、旁观者等不同创伤角色人性的体察与洞悉，更是唤醒了他们，也包括作家、读者与时人勇于审视自身，正视与承担历史重负的责任心。莫言说过："一个作家一辈子可能写出几十本书，可能塑造出几百个人物，但几十本书只不过是一本书的种种翻版，几百个人物只不过是一个人物的种种化身。这几十本书合成的一本书就是作家的自传，这几百个人物合成的一个人物就是作家的自我。"莫言还说过："如果硬要我从自己的书里抽出一个这样的人物，那么，这个人物就是我在《透明的红萝卜》里写的那个没有姓名的黑孩子。"也就是说，当作家真正具有了创伤意识，他也就具有了自由审视自身精神创伤的可能性，并对他人所遭受的精神与肉体创伤具有同理心与包容心，从而使他站在集体的高度对创伤进行反思，也能最大化地充分表达创伤。

　　至此，新时期文学中同声的国族话语模式的合法性已经成为一段历史的见证，而20世纪80年代中后期对创伤症候的话语表述成为最充分自由的创伤言说。从合法性到充分性的创伤话语，从隐喻到意象的创伤故事，不可置疑见证了新时期文学的创伤叙事被建构的演变轨

---

①　唐晓敏：《精神创伤与艺术创作》，百花文艺出版社1991年版，第14页。

迹。"伤痕反思写作通过叙述苦难后的归来，其实是建立了苦难的宏大命题；而对那些改革英雄而言，他们通过投身改革事业，其实是建构了属于他们的'语言'。即使是像那些在现实中处于'边缘处境'的'知青一代'，他们也通过自我救赎的文学实践，试图找到并最终建构起赋予他们合法性的文学'话语'。"①

创伤在20世纪70年代末被认为是赋予了政治意识观念的创伤叙事，在80年代被赋予了新的含义的创伤叙事，究竟是一种什么样的历史背景、社会时代与文化观念使创伤叙事发生了这样的蜕变过程。任何时代的文学作品都生成于一定的历史环境和过程之中，对于新时期文学中的创伤叙事研究，研究者所要做的就是借助更多方面的资料，来发现它们是以什么样的面目想象、叙事、生成与呈现的全过程；换而言之，它们是当代文学发展的见证者之一，是血肉相连的一体。不管是政治意识观念下合法的创伤叙事，还是文学史意义上充分的创伤叙事，不管是国家民族的有效创伤话语，还是个体意义上的自由创伤话语，它们都在表达与叙事中，在与异质作品的交相辉映、争鸣探讨中，在建立合法性与充分性、有效性与自由性的创伤话语中，建构着意蕴、内容、形态等均丰富包容的新时期文学创伤叙事过程。

第三节　新时期创伤叙事的反思与承续

新时期文学中的创伤叙事在一定的历史语境与时代背景下，无论在不同历史时期侧重哪种类型的创伤叙事，从隐喻到意象的创伤故事，从合法性到充分性创伤话语的表达，都是当代文学发展中不可或缺的组成部分。不管是政治意识下的家庭创伤叙事，还是个体意识下的社会创伤叙事，不管是现代意识下的集体创伤叙事，还是性别意识下的女性创伤叙事，它们都在新时期不同阶段开拓了一种空间，并尽可能地容纳每一个空间里表达异质的声音，建立合法性与充分性的创

---

① 徐勇：《个人主义话语与八九十年代文学转型》，《文艺争鸣》2014年第5期，第92页。

伤言说，这就是它们存在的意义。到 1989 年，由学潮发展为动乱的政治事件又使政治与文学的关系处于紧张的态势，对"文革"历史的创伤叙事再次被中断，转变为对现实生活中苦难的关注。但在 20 世纪 90 年代和新世纪的文学中，仍有众多重叙与重构"文革"创伤叙事的文学作品问世，如余华的《许三观卖血记》、阎连科的《坚硬如水》、迟子建的《越过云层的晴朗》、苏童的《河岸》、王安忆的《启蒙时代》、贾平凹的《古炉》、乔叶的《认罪书》、王小妮的《1966 年》等。这些足以说明"文革"历史并没有随着时代的远去而消逝，而创伤叙事也一直是当代文学一以贯之的叙事主线。

一　创伤叙事的反思：不同面向的侧重

新时期文学之初对"文革"创伤记忆的叙事，强调的是历史灾难对个人冲击的真实性，以引起广大读者和民众的共鸣，形成全民性的创伤共识。其时大文化语境是新的政治文化政策要求各个方面都重整旗鼓，回归于正常的轨迹。因而从个人创伤着手的家庭创伤叙事多是从简要叙述个体所遭受的家庭伦理悲剧直接揭示了单纯的致伤结果，创伤叙事的目的是为了声援"四人帮"倒台，大快人心的社会形势。为配合新时期时政的吁求，形式上多为短小精悍的短篇，留有大量口号式话语、光明式结尾等"文革"写作模式的痕迹。创伤根源是简单划一的归罪方式，那就是致伤者理所当然的锁定为"四人帮"及少数坏人。这类秉承传统现实主义精神的家庭创伤叙事的兴起与"十年动乱"造成的大量家庭伦理的悲剧密切相关。在反映生活的真实性，塑造人物和环境，主题的表达和情绪的宣泄等方面，"是指向社会——政治层面的，也大多具有社会——政治的'干预'性质。涉及的问题，表达的情绪，与社会各阶层的思考和情绪同步"①。在致伤者和受创者的划分和叙事上存在二元对立的叙事模式也是不争的文学事实。总体上看，新时期家庭创伤叙事的故事和语言模式仍然有"文革"时期遗留下的口号式痕迹，更注重讲究创伤故事情节上的曲折离

---

① 洪子诚：《中国当代文学史》，北京大学出版社 1999 年版，第 241 页。

奇，不看重叙事技巧的多元运用。如冯骥才向刘心武坦诚自己所担忧的："由于作者的目光之聚焦在'社会问题'上，势必会产生你上次谈话时所说的那种情况。'在每一篇新作品中，强使自己提出一个新的、具有普通性和重大社会意义的问题'这样就会愈写愈吃力、愈勉强、愈强己所难，甚至一直写到腹内空空，感到枯竭。"① 这是新时期以写社会问题起家的刘心武、冯骥才、李陀等作家们的写作困惑，也是新时期文学中的创伤叙事所面临的困境：如果排除了一直所强调的致伤的社会政治因素，否定了在"文革"中被视为"正统"的观念，创伤能不能就此避免发生？答案当然是否定的，因为忽略了创伤中人性的复杂性问题了。作家们清醒地意识到在创作手法上的思变问题，但苦于一直未能找到突破口。

在创伤叙事中，作家群体的反思深度和力度使他们的创伤意识开始逐渐萌发并加强，与起到主导和规训作用的主流意识形态的关系趋向紧张，这实质上反映了建构新时期创伤叙事过程中的悖论性。"当代文学观在最初建构时并非没有扎根于真实的历史情境和现实问题，但其间的悖论性却被忽略了。此悖论性格的表现之一便是，被否定的传统文学意识形态当初并非没有一个正当的来源，这种文学意识形态从观念形态的角度看，仅仅是那种'正当来源'之正当性被刻意扭曲和推向极端的结果。"② 以此为论，新时期文学中的创伤叙事如果从开始即为了走进、揭开历史的真相，就不会轻易地以创伤概念化的方式来仓促地否定曾经的文学传统。那么，是否可以说，在否定基础上进行的新时期文学的创伤叙事只能大而化之地将创伤主题化，无法深入创伤的实质，也无法涉及创伤的症候。但是创伤历史总是一种客观存在，个体的人们总是在经过了时间的积淀后，在深刻的领悟与反思之后再次打开记忆的闸门，并再次触碰创伤。

社会创伤叙事多是从社会变迁、历史文化和民族心理等多方面展开了对创伤的刨根问底。形式上多为容量更大的中篇或长篇，创伤根

---

① 冯骥才：《下一步踏向何处?》，《人民文学》1981 年第 3 期，第 90 页。
② 张宁：《公共期待与文学的内部秩序》，《郑州大学学报》2007 年第 2 期，第 99 页。

源也追溯到体制上的某些弊病和人性的复杂性等方面。"表现了作家这样的认识:'文革'并非突发事件,其思想动机、行动方式、心理基础,已存在于'当代'历史之中,与中国当代社会的基本矛盾,与民族文化、心理的'封建主义'的积习相关。"① 致伤者和忏悔者由"四人帮"延伸至对内心隐秘的人性拷问的每个个体。社会创伤叙事也因此从破坏社会秩序、伦理常规的一系列政治运动的展示,以更尖锐的批判话语触及各个历史时期创伤背后的社会根源。作家越发自主的个体意识不仅使新时期创伤从狭义的家庭内部转向广阔的社会生活,包容更多探讨创伤的可能,而且以过去历史关照现实生活的尖锐批判难免触动了主流文学的底线,开始引起评论界的较大的争鸣。但是,社会创伤叙事在塑造受创者时,不再拘泥于单一的模式化人物形象,而是对受创者的多类型进行了分析与描述。在叙事话语与姿态上,不再以"我们"进行统一的创伤叙事,而是重视作为个体的"我"的创伤体验与创伤表述。从政治观念下的言说到个体意识下的社会言说是形成异调的社会创伤叙事的一个显著变化。

与此同时,新时期女作家也以独具一格的创伤书写加入对新时期创伤叙事的建构之中。有延续社会政治观念下的对新时期主流文学的创伤唱和,有从女性创伤心理和情感对女性创伤的异调书写,还有从女性成长探讨女性寻找精神家园之艰难的剖析,还有从女性弱点与人性之恶解构母亲形象的颠覆性叙述。新时期女性创伤叙事往往从社会、家庭、政治、身体伦理等方面对女性独特的创伤体验、感悟、情感与心理进行了精准细微的捕捉与传达,是新时期创伤叙事中另一种别致的景观。

1981 年对《苦恋》《假如我是真的》等一些作品的批判和 1983 年开展的"清污"运动,一定程度上收紧了文学环境,影响了文学创作的走向。1981 年高行健的《现代小说技巧初探》一书的出版似乎给作家们指明了一条与西方文学接轨的道路。高行健曾说:"当文学找不到它存在的社会意义的时候,便转向自身,以寻求自己存在的

---

① 洪子诚:《中国当代文学史》,北京大学出版社 1999 年版,第 258 页。

理由。"① 运用现代小说的各种技巧，转向创伤自身的属性和症候，对创伤进行内部拓展，是新时期集体创伤叙事的必然发展趋向。集体创伤叙事最初只是在语言形式创新中使创伤的症候得到较充分的意象化描写，使之具有了文学意义上的精神创伤特征。象征、荒诞、变形、意识流等各种现代小说技巧的运用，使闪回、幻觉、虚无、自我分裂等创伤后遗症得到最大化的展示。新时期集体创伤叙事被看重的是其在语言形式等方面前卫的探索姿态和带来的对正统观念、主流文学造成冲击的新的美学原则。

此后，新时期集体创伤叙事开始对创伤的各种症状加以剖析，并由此触及创伤的精神世界、创伤中人性的复杂性与创伤的记忆再现。具体来说，主要表现在对个体精神疾病的关注，疾病无疑是个体遭受精神创伤的外在显现。如果说《我是谁》中粗略地勾勒出韦弥的精神创伤世界，指出韦弥的精神错乱是遭受种种打击之后的精神上的失常状态，那么《一九八六年》中的历史教师的癫狂状态达到极致，他以受创后伤害自己来反映其触目惊心的精神创伤状态，同时指向造成历史教师精神癫狂的一个创伤世界中的每个个体的人性深处。同样的，《山上的小屋》中"我"和"我"的亲人也是行为举止怪异荒诞的受创者。不同的是《一九八六年》采用的是第三人称叙事者，对整个创伤事件和创伤人物是全知全能把握的外视角。但作家试图走进创伤人物的精神世界，呈现出叙事视角上的交叉现象。而《山上的小屋》则采用第一人称叙事者，更易于把握人物的创伤精神世界和人性的复杂性。在创伤个体化的充分表达下，新时期之初被当作政治观念与政治事件的创伤不再呈现出完整的创伤过程，也不再归于单一的创伤根源。而是通过强调与描写创伤的心理波动和感受，将创伤事件分割为镜头式的场景，将创伤人物放置于看与被看的中心，深入到人性的自私、冷漠、贪婪、暴力等种种复杂性的考量上。② 让更多的人感

---

① 高行健：《法兰西现代文学的痛苦》，《外国文学研究》1980 年第 1 期，第 54 页。

② ［澳］大卫·登伯勒：《集体叙事实践——以叙事的方式回应创伤》，冰舒译，机械工业出版社 2015 年版，第 74 页。

知到创伤所带来的凄凉与空虚、失重与沉重，这是新时期集体创伤叙事对创伤叙事作出的最大贡献。当然，20 世纪 90 年代后出现了消解宏大、走向日常的回归现实主义的各种潮流，创伤叙事的风格又有了新特质。

在经过了家庭创伤叙事、社会创伤叙事、集体创伤叙事、女性创伤叙事等不同层面的探索与沉淀之后，发现逃避、转向或者跨越并不能轻易地掩盖一段创伤历史。于是，新时期创伤叙事不再纠缠于对某些创伤事件的重复叙事，也不再只限定于某个特殊的历史时期，只有勇于直面，曾经的创伤才能成为一个民族的创伤历史。遗憾的是，"幸存者记忆的个人微观史实具有很大的历史暧昧性。它是历史的，因为它基于个人的直接过去经历。但它又可能是非历史的，因为它也许根本无法纳入宏观的历史规律、解释或叙述。"[①] 所以无论新时期创伤叙事在主题上如何承续，终极的目的都是走向创伤，而不能仅仅停留在成为创伤的载体上。

此外，从创伤的疗救与复原上看，新时期之初的家庭创伤叙事可以说是基于启蒙目的对刚刚逝去的历史事实的陈述。将一个非常态的创伤社会和遭受精神、身体双重创伤的人们置于公众视野中，隐喻式的"伤痕"话语与叙事模式既表明了揭露与批判"文革"的立场，同时也意味着对创伤的简易包扎处理方式。显然，新时期之初乐观地向往着未来的创伤叙事模式，与主流意识形态对文学新政策和社会新规划的倡导不谋而合。其国家民族的创伤叙事只是以重回祖国母亲怀抱的名义，让曾经的受创者尽快建立起来自外在因素的安全感，尽快遗忘创伤历史，以抚平和治疗创伤，走向未来。虽然人们身体上的创伤很快能复原，但精神创伤的各种后遗症不可避免地暴露了创伤疗救与复原性上的复杂性，同时也使新时期文学开始尝试对创伤的自救模式。社会创伤叙事则是力图通过横向或纵向的社会图景的展示与剖析，撕开创伤的薄纱使人们感受其血淋淋的面目。女性创伤叙事则是

---

① 徐贲：《"记忆窃贼"和见证叙事的公共意义》，《外国文学评论》2008 年第 1 期，第 84 页。

从性别意识出发，让人们意识到创伤叙事表述多样化的独特风格。集体创伤叙事则勾勒了长期处于精神创伤状态中的人们的幻觉、疯癫的世界，在描写创伤症状与创伤深度上、在揭示历史与个人不可分割的关联上、在展示人性的善与恶的交战等方面达到了一个新的高度。如果说为受创者寻找到国家民族的归宿感并建立他们的安全感，是创伤疗救与复原的初始阶段。那么可以说，还原曾经被淹没的创伤历史真相，修补创伤过程中人与人之间破碎的情感与失去的信任、重拾创伤过程中善与美的人性光辉，才能真正达到疗救与复原创伤的目的，才能完成集体创伤叙事的建构。

"无论是一个人还是一个民族，对于20世纪中如此巨大的创伤记忆，以为不靠文字像碑铭一样建立的反省、清算、消解而生长、置换、超越的能力，就可以在下一代人的新的生活方式中悄悄的遗忘、抹去，这除了不真实和不负责任，还说明这个人或这个民族已在历史的惰性中无力、无能承担他自己的遭遇，从而把无力、无能追加在历史的惰性中，作为欠负的遗产弃置给了下一代。"① 以此来看，新时期文学的创伤叙事之路显然还"路漫漫其修远兮"。

二 创伤叙事的承续：以《1966年》为例

20世纪90年代至21世纪以来，历史创伤曾被描绘为人们的意志力与生存感在日常生活中的消磨和丧失所带来的虚无感，也曾被窄化为在更加私人化与隐私化的个人空间里独自感伤与自恋的情怀，还曾被以自嘲与戏谑的口吻抽象化为对历史片段的回望。无论以何种面目出现，新时期文学中的创伤叙事都继续着对"文革"创伤历史的关注与探索。女作家乔叶与王小妮分别于2013年和2014年出版了《认罪书》和《1966年》两部小说，"两位生于不同时代的女性作家，以细腻而敏锐的精神触角与隐忍、沉痛的生命体验、及不同的艺术、语言风格书写'文革'，展现了别开生面的文学景观；在精神内质上，

---

① 张志扬：《创伤记忆：中国现代哲学的门槛》，上海三联书店1999年版，第69—70页。

他们又殊途同归：通过记述那个时代社会与人的常态和病态，触及和抵达了'文革'记忆、反思的一些重大思想、文化和精神命题，并显示出以往此类作品有所不同的锐度、深度和力度"①。2016 年格非出版的《望春风》将历史的真相和痛苦的往事一一再现，也再度唤起了人们的历史记忆。这些小说在回忆和叙述创伤历史时，对新时期文学中的创伤叙事在叙事主体、叙事视角以及叙事基调等方面既有承继也有创新，形成了新的变奏曲。

对当代创作主体来说，创伤历史已经渐行渐远，如果说新时期文学中的创伤叙事更多源自创伤体验者对创伤历史的选择和再现，可以说 20 世纪 90 年代后的创伤叙事更多来自创伤继承者对创伤历史的想象和叙述。这是出生于不同时代的作家在不同时代对创伤的不同理解与书写，但至少证实了创伤历史一直都是作家群体关注的文学事实。乔叶基于对现实生活的兴趣追溯到了"文革"创伤历史，"追根求源，也许是因为我对我们的当下生活更感兴趣，对我们当下的很多人性问题和社会问题更感兴趣，由此上溯，找到了'文革'这一支比较近的历史源头"②。获得首届京东文学奖的《望春风》，通过记述赵村这个小村庄半个多世纪的历史演变，既书写了历史运动中的乡村没落史，也表达出在现实与记忆的冲击中，个体、民族的创伤失落感。这几部小说都是从对家族、历史和社会的发展史、变迁史的记述中承继着创伤叙事。当然，当代作家对创伤历史的创伤叙事早已超越了对创伤事件的描述，也不再纠结于对创伤源的是非判断，而是挖掘创伤中人性的缺失和展现创伤后普通民众的精神状态。

美国著名创伤理论家凯西·卡露丝认为："在创伤中存活下来未必是一种摆脱暴力事件的幸运路径，比起说这条路径经常被暴力的回忆扰乱，倒不如说对暴力重复固有的必须性最终或将会导致毁

---

① 刘新锁：《小说如何记忆：以〈认罪书〉和〈1966 年〉为例》，《小说评论》2016 年第 1 期，第 194 页。
② 乔叶：《最珍贵的第四种》，《文艺报》2013 年 11 月 20 日。

灭。……受创伤个人的历史正是毁灭性事件毫不犹疑的反复重复。"①
这或许也是王小妮在《1966 年》里要表达的主题。《1966 年》里的
主人公是一群不知名的男孩女孩们,通过这些少男少女在 1966 年的
所见所闻来透视一段创伤历史的开始,平淡的文字表达出孩子们心灵
上不堪忍受的重荷,达到了震撼人心的文字力量。从儿童视角观照创
伤历史的叙事策略可以在更早的苏童、莫言、余华、迟子建等作家的
作品中寻找到踪迹。苏童曾说:"生于 60 年代,意味着我逃脱了许多
政治运动的劫难,而对劫难又有一些模糊而奇异的记忆。"② 来自儿
童记忆中对社会运动懵懂的理解,对社会时代莫名的恐惧,甚至对成
人世界古怪言行的捉摸不透,最终都成为作家们共同书写创伤的种种
资源。儿童视角是作家们在小说文本中回避指认那个特殊社会,从侧
面进入创伤历史的最好方式。浓浓的青春气息与随时降临的历史灾难
之间的反差,阳光的少年生活与少年莫名受到伤害的脆弱的心理世界
之间的差异,都在这一群单纯又情绪化的儿童身上烙上了深深的社会
时代印痕。正如王小妮所说:"那一年我 11 岁,看见很多,听见很
多。不知道父母去了什么地方,怕院外木栅栏上的大字报,准备把茉
莉花瓣晒成茶叶,一听到喇叭声口号声,就跑到街上去看敲鼓,看演
讲,看游街,看批斗,好像生活本来就应该这样的。"③

　　第一眼看到王小妮的短篇小说集《1966 年》,就会不由自主地联
想到"文革"历史。因为"人们似乎有一种莫名的冲动,就是给重
大的运动严格定下一个起点。……这种做法实际上来源于一种精神
需要,它要把令人惊讶的转折整合到一个一般的、程式化的形式
里。……它意在用一种决断的、划时代的方式区分之前和之后。然
而,仔细的分析往往会表明,这种休止符式的标志性事件并非那么简

---

① Cathy Caruth, *Unclaimed Experience*: *Tranma*, *Narative and History*, Johns Hopkins University Press, 1996, pp. 62 – 63.
② 苏童:《纸上的美女——苏童随笔集》,人民日报出版社 1998 年版,第 111 页。
③ 王小妮:《1966 年》,东方出版社 2014 年版,前言第 2 页。

单，往往都是多重因素决定的。"① 正因为如此，王小妮写作的初衷是"想把 1966 年当作一个普通的年份来写，这涉及一种历史观"。因为"普通人的感受，最不可以被忽略和轻视。任何真实确切的感受，永远是单纯个人的，无可替代的和最珍贵的，是可能贯穿影响每一条短促生命的"。基于此，《1966 年》里的人物身份都是模糊不清的，被冠以各种职业名称："锅炉工""卖盐的姑娘"与"卖胭脂的姑娘""豆腐厂的更倌""男教师""女教师""医生""麻袋厂的工人""水暖工"等。或者用某些特质来指称："结巴""瘸子""孤独的男孩"等，他们不是确切的哪一个人，而是现实社会中的一类人。但他们又确实是一个独特的个体，每一个人的故事、经历、生活习惯都使他们的某种情感体验得到最充分的表达。

更值得注意的是在《1966 年》里，不少短篇在叙述事件发生时，将 1966 年这个敏感的年代与人物的年龄或身份联系起来。《普希金在锅炉里》结尾写道："1966 年的这个家庭，男人 38 岁，女人 36 岁。他们的男孩子 14 岁，女孩子 12 岁，另外两个 10 岁和 8 岁。烧锅炉的年轻人 21 岁。"（《1966 年》，第 22 页）《在烟囱上》的结尾交代："另一个是男孩母亲的身份，她是被中国人收留的一个日本人的孩子。1936 年出生，1966 年满 30 岁。"（《1966 年》，第 125 页），而《火车头》开篇即是："讲一个孤独的男孩，1966 年他 8 岁。"（《1966 年》，第 171 页）王小妮还是借此强调了 1966 年带给普通人们今后的生活、情感以及命运的不可预测性。1966 年的每一天对于城市乡间里往来的各色普通人们来说，看似只是日复一日的平淡如水的生活，但夹杂于其间的每一个个体的心理却掀起了波涛巨浪。因为有些人已经因为特殊的身份遭受着不堪的折磨，却还要保证孩子相对常态的生活现状；有些人因为担心过往的某些经历被揭发，提早开始了流浪逃避的人生；有些人因为担心内心深处不为人知的秘密随时会成为引火上身的导火线，从而打破他们日常生活的安宁而恐惧着，心理波动就

---

① 谢琼：《从解构主义到创伤研究——杰弗里·哈特曼教授访谈》，《文艺争鸣》2011 年第 1 期，第 68 页。

在这日益担忧的情绪中隐忍地起伏着。1966 年到底不是平凡的一年，在包括作家在内的广大中国民众的心里终究是跨越不去的一个精神标识。

《1966 年》用从容又充满诗意的文字，在看似轻松的叙事基调下讲述了一个个与以往惨烈或悲情风格的"文革"故事迥然不同的"文革"故事，重新将那段特殊的创伤历史纳入当下人们的视野之中。正是抽离了声势浩大的历史背景与逃离了意识形态的包围，将"文革"故事融进普通人们的日常生活场景，"写了记忆中 1966 年特有的气味、声响、色彩，和不同人的心理"，才唤起了隐藏于人们内心深处的"文革"，改变了原本热气腾腾的生活面目所带来的无比失落的创伤感。除此之外，《1966 年》以 1966 年为起端，点到为止地留下一个可疑又可以想象的空白空间，尽人们去描绘、填充那个特殊时代里的悲剧故事。由此，笔者不由自主地想到了余华的《一九八六年》这篇小说。《一九八六年》同样也力图抽离或回避对宏大历史背景的触及，尽力落笔在创伤个体的精神世界。具体来说，就是历史教师创伤之后的疯癫状态，"在余华的小说中，对残忍暴虐的不恰当叙事是对遭受过精神创伤的主体的隐喻"[1]。那么，失踪之后的历史教师在"文革"中究竟遭遇到什么样的创伤，以至于只有在残忍的不堪入目的自虐中才能消减创伤的痛苦？《一九八六年》中同样的可疑的又可以想象的空白空间，与评论家李静认为的《1966 年》里"隐藏之物多于可见之物"形成了创伤的互文性。

在《钻出白菜窖的人》这篇小说里提到，医生的老师李青，虽然已经死了，但兴许有他认识的人要查，组织上要对每一个人的历史负责任，仍然属于被外调的对象。看到这里，笔者不禁恍然大悟，理解了《一九八六年》里历史教师的妻女对于历史教师的回归为何惊慌、恐惧到无以复加的心理了。医生对关于老师李青的调查，本能的处于抵制与防御的心理，是因为自身曾经有过在日本学校念书的经历。最

---

① 杨小滨：《中国后现代——先锋小说中的精神创伤与反讽》，上海三联书店 2013 年版，第 82 页。

后，他守住外调人住宿的小旅馆的门，一定要证实老师是共产党的地工，一方面是因为医生最基本的良知在"文革"初期尚未泯灭；另一方面是因为他也要在今后的生活中明哲保身。与医生同样流露出人性善的一面的还有《一个口信》里的麻袋厂的工人。尽管他进厂3年来没有和这个年轻女工说过话，但听到组织上传达女工的父母都是潜伏很深的美国特务的消息后，还是想方设法给女工报信。但事与愿违，麻袋厂工人一紧张又散布了有重要广播的谣言。难以想象，麻袋厂工人、女工和女工的弟弟在接下来的岁月里要为此付出多大的代价。在1966年到1986年的二十年间，究竟有多少如医生这样的人守住了最后的良知与人性善？又有多少人最后如历史教师的妻女般惶惶不可终日，试图忘掉创伤历史？又有多少人与历史教师一样在"文革"结束后，陷于疯癫的精神创伤世界而最终走向死亡？

"《一九八六年》所讲述的，实际是'历史是如何被遗忘'的这样一个命题。多年前的'历史老师'被抓走，意味着对历史的解释将成为一个谜。"① 而《1966年》所讲述的，实际上是形成这个谜之前的怎样的一段创伤历史。它意味着创伤历史的造成并非完全是国家、社会的全责，众多普通民众无论是否是身不由己的卷进这段创伤历史中，但一定起到了无形地推波助澜的作用。由此，再回到《1966年》这部小说集，可以发现一个事实：普通民众的常态生活里已经包含着某些非常态的畸形因素，它正在逐步唤醒并集中起普通民众的人性中狂热、非理智和荒谬的部分，酝酿着更大的历史灾难。"更为可悲的是，面对群众的荒谬与狂热，明智之士更有可能根本不会做出这样的努力，而是同群体一起陷入其中，事后又惊叹于自己连常识都已忘却的愚蠢。"② 这是《1966年》提供的一个从个体与群众之关系的视角考察创伤叙事的潜在空间，也是"文革"之后忏悔、救赎成为一部分作家创作主题的重要原因。或许正是出于"忏悔""救赎"

① 张清华：《文学的减法——论余华》，《南方文坛》2002年第4期，第8页。
② ［法］古斯塔夫·勒庞：《乌合之众——大众心理研究》，冯克利译，广西师范大学出版社2015年版，第14页。

"铭记"的目的，一些作家创作的非叙事文学作品里，如巴金的《随想录》、冯骥才的口述实录文学《一百个人的十年》，张辛欣的口述历史《北京人———一百个中国人的自述》更能带给现代人心灵上的震撼，并引起人们对这段创伤历史记忆的深深思索。

"所谓民族的苦难记忆或个体承担的创伤记忆，说到底是各种形式的暴力——自然的人为的、恶的善的、理性的非理性的、政治的道德的、包括话语的——从个人的在世结构的外层一直砍伐到个人临死前的绝对孤独意识，像剥葱头一样，剥完为止，每剥一层都是孤独核心的显露。我把这种孤独核心的强迫性意识叫作创伤记忆"① 只有触及创伤的核心要素，才能使带给国家、民族和个体的创伤记忆成为宝贵的精神财富。正如方方所说："这个时代给我们带来的挫折也好，给国家带来的灾难也好，我们应该有一份真实的记录。"② 而文学作品中的创伤叙事始终提供了文学意义上的接近历史真相和走进历史记忆的一种方式。

---

① 张志扬：《创伤记忆：中国现代哲学的门槛》，上海三联书店 1999 年版，第 161 页。
② 方方：《我写小说：从内心出发》，《当代作家评论》2003 年第 4 期，第 25 页。

结　　语

　　创伤本身就是一种"不同寻常的过去"或"不会消失的过去"，它"使时间和经验之间的顺序变得无效了"。① 从这个意义上说，新时期文学中的创伤叙事就是对"文革"创伤记忆的书写与建构。作为知识分子代表的作家群体，无论是历史的亲历者，还是历史的见证人，都无法逃避面对、反思和重叙这段历史的重任，所以新时期文学中的创伤叙事在政治、历史、社会等外在要素的冲击与束缚下，不可能脱离国家、民族、集体等宏大的创伤话语框架，也不可能被允许越过这些宏大的创伤话语表达完全个体化的创伤情感。在框定的话语下，新时期文学初期的"伤痕文学""反思文学"早已对创伤叙事的方式、立场、范围和深度，具有预期和设定的避免政治风险上的把握，形成了新时期创伤叙事特定的话语和叙事模式。"存在着一个所谓的集体记忆和记忆的社会框架；从而，我们的个体思想将自身置于这些框架内，并汇入到能够进行回忆的记忆中去。"② 创伤叙事必然成为新时期中国民众对"文革"历史认知的一部分。这并不是否认作家个体在创伤叙事上所做的努力，因为创伤记忆首先来自个体受创者，创伤首先是属于个体而不是集体，只是因为作家个体在新时期之初只能在国家民族的创伤话语中才能获得创伤言说的记忆与权力。

　　新时期文学中的创伤叙事作品大多来自作家切身体验所带来的巨

---

　　① ［德］阿斯特莉特·埃尔等：《文化记忆理论读本》，余传玲等译，北京大学出版社2012年版，第123—124页。

　　② ［法］莫里斯·哈布瓦赫：《论集体记忆》，毕然等译，上海人民出版社2002年版，第69页。

大的心理刺激和精神创伤。因此，以文学作品为载体的创伤见证，成为创伤再现的主要形式。"谁的创伤""什么创伤""如何表述创伤"及"创伤的症候"等关于创伤的属性问题，成为作家创伤意识觉醒后书写创伤的主要内容和疗救创伤的有效途径之一。一方面，创伤叙事作品追溯产生创伤的众多因素：文化的、历史的、政治的、战争的、家庭的等等，也剖析构成创伤的施暴者情形：自然、社会，个体、群体、甚至某种文化、意识形态、"历史的力量"等等。创伤叙事作品既对受创者肉体上各种伤痛有所表现，即各种身体疾病的描写，也通过疾病的描写来隐喻受创者精神上遭受的无法言说的创伤体验。文学作品中的受创者往往具有闪回、梦魇、失忆、抑郁、恐惧、自残倾向、负罪感、不信任感、无助感等种种症状。因为语言文字本身具有的巨大魅力，也因为它对人类历史具有最广泛、最久远、最有传播性的影响力，所以，创伤叙事作品所发挥的感染、教化、引领与警示作用是其他任何形式都无法与之相媲美的。另一方面，无论是对于想要忘却却又无法忘却的受创者，还是对于潜意识中要自然而然忘却的施暴者、旁观者来说，创伤叙事都具有治疗与恢复心理创伤的特性。"文学中的记忆书写和记忆诠释对修复心理创伤具有重要意义。"① 创伤叙事作品的治疗与修复作用不仅是针对作家个体自身的创伤，甚至是一个集体、民族、社会或国家的创伤。创伤作家的经历往往与文学作品中人物的创伤经历融为一体，创伤作家通过移情创伤叙事作品达到宣泄痛苦、释放压力与重获新生的目的，创伤叙事作品也为人们提供了可以更深刻地探究与理解历史的某些记忆片段或当前的某些现象循迹的一种可行性渠道。

新时期文学中的创伤叙事虽然在当时社会主流意识形态的规范下成为国家民族的创伤叙事，但仍然发出了一定程度的个体创伤言说。任何对创伤的记忆、反思与叙事都是从个体的记忆、反思与叙事开始的。"从理论上来讲，创伤记忆首先是基于个体的创伤性体验或经历

---

① 陶东风：《文化创伤理论与文革反思》，见陶东风新浪博客，网址：http：//blog. sina. com. cn/s/blog_48a348be01017dni. html。

的个体记忆，并且因为记忆主体具有差异化和多元化，因此没有两个
个体会对一个伤害性事件形成完全一致的记忆。"① 每个个体对创伤
的感知以及表现出来的创伤症候都是独特的"这一个"，"文革"历
史作为一个被想象的创伤空间，充满了个体对创伤的独具个体化的书
写。因此在新时期文学的创伤叙事景观中，有对《班主任》《伤痕》
等开山之作的多次文学研讨与争鸣，有对《在社会的档案里》《假如
我是真的》《苦恋》等作品的批判与压制，有《晚霞消失的时候》
《波动》《公开的情书》等手抄本小说公开发表后遭受冷落的文学现
象，有《人啊！人》与《诗人之死》《一个冬天的童话》与《春天的
童话》之间社会反响与艰难面世的巨大反差，有《山上的小屋》《一
九八六年》等充满碎片式的、意象化的创伤书写。如果说国家民族的
创伤在叙事的隐喻中，在发泄创伤情绪、清除和遗忘创伤源的同时走
向了与现实社会和解的宽恕之路。那么，可以说个体创伤言说在叙事
的意象中，在敏锐地抓住身体和精神的各种创伤症候的同时走向了开
掘创伤历史的顽强之路。20 世纪 90 年代至今，创伤叙事仍然是文学
中的潜流，在形式、话语、体裁等各方面的承续中不断发展。通过研
究，本书认为：首先，"文革"历史记忆密切相连的创伤叙事是新时
期文学中或隐或现存在的叙事主题，这是新时期文学中的创伤叙事研
究的基础。其次，新时期文学中的创伤叙事在不同历史阶段受政治时
代要求、社会道德伦理及作家创作观念等因素的影响，对创伤叙事中
各个要素的不同面向的选择呈现不同的创伤叙事模式与特征。最后，
女性作家的创伤书写是新时期文学中创伤叙事的重要组成部分，由于
受政治、男权与身体等各因素的深刻影响，呈现出内在自主发展的演
变历程。

　　新时期文学中的创伤叙事与其说是作家对"文革"创伤记忆有意
为之的回忆与记录，不如说是作家从不同的创伤故事类型对创伤叙事
空间进行的无意为之的丰富与拓展。新时期文学以"文革"创伤记

---

　　① 赵静蓉：《文化记忆与身份认同》，生活·读书·新知三联书店 2015 年版，第 92
页。

忆为核心，成为作家借以表达他们创伤体验的重要文学阵地。当不同经历的作家用不同的话语形式讲述创伤故事时，必然形成不同的创伤叙事形态。但无论是宏观还是微观的视角把握，也不管是集体还是个体的创伤出发，这些众声喧哗、形态各异的文学作品无疑参与到了新时期文学的创伤叙事的构建过程。在如何回忆和叙述创伤事件的过程与细节，如何梳理和解释创伤记忆的来源和影响，如何定义创伤叙事的个性与共性的建构过程中，显然是政治历史、社会文化、作家读者乃至大众媒介等各种要素参与并建构新时期创伤文学的结果，也正如此，"新时期文学"创伤叙事得以各种各样的故事形态和话语形态的面目示人。

"人文学科之所以被人类创建起来，正是为了人类与自身的遗忘本能抗争，人文学科坚持真相，就是要为后人保留一个类似庞贝遗址似的'人类博物馆'。"① 无独有偶，巴金先生也曾呼吁建立"文革"博物馆，以给后人深刻的、长久的深思与反省。创伤是被合法化的建构起来的概念，不是为了记忆个体的创伤故事，而是为了遗忘与告别集体创伤故事背后的一个时代。虽然在研究中笔者力图对新时期文学中的创伤叙事有整体的把握，但由于学识视野有限，难免会有所遗漏。无论是已涉及心理学、文学、历史学和文化学等多领域的创伤理论研究，还是众多国内学者对西方创伤理论的翻译与评介，抑或是中国当代文学史众多对创伤叙事文学作品的探讨与剖析，都还有很大的可研究空间。希冀更多的学者关注、推进中国当代文学中的创伤叙事研究。

---

① 陈思和：《当代文学中的创伤记忆——〈沉默之门〉的文本分析》，《当代作家评论》2013 年第 4 期，第 86 页。

主要参考文献

1. 北岛：《城门开》，生活·读书·新知三联书店 2010 年版。

2. 北岛等：《七十年代》，生活·读书·新知三联书店 2009 年版。

3. 陈厚诚：《西方当代文学批评在中国》，百花文艺出版社 2000 年版。

4. 陈思和：《中国当代文学史教程》，复旦大学出版社 1999 年版。

5. 陈晓明：《表意的焦虑：历史祛魅与当代文学变革》，中央编译出版社 2002 年版。

6. 陈晓明：《无边的挑战：中国先锋文学的后现代性》，时代文艺出版社 1993 年版。

7. 程光炜：《七十年代小说研究》，中国社会科学出版社 2014 年版。

8. 戴锦华：《涉渡之舟——新时期中国女性写作与女性文化》，北京大学出版社 2007 年版。

9. 邓寒梅：《中国现当代文学中的疾病叙事研究》，江西人民出版社 2012 年版。

10. 邓加荣等：《童话里的冬天：一个结过三次婚的女人——遇罗锦生活纪实》，春秋出版社 1988 年版。

11. 《邓小平文选》第 2 卷，人民出版社 1994 年版。

12. 丁玫：《"为了灵魂的纯洁而含辛茹苦"——艾·巴·辛格与创伤书写》，浙江大学出版社 2014 年版。

13. 冯骥才：《一百个人的十年》，文化艺术出版社 2014 年版。

14. 高行健：《现代小说技巧初探》，花城出版社 1981 年版。

15. 何火任：《张洁研究专集》，贵州人民出版社 1991 年版。

16. 何言宏：《中国书写：当代知识分子写作与现代性研究》，中央编译出版社 2002 年版。

17. 洪子诚：《中国当代文学史》，北京大学出版社 1999 年版。

18. 洪子诚：《作家姿态与自我意识》，北京大学出版社 2010 年版。

19. 《胡锦涛文选》第二卷，人民出版社 2016 年版。

20. 胡景敏：《巴金〈随想录〉研究》，复旦大学出版社 2010 年版。

21. 黄政枢：《新时期小说的美学特征》，南京大学出版社 1991 年版。

22. 黄子平：《沉思的老树的精灵》，华东师范大学出版社 2014 年版。

23. 黄子平：《远去的文学时代》，复旦大学出版社 2012 年版。

24. 《江泽民文选》第一卷，人民出版社 2006 年版。

25. 柯倩婷：《身体、创伤与性别——中国新时期小说的身体书写》，广东人民出版社 2009 年版。

26. 孔庆茂：《钱钟书传》，江苏文艺出版社 1992 年版。

27. 李桂荣：《创伤叙事：安东尼·伯吉斯创伤文学作品研究》，知识产权出版社 2010 年版。

28. 李华锋等：《英国工党理论与实践专题研究》，人民出版社 2016 年版。

29. 梁丽芳：《从红卫兵到作家：觉醒一代的声音》，台湾万象图书公司 1993 年版。

30. 刘锡诚：《在文坛边缘上——编辑手记》，河南大学出版社 2004 年版。

31. 刘勇：《中国现当代文学》，中国人民大学出版社 2015 年版。

32. 柳晓：《创伤与叙事——越战老兵奥布莱恩 20 世纪 90 年代后作品研究》，中国社会科学出版社 2013 年版。

33. 《鲁迅全集》第十卷，人民文学出版社 1981 年版。

34. 马达：《马达自述——办报生涯 60 年》，文汇出版社 2004 年版。

35. 孟繁华：《中国当代文学通论》，辽宁人民出版社 2009 年版。

36. 钱中文：《巴赫金全集》第三卷，河北教育出版社 1998 年版。

37. 施琪嘉：《创伤心理学》，人民卫生出版社 2013 年版。

38. 苏童：《纸上的美女——苏童随笔集》，人民日报出版社 1998

年版。

39. 唐晓敏：《精神创伤与艺术创作》，百花文艺出版社 1991 年版。

40. 陶东风等：《中国新时期文学 30 年》，中国社会科学出版社 2008 年版。

41. 陶东风等：《文化研究》第 11 辑，社会科学文献出版社 2011 年版。

42. 王庆松等：《创伤后应激障碍》，人民卫生出版社 2015 年版。

43. 王欣：《创伤、记忆和历史：美国南方创伤小说研究》，四川大学出版社 2013 年版。

44. 汪曾祺：《晚翠文谈新编》，生活·读书·新知三联书店 2002 年版。

45. 汪晖：《现代中国思想的兴起：公理与反公理》（下卷第 1 部），生活·读书·新知三联书店 2008 年版。

46. 卫岭：《奥尼尔的创伤记忆与悲剧创作》，中国人民大学出版社 2009 年版。

47. 吴秀明：《中国当代文学史写真》，浙江大学出版社 2003 年版。

48. 徐连源等：《当代作家面面观》，春风文艺出版社 2003 年版。

49. 徐友渔：《直面历史》，中国文联出版社 2000 年版。

50. 薛玉凤：《美国文学的精神创伤学研究》，科学出版社 2015 年版。

51. 杨树茂：《新时期小说史稿》，花城出版社 1989 年版。

52. 杨小滨：《中国后现代——先锋小说中的精神创伤与反讽》，上海三联书店 2013 年版。

53. 余华等：《文学：想象、记忆与经验》，复旦大学出版社 2011 年版。

54. 张京媛：《当代女性主义文学批评》，北京大学出版社 1992 年版。

55. 张抗抗：《谁敢问问自己：我的人生笔记》，时代文艺出版社 2007 年版。

56. 张清华：《中国新时期女性文学研究资料》，山东文艺出版社 2006 年版。

57. 张永清：《新时期文学思潮》，中国人民大学出版社 2003 年版。

58. 张志扬：《创伤记忆——中国现代哲学的门槛》，上海三联书店 1999 年版。

59. 赵静蓉：《文化记忆与身份认同》，生活·读书·新知三联书店

2015 年版。

60. 赵毅衡：《苦恼的叙述者》，四川文艺出版社 2013 年版。

61. 曾镇南：《曾镇南文学论集》，花山文艺出版社 2001 年版。

62. 中共中央文献研究室：《三中全会以来重要文献选编》下，人民出版社 1982 年版。

63. 《中国共产党第十一次全国代表大会文件汇编》，人民出版社 1977 年版。

64. 中国作家协会创研室：《晚霞消失的时候》，时代文艺出版社 1986 年版。

65. 朱栋霖等：《中国现代文学史：1917—1997》下册，高等教育出版社 1999 年版。

66. ［澳］大卫·登伯勒：《集体叙事实践——以叙事的方式回应创伤》，冰舒译，机械工业出版社 2015 年版。

67. ［奥］弗洛伊德：《精神分析引论》，高觉敷译，商务印书馆 1984 年版。

68. ［德］阿斯特莉特·埃尔等：《文化记忆理论读本》，余传玲等译，北京大学出版社 2012 年版。

69. ［德］顾彬：《二十世纪中国文学史》，范劲等译，华东师范大学出版社 2008 年版。

70. ［德］加布丽埃·施瓦布：《文学、权利与主体》，陶家俊译，中国社会科学出版社 2011 年版。

71. ［德］尼采：《悲剧的诞生》，周国平译，生活·读书·新知三联书店 1986 年版。

72. ［俄］别尔嘉耶夫：《历史的意义》，张雅平译，学林出版社 2002 年版。

73. ［法］古斯塔夫·勒庞：《乌合之众——大众心理研究》，冯克利译，广西师范大学出版社 2015 年版。

74. ［法］米歇尔·福柯：《疯癫与文明：理性时代的疯癫史》，刘北成等译，生活·读书·新知三联书店 1999 年版。

75. ［法］莫里斯·哈布瓦赫：《论集体记忆》，毕然等译，上海人民出版社 2002 年版。

76. ［美］埃里克·霍弗：《狂热分子——群众运动圣经》，梁永安译，广西师范大学出版社 2011 年版。

77. ［美］白睿文：《痛史：现代华语文学与电影的历史创伤》，李美燕等译，台湾麦田城邦文化公司 2016 年版。

78. ［美］戴维·斯沃茨：《文化与权力——布尔迪厄的社会学》，陶东风译，上海世纪出版集团 2012 年版。

79. ［美］R. 麦克法夸尔等编：《剑桥中华人民共和国史》下卷，俞金尧等译，中国社会科学出版社 1992 年版。

80. ［美］W. C. 布斯：《小说修辞学》，华明等译，北京大学出版社 1987 年版。

81. ［美］辛格：《艾·辛格的魔盒》，方平等译，中央编译出版社 2006 年版。

82. ［美］朱迪思·赫尔曼：《创伤与复原》，施宏达等译，机械工业出版社 2015 年版。

83. ［瑞典］凯勒曼等主编：《心理剧与创伤——伤痛的行动演出》，陈信昭等译，高等教育出版社 2007 年版。

84. ［英］安妮·怀特海德：《创伤小说》，李敏译，河南大学出版社 2011 年版。

85. 本刊记者：《关于一个冬天的童话》，《当代》1999 年第 3 期。

86. 编者：《评〈一个冬天的童话〉》，《当代》1981 年第 1 期。

87. 草明：《给张洁同志的信——关于〈从森林里来的孩子〉》，《文艺报》1979 年第 4 期。

88. 陈国凯：《他们这样办!》，《作品》1979 年第 11 期。

89. 陈思和：《当代文学中的创伤记忆——〈沉默之门〉的文本分析》，《当代作家评论》2013 年第 4 期。

90. 陈思和：《中国新文学发展中的忏悔意识》，《上海文学》1986 年第 2 期。

91. 程光炜：《我与这个世界——徐星〈无主题变奏〉与当代社会转型的关系问题》，《南方文坛》2011 年第 3 期。

92. 崔道怡：《〈班主任〉何以引发巨大反响》，《光明日报》2008 年 10 月 13 日。

93. 崔颖：《无为的边界——张洁、张抗抗小说侧论》，《东方论坛》 2007 年第 1 期。

94. 丁帆：《方之的〈内奸〉和林斤澜的〈十年十癔〉等对"现代" 的反思甚至超越了"五四"》，《辽宁日报》2010 年 1 月 15 日。

95. 丁谷：《我所认识的遇罗锦》，《电影创作》1994 年第 3 期。

96. 方方：《我写小说：从内心出发》，《当代作家评论》2003 年第 4 期。

97. 冯骥才：《创作的体验》，《文艺研究》1983 年第 2 期。

98. 冯骥才：《下一步踏向何处？》，《人民文学》1981 年第 3 期。

99. 冯骥才：《一个时代结束了》，《文学自由谈》1993 年第 3 期。

100. 冯牧：《对于文学创作的一个回顾和展望——兼谈革命作家的庄 严职责》，《文艺报》1980 年第 1 期。

101. 高晓声：《谈谈有关陈奂生的几篇小说》，《文艺理论研究》 1982 年第 3 期。

102. 高行健：《法兰西现代文学的痛苦》，《外国文学研究》1980 年 第 1 期。

103. 郭小东：《白杨林的倒塌——论赵枚的小说》，《上海文论》1989 年第 2 期。

104. 洪子诚：《〈晚霞消失的时候〉：历史反思的文学方式》，《文艺 争鸣》2016 年第 3 期。

105. 蒋守谦：《"新时期文学"话语溯源》，《作家报》1995 年 5 月 20 日。

106. 《剧本创作座谈会情况简述》，《文艺报》1980 年第 3 期。

107. 金河：《我为什么写〈重逢〉》，《上海文学》1979 年第 8 期。

108. 礼平：《写给我的年代——追忆〈晚霞消失的时候〉》，《青年文 学》2002 年第 1 期。

109. 礼平等：《昨夜星辰昨夜风——〈晚霞消失的时候〉与红卫兵往 事（续）》，《上海文化》2010 年第 1 期。

110. 李华锋：《科尔宾向左转?》，《中国社会科学报》2016 年 4 月 28 日。

111. 李陀：《〈波动〉修订版前言》，《现代中文学刊》2012 年第 4 期。

112. 李陀：《另一个八十年代》，《读书》2006 年第 10 期。

113. 李陀：《"新小资"和文化领导权的转移》，《长江文艺》2013 年第 12 期。

114. 李杨：《文化与心理：〈玫瑰门〉的世界》，《当代作家评论》1989 年第 4 期。

115. 李子云：《女作家在当代文学史所起的先锋作用》，《当代作家评论》1987 年第 6 期。

116. 林庆新：《创伤叙事与"不及物写作"》，《国外文学》2008 年第 4 期。

117. 刘新锁：《小说如何记忆：以〈认罪书〉和〈1966 年〉为例》，《小说评论》2016 年第 1 期。

118. 刘心武：《关于小说〈班主任〉的回忆》，《百年潮》2006 年第 12 期。

119. 刘心武：《生活的创造者说：走这条路》，《文学评论》1978 年第 5 期。

120. 刘心武：《小说创作中的几个内部规律问题》，《滇池》1983 年第 1 期。

121. 刘心武等：《我不希望我被放到单一的视角里面去观察》，《上海文化》2009 年第 2 期。

122. 卢新华：《〈伤痕〉得以问世的几个特别的因缘》，《天涯》2008 年第 3 期。

123. 卢新华：《要真诚，永远也不要虚伪》，《齐齐哈尔师范学院学报》1983 年第 3 期。

124. 摩罗：《论余华的〈一九八六年〉》，《文艺理论研究》1997 年第 5 期。

125. 摩罗：《破碎的自我：从暴力体验到体验暴力》，《小说评论》

1998 年第 3 期。

126. 摩罗等：《虚妄的献祭：启蒙情结与英雄原型——〈一九八六年〉的文化心理分析》，《文艺争鸣》1998 年第 5 期。

127. 钱中文：《文学理论现代性问题》，《文学评论》1999 年第 2 期。

128. 乔叶：《最珍贵的第四种》，《文艺报》2013 年 11 月 20 日。

129. 社论：《文艺界要认真学习贯彻二中全会精神》，《文艺报》1983 年第 11 期。

130. 社论：《鲜明的旗帜　广阔的道路》，《文艺报》1983 年第 12 期。

131. 苏童：《重返先锋：文学与记忆》，《名作欣赏》2011 年第 7 期。

132. 陶家俊：《创伤》，《外国文学》2011 年第 4 期。

133. 田鸣：《日本女作家大庭美奈子的创伤叙事》，《黑龙江社会科学》，2014 年第 5 期。

134. 王彬彬：《高晓声与高晓声研究》，《扬子江评论》2015 年第 2 期。

135. 王春林：《人世的倾斜与畸变——评铁凝的〈玫瑰门〉》，《当代作家评论》1989 年第 6 期。

136. 王德领：《对正统的偏离：反思历史与重建个人精神维度——重评〈晚霞消失的时候〉》，《海南师范大学学报》2014 年第 7 期。

137. 王欣：《文学中的创伤心理和创伤记忆研究》，《云南师范大学学报》2012 年第 6 期。

138. 王又平：《顺应·冲突·分野——论新女性小说的背景与传统》，《荆州师范学院学报》2000 年第 3 期。

139. 未眠：《现代意识理解上的几个问题》，《文艺争鸣》1986 年第 6 期。

140. 吴泰昌：《〈天云山传奇〉大讨论纪实（上）》，《江淮文史》2008 年第 1 期。

141. 谢冕：《新时期文学的转型——关于"后新时期文学"》，《文学自由谈》1992 年第 4 期。

142. 谢琼：《从解构主义到创伤研究——杰弗里·哈特曼教授访谈》，

《文艺争鸣》2011 年第 1 期。

143. 徐贲：《"记忆窃贼"和见证叙事的公共意义》，《外国文学评论》2008 年第 1 期。

144. 徐庆全：《〈苦恋〉风波始末》，《南方文坛》2005 年第 5 期。

145. 杨庆祥：《死去了的小资时代》，《南方文坛》2013 年第 1 期。

146. 杨天：《卢新华：从〈伤痕〉到"放手如来"》，《瞭望东方周刊》2008 年第 38 期。

147. 叶立文等：《访谈：叙述的力量——余华访谈录》，《小说评论》2002 年第 4 期。

148. 遇罗锦：《关于〈一个冬天的童话——给全国各地读者的回信〉》，《青春》1981 年第 1 期。

149. 《遇罗锦与〈一个冬天的童话〉——访遇罗锦同志》，《安徽日报》1980 年 12 月 26 日。

150. 张春田：《"真正的思想创造并不惧怕黑夜"——金观涛、刘青峰访问》，《粤海风》2010 年第 2 期。

151. 张景兰：《被遮蔽的"文革"叙事——从〈玫瑰门〉评论小史谈起》，《郑州大学学报》2005 年第 2 期。

152. 张景兰：《先锋小说中的"文革"叙事——以〈黄泥街〉〈一九八六年〉为例》，《东南大学学报》2006 年第 3 期。

153. 张宁：《公共期待与文学的内部秩序》，《郑州大学学报》2007 年第 2 期。

154. 张清华：《文学的减法——论余华》，《南方文坛》2002 年第 4 期。

155. 钟锡知：《小说〈伤痕〉发表前后》，《新闻记者》1991 年第 8 期。

156. 赵树理：《发动贫雇要靠民主》，《新大众报》1948 年 3 月 16 日。

157. 周扬：《继往开来，繁荣社会主义新时期的文艺》，《文艺报》1979 年第 11—12 期。

158. 朱寨：《对生活的思考》，《文艺报》1978 年第 3 期。

159. Anne Whitehead, *Trauma Fiction*, Edinburgh University Press, 2004.

160. Cathy Caruth, *Trauma：Exploprations in Memory*, Johns Hopkins U-

niversity Press, 1995.

161. Cathy Caruth, *Unclaimed Experience*: *Tranma*, *Narative and History*, Johns Hopkins University Press, 1996.

162. Dominick Lacapra, *Writng History*, *Writing Trauma*, Johns Hopkins University Press, 2001.

163. Jeffrey C. Alexander, *Cultural Trauma and Collective Identity*, University of California Press, 2004.

164. Dori Laub and Shoshana Felman, *Testimony*: *Crises of Witnessing in Literatune*, *Psychonanlysia*, *and History*, Routledge, 1992.

165. Eann Kaplan, *Trauma Culture*: *The Politics of Terror and Loss in Media and Literature*, Rutgers University Press, 2005.

166. Michelle Balaev, *The Nature of Trauma in American Novels*, Northwestern University Press, 2012.

167. Roger Luckhurst, *The Trauma Question*, Routledge, 2008.

168. Vickroy Laurie, *Trauma and Survival in Contemporary Fiction*, University of Virginia Press, 2002.

后　记

本书系在我博士学位论文的基础上修改而成，也是我主持的山东省社科规划研究项目"新时期文学中的创伤叙事研究"（16CZWJ05）的最终成果。

2013 年 9 月，在离开 9 年后，我重返母校苏州大学，攻读博士学位研究生。还是熟悉的校园，亲切的老师，不同的是求学的心境。在聊城与苏州之间奔波，在工作与学习之间周旋，在学业与家庭之间平衡，这是一个辛苦但很快乐的人生历程。经过 4 年的努力，我于 2017 年 6 月顺利地完成学业，获得博士学位。在论文写作中，该选题有幸于 2016 年 11 月获批为山东省社科规划研究项目。

在本书即将付梓之际，我感慨万千，想对 4 年来所有帮助过我的老师、同学和亲人表示我诚挚的谢意。没有他们的关心和扶持，无论是学业的完成，项目的立项，还是书稿的出版都是难以想象的。

首先感谢我的导师刘祥安先生。先生在我硕士阶段就给我以很大的教诲。当我向先生表达想入其门下攻读博士学位时，先生不弃我天资愚笨，欣然接受。4 年来，从论文的选题到开题，从结构设计到观点提炼，从资料收集到语言斟酌，每一步都离不开先生的悉心指导，浸透着先生的心血，凝聚着先生的关爱。课堂上先生的精思妙语，让我回味无穷，教研室里先生的前瞻学术观点，让我受益匪浅。先生一丝不苟的治学与孜孜不倦的教导，让我感受到了学者之风范。先生淡泊名利的心态与和善待人的气度，让我感受到文人之风度。从做学问到做人，先生始终是我人生道路上的指引者。虽然我不善言谈，但先生对我的理解与宽容，开导与包容，始终铭记心间，成为我求学道路上最美好的回忆。对此，感激之情难以言表，唯有在未来学术道路上不懈求索来回报先生的厚爱与期望。

衷心感谢朱栋霖教授、王尧教授、汤哲声教授、季进教授、徐国源教授、汪卫东教授、杨新敏教授、陈霖教授、黄轶教授、曾一果教授在我博士学位论文开题、预答辩和答辩时提出的中肯建议，让我在论文写作中少走弯路，在书稿修改完善中明确方向。感谢我所有的同门与同窗，他们从不同方面给我提供了许多帮助，让我感受到友情的温暖。

非常感谢聊城大学文学院院长刘东方教授和副院长苗菁教授，人文社会科学处郭焕云老师和张兆林老师。他们为我学业的完成、项目的立项、著作的出版和成果的获奖等提供了巨大的支持和帮助。感谢山东省社科规划项目的评审专家，本项目的获批一定程度上凸显了研究的价值。

特别感谢中国社会科学出版社的田文女士。她为本书的出版倾注了甚多的心智，其严谨认真的编辑风格使本书减少了诸多的纰漏和错讹。

最后感谢我的先生。在我读博期间，为使我安心写作，在繁忙的工作之余尽力分担家务劳动，还要承受我不时爆发的无名之火。在我遇到写作困难时，想方设法帮我查找各种中外文资料。从相识、相知到相守，风风雨雨携手 20 年，感谢人生道路上有你的陪伴。感谢我的儿子李一可。在我外出求学期间，小小年纪学会了独立地学习与生活，成长为一名坚强乐观的男子汉。儿子始终是我不断学习与努力工作的精神动力。

张婧磊

2017 年 7 月于聊大花园东苑